KB045953

당신에 대해,
이야기해주시겠어요?

Will you tell
me about yourself?

재의 마녀 일레이나

마법사 최고위인 「마녀」 소녀.
「어떤 이야기」에 영향을 받아 긴 여행에 나선다.

Azure

실라(제자시절)

마법사 견습 시절의 모습.
호방하고 마음 넓으며,
기합 넘치는 소녀.

프란(제자시절)

마법사 견습 시절의 모습.
침착하고 냉정한 수재 타입의 소녀.

THE JOURNEY OF ELAINA
✛ CHARACTER

미나
사야의 여동생.
「어두운 밤의 마녀」 실라의 제자.
언니를 정말 좋아한다.

사야
동국 출신 소녀.
「어두운 밤의 마녀」 실라의 제자.
일레이나를 정말 좋아한다.

©Azure

혹시, 우리, 뒤바뀐 거야……?

역시 귀여워…… 어디를 어떻게 봐도 엄청 귀여워……

우리에게 찾아든 의미 불명의 사태는, 요약하자면 이렇습니다.

©Azure

마녀의 여행 5
THE JOURNEY OF ELAINA
CONTENTS

◆ · ◆

©Azure

마녀의 여행
THE JOURNEY OF ELAINA
5

Shiraishi Jougi
시라이시 죠우기

Illustration
아즈루

"——그래서 말이죠. 저는 그때 그녀에게 안겨서…… 아아, 이걸로 작별이구나 하고 생각했답니다. 쓸쓸하기도 했죠. 하지만 저는 목적 없이 떠돌 뿐인 여행자고, 그녀는 앞으로 자신의 과거와 미래를 위해 여행해야만 했으니까요. 헤어지지 않을 수 없었어요——."

가을의 차가운 바람이 창 유리를 두드리는 오래된 민가.

주변에 다른 집은 없었고 창밖에는 그저 빨갛고 노란 잎들이 펼쳐져 있을 뿐이었지만, 밖에서 들려오는 소리가 무척이나 크게 울려서 눈에는 보이지 않는 무언가가 그녀의 이야기를 방해하려 하는 것처럼도 느껴졌습니다.

시끄러워서 참을 수가 없습니다. 조금은 조용해졌으면 싶습니다.

그러나 긴 이야기는 끝나지 않았습니다. 길고 길게, 잿빛 머리카락을 가진 그녀는 이야기를 계속했습니다.

그녀의 입에서 흘러나온 말들은 지금까지 해온 여행의 추억들. 추억담을 꽃피우다 보니 시간을 잊었다고 해도 그것은 어쩔 수 없는 일일 테지요.

"…………."

여전히 덜컹덜컹 시끄러운 창을 노려본 잿빛 머리카락의 그녀는 그제야 이미 해가 지고 말았다는 사실을 깨달았습니다.

이야기를 시작한 것이 점심때였으니, 혹시 반나절 동안 줄곧

3

떠들어대고 만 것일까요?

　이런. 제 이야기가 너무 길었나요……?

　그렇게.

　아무래도 조금은 반성하고, 자세를 바르게 하며 맞은편에 앉은 그녀에게 "……미안해요. 수다가 지나쳤네요"라고 사과한 마녀는 대체 누구인가.

　그렇습니다. 저입니다.

　"──아냐. 전혀. 더 들려줘."

　마주 앉은 그녀는 봄의 얕은 여울처럼 선명한 푸른 머리카락을 흔들며 고개를 기울이고 희미하게 미소를 머금고 있었습니다.

　똑바로 이쪽을 응시하는 맑은 눈동자에 아주 살짝 멈칫하고서, 저는 소파 옆에 놓아두었던 일기장을 펼쳤습니다.

　팔락팔락 페이지를 넘기면서 어딘가에 그녀를 만족시킬 만한 이야기가 없을지 찾아보았습니다.

　"──어디, 그러면 말이죠. 여동생을 찾기 위해 근육투성이가 된 남자 이야기──."

　"아, 그건 어제 들었어."

　"…………."

　그랬습니까.

　"그렇다면 고양이투성이인 나라 이야기를──."

　"그것도 들었는데."

　"…………."

　그랬던가요.

"그럼 제가 머리카락을 잘렸을 때의 이야기——."

"들었어."

"…………."

이 무슨.

"그럼 안 들은 게 뭔가요?"

일기장에 감춰두었던 소재를 전부 봉살 당한 탓에 저는 토라지고 말았습니다.

"안 들은 게 뭔지 나로서는 알 수 없을 것 같은데."

어이없다고 말하듯 그녀는 과장되게 어깨를 으쓱였습니다.

"그럼 반대로 어떤 이야기를 들었나요?"

"그러니까——."

그녀는 입가에 손가락을 대면서 천장을 올려다보았습니다. 그리고 중얼중얼, 제가 지금까지 들려주었던 이야기들을 나열해갔습니다.

예를 들면 그것은 제가 마법사밖에 없는 나라에서 마도사 씨에게 마법을 가르쳐드렸던 이야기였고, 그때의 그녀와 재회했던 이야기였고, 스승님과의 이야기이기도 했으며, 그리고 여행했던 온갖 곳에서 사람들과 만나고 헤어지기를 반복했던 저의 지금까지의 여로였습니다.

"——그리고 방금 암네시아 씨의 이야기가 마지막이었으려나. 빠뜨린 이야기는 없을까?"

"…………."

그녀의 말에 맞추어 일기를 훑어보았지만, 아무래도 저는 일기에 적어둔 내용을 거의 다 이야기해버린 모양이었습니다.

과연, 그렇군요.

암네시아 씨와 헤어진 후로도 이런저런 일들이 있습니다.

그녀에 관해 기록한 페이지 다음에도 제 이야기는 이어지고 있습니다. 아마도 여기서부터의 이야기라면 그녀도 아직 듣지 못했을 테죠.

"……일단, 있습니다."

"그렇구나."

전부 간파한 듯이 그녀는 고개를 끄덕였습니다.

"듣고 싶으신가요?"

"당연할지도?"

만약을 위해 물어보았습니다만, 그녀는 곧바로 그렇게 받아쳤습니다. 이미 밤도 깊었으니 가능하면 이 이상 계속해서 이야기하는 것은 피하고 싶었습니다만…….

배도 고프고 말이지요. 그리고 조금 졸리기도 하고요. 목도 마르고요. 노곤하기도 하고요.

"일레이나. 어서! 빨리!"

그녀는 테이블을 탕탕 내려쳤습니다.

"네네."

그럼 외람되지만── 하고 저는 일기를 읽기 시작했습니다.

그것은 얼마 전 제게 일어났던 이야기이며, 요컨대 제 여행에 관한 기억이었습니다. 얼마 전의 일이니 일부러 일기를 펼칠 필요도 없습니다만, 그러나 저는 시선을 일기장 위로 떨어뜨렸습니다.

그녀의 올곧은 시선에서 도망치기 위해서입니다.

──그녀.

푸른 머리카락을 머리 뒤에서 하나로 묶어 부드럽게 늘어뜨린 그녀는 저와 같은 나이인 평범한 소녀. 마법사도 뭣도 아닌, 지극히 평범한 소녀였습니다.

단 하나 타인과 다른 점을 들자면, 제 여행 이야기를 무척이나 듣고 싶어 한다는 점일까요?

제가 이야기를 시작하면 그녀는 언제나 반드시 깊은 푸른 눈동자로 이쪽을 사양 없이 바라보는 것입니다. 살짝 흥분하면서, 몇 번이나 고개를 끄덕입니다.

마치 사랑을 선망하는 소녀처럼.

마치 바깥세상을 알지 못하는 온실 속 화초.

"……저기, 아네모네 씨. 너무 빤히 보지 말아주시겠어요?"

부끄럽습니다만.

"신경 쓰지 마! 자, 나에게 이야기를 들려줘."

"…………."

신경 쓰입니다만…….

뭐, 말해봐야 소용없는 걸까요? 지금까지 몇 번이나 이런 대화를 나누었다는 사실을 기억하고 있습니다. 하지만 그녀는 "재미있으니까 어쩔 수 없는걸" 하고 정색하며 제 말을 들어주지 않습니다.

이쪽에서 아무리 말해본들 쓸데없으리라는 것은 이미 알고 있었습니다.

"……하아."

그래서 저는 어처구니없어하며 이야기를 시작했습니다.

이것은 저의, 만남과 헤어짐의 이야기.

제 2 장

새장을 본뜬 건물의 현관.

그 무거운 문을 연 안쪽에는 어슴푸레한 공간이 펼쳐져 있었습니다. 숨이 막힐 듯한 새 냄새로 가득했고, 한 걸음 내디딜 때마다 그 냄새는 더욱 짙어졌습니다.

벽 한쪽 면에는 새장이 죽 늘어서 있었고, 새들이 삐삐 짹짹 대합창을 하고 있었습니다. 시끄러워서 참을 수가 없습니다.

이런 곳에서 잠을 잘 잘 수 있는 사람이 있다고 한다면 그 사람은 귀가 꽤 어둡거나, 혹은 죽은 사람일 테지요.

"............!"

그래서 저는 그 여성을 발견했을 때, 어쩌면 위험한 상태에 한쪽 발을 담그고 있는 것인지도 모른다는── 그런 초조함을 느꼈습니다.

커다란 방 중앙에 한 명의 여성이 쓰러져 있었던 것입니다.

비스듬하게 45도를 향한 챙 달린 모자를 쓰고 연녹색 쇼트커트 머리 모양을 한 사람이었습니다. 머리카락은 땀과 먼지로 군데군데 뭉쳐서 하얀 피부에 딱 달라붙어 있었습니다.

생기를 잃은 공허한 눈동자는 금색.

입고 있는 옷은 아마도 회사에서 정한 제복인 것일 테지요. 짙은 녹색의 코트와 스커트를 입고, 새빨간 가방을 어깨에 걸쳐 멨습니다.

대체 무슨 일이 있었길래 이런 곳에 쓰러져 있는 것일까요─.

9

"괘, 괜찮으신가요?!"

곧바로 달려간 저는 그녀를 안아 일으켰습니다.

"대체 무슨 일이 있었나요……? 혹시 누군가에게 습격을 받았다든가――."

그러자 그녀는 떨리는 손으로 한 장의 종이를 제 가슴께로 내밀었습니다.

――이걸 읽어줘.

그녀가 그러하기를 바라고 있다는 것이 제 가슴에 전해졌습니다. 그래서 저는 고개를 끄덕이고, 그것을 받아서 펼쳐봤습니다.

안에는, 마지막 힘을 짜내어 쓴 것인지 벌레가 기어가는 것 같은 흔들린 글씨로 이렇게 새겨져 있었습니다.

『정말이지 못 해 먹겠어. 이제 죽을 것 같아. 잠을 잘 시간도 없고 밥을 먹을 시간도 없고, 전부 다 피곤해. 뭐야? 이 블랙 기업은. 일단 영면하고 싶어. 부디 깨우지 말아 주세요.』

실로 부정적인 느낌 가득한 이 문자의 나열은 심각하게 느껴지던 상황을 완전히 망쳐버리고 말았습니다.

『저 대신 일해주실 수 없을까요……?』

그녀가 그렇게 쓰인 종이를 건넨 것은 그 직후의 일이었습니다.

"……네? 싫습니다."

『그러지 마시고 제발 부탁드립니다.』

"……에이."

아무래도 위험한 사태 같은 것이 아니라, 그저 성가신 일에 휘말

렸을 뿐이라는 사실을 일찌감치 눈치챈 제가 그곳에 있었습니다.

　○

　몇 시간 전.

"어서 오세요! 여기는 성 아랫마을 프리지어! 환영합니다! 마녀
님!"
　문지기 병사의 경례에 가볍게 마주 인사를 하면서 저는 그 나
라의 문을 지났습니다.
　성 아랫마을이라는 이름을 가진 만큼, 큰길 저 멀리에는 우뚝
솟은 왕성의 모습이 있었습니다. 곧게 뻗은 성의 탑들은 구름 한
점 없는 파란 하늘을 찌르고 있었습니다.
　나라를 통째로 둘러싼 성벽 안쪽 거리에는 그 왕성을 어려워하
는 듯한, 혹은 고개를 숙여 섬기는 듯한 키 작은 건물들이 늘어서
있었습니다. 빨강, 파랑, 노랑으로 칠해진 벽, 혹은 이끼 낀 벽돌
로 지어진 건물은 통일감이 전혀 없었지만, 오히려 그 제멋대로
인 모습이 묘하게 예뻐서, 길을 걷는 제 얼굴에는 절로 미소가 번
졌으리라고 생각합니다.
　그러나 그것은 아마도 단지 아름답기 때문만은 아니었을 겁니
다.
　"……여기가 서통(書通, 글이나 편지로 소식을 전함)의 나라인가요."
　이 나라에 붙여진 별명이 바로 그것이었습니다.

어디선가 소문으로 들었던 나라를 방문한 것에 대한 성취감과 그곳이 예상대로 재미있는 곳이었다는 사실이 저를 자연스레 미소 짓게 했는지도 모릅니다.

서통의 나라.

그리 불리고 있는 만큼, 이 나라의 하늘에는 전서구가 파닥파닥 날개를 펼치고 이리저리 날아다니고 있었습니다. 제각기 목에 자그마한 가방을 매달고, 머리에는 챙이 달린 모자를 살짝 올려놓고 있었습니다.

그중 한 마리는 민가의 창문을 톡톡 두드리고서 편지를 건넸고, 집에서 집으로 날아다니고, 혹은 어떤 민가의 지붕에 내려앉아 날개를 쉬며 구구 울고, 혹은 벤치에 앉아 쉬는 할아버지에게 먹이를 받고, 빵 가게 아저씨에게 빵부스러기를 받고, 찻집 누나에게 빵부스러기를 받고, 노점에서 쇼핑을 한 마녀에게도 빵부스러기를 받고 있었습니다. 빵부스러기를 받기만 하는군요.

그나저나 화제가 달라집니다만, 방금 산 빵을 잘라서 나눠주는 마음씨 좋은 마녀는 대체 누구인가.

그렇습니다. 저입니다.

"좋은 나라네요……."

저는 빵을 베어 물면서 자그맣게 중얼거렸습니다. 저는 고양이 이외의 생물에게는 제법 관대한 편입니다. 고양이가 상대라면 이렇지 않습니다. 전력을 다해서 도망칠 겁니다.

"마녀님, 당신도 일주일 후의 퍼레이드를 보려고 이 나라에 온 건가?"

노점 앞에서 멍하니 있으려니, 방금 막 저에게서 동화를 건네받은 노점 주인아주머니가 고개를 갸웃거리며 제게 그렇게 물었습니다.

"퍼레이드라니, 뭔가요?"

우걱우걱 우물우물하며 돌아보는 저.

"어라? 모르는 건가? 이런 타이밍에 찾아왔으니 당연히 그게 목적이라고 생각했는데 말이야."

아주머니는 그렇게 말하면서 와일드한 느낌으로 엄지를 척 치켜세워 등 뒤쪽을 가리켰습니다. 그 너머는 평범한 민가의 벽처럼 보였습니다만, 벽보가 붙어 있었습니다.

『왕녀 플루메리아 님의 탄신제! 코앞까지 다가오다!』

그러한 글자가 쓰인 전단에는 이쪽을 향해서 차가운 눈빛을 보내는 한 여성의 사진이 있었습니다. 복숭앗빛 머리카락은 앞머리부터 길게 뻗은 뒷머리까지 끝이 단정하고 가지런하게 손질되어 있었고, 그것만으로도 어딘가 모르게 무어라 표현할 수 없는 품위가 느껴졌습니다.

사진을 한 번 본 것만으로도 바로 알 수 있을 만큼 그녀는 생김새가 너무나도 단정했습니다. 아마 왕녀라고 하는 후광이 없어도 그녀가 거리를 걸으면 푹 빠지는 남성이 끊이지 않으리라 여겨질 정도로 말이지요.

"……왕녀님의 탄신제에 오는 사람이 꽤 많은가요?"

제 말에 아주머니는 바로 그렇다며 고개를 끄덕였습니다.

"그야 그렇지. 보는 대로 왕녀님은 미인이니까. 매년 주변의 여러 나라에서 왕자니 대기업의 영식이니 뭐니 하는 사람들이 선물을 손에 들고서 찾아올 정도로는 인기가 있거든."

"흐음흐음."

"하지만 왕녀님은 주변 남자들에게 전혀 흥미가 없는 모양인지, 무얼 받아도, 아무리 멋진 남자가 나타나도 마음을 주지 않는다니까. 마음은커녕, 마치 쓰레기를 보는 것처럼 차갑게 대할 정도야. 그런 빈틈없는 행동거지도 인기의 비결이겠지."

"호오."

"미인은 좋겠어. 예쁘게 생겼다는 이유만으로 남자가 뭐든 주니 말이야."

"그러게요."

참고로 저에게도 그러한 경험이 없는 것은 아닙니다. 예전에는 주변에 떠받들어진 나머지 우쭐해져서 마음속으로 나는 미인이라고 생각하고, 일기에도 그러한 발언을 반복했었습니다. 하지만 최근 이런저런 일이 있었던 탓에 어른이 되었던지라 그러한 나르시시즘은 잠잠해졌습니다.

"아무튼 그런 왕녀님의 생일을 축하하며 일주일 후에는 하루 종일 퍼레이드가 펼쳐진다는 거지."

관심 있으면 구경해보는 것도 좋아——라며 아주머니는 빵을 하나 더 제게 건넸습니다. 깨닫고 보니 저는 구입한 빵을 전부 다 먹어버렸던 것입니다. 그렇군요. 마음씨 좋은 아주머니는 서비스로 빵을 하나 더 줄 모양인가 봅니다.

당신도 미인이네, 하고 말이 아닌 행동으로 그렇게 이야기하는 듯한 상황이었습니다.

"아, 감사합니다."

역시 칭찬을 받으면 우쭐거리는 타입인 멍청한 저는 순순히 그것을 받아 들고 덥석 베어 물었습니다.

"맛있어요."

미인은 이득이로군요…….

감개에 젖어 있으려니 아주머니가 저를 향해 손을 내밀었습니다. 그리고.

"그래, 동화 한 닢 내야지?"

그렇게 한마디.

"……이거 서비스가 아니었던 건가요?"

"뭐? 무슨 말이야? 당신 딱히 미인도 아니잖아? 그보다 여자끼리잖아."

"…………."

역시 우쭐거리면 안 되는 것이로군요…….

○

얼마 후, 저는 숙소를 찾아 나서기로 했습니다.

하지만 역시 인기 있는 왕녀님의 탄신제가 코앞으로 다가와 있는 만큼, 어느 숙소나 이미 예약이 꽉 차 있었습니다. 갑자기 나타나 잠자리를 찾는 저를 기다리고 있던 것은 "뭐? 예약을 안 했다고? 묵을 수 있을 리 없잖아? 바보야? 노숙이나 해" 등등의 속 마음이 전해져 오는 숙소 주인들의 형식적인 거절의 연속이었습니다.

혹여 이대로 차가운 하늘 아래에서 잠들게 되는 것인가.

초조해하며 숙소에서 숙소로 이동했고, 그리고 저는 정해둔 하루 숙박 예산을 올리고 올리고 올려댔습니다. 평소라면 저렴한 숙소에서 적당히 보내는 저입니다만, 이렇게 된 이상 고급 숙소든 뭐든 좋으니 어디서든 묵고 싶습니다.

그리고 이 나라를 방문하고서 몇 시간이 지났을 무렵—마침 점심시간이 지났을 때쯤이었을까요?

묵을 수 있는 방을 드디어 하나 찾았습니다.

"손님은 운이 매우 좋으십니다! 마침 지금 방이 딱 하나 비어 있습니다. 물론 일주일 후의 퍼레이드 때까지 묵을 수 있습니다!"

"…………아, 네."

점원분이 자랑하듯이 말했습니다만, 아무래도 이곳은 이 나라에서도 세 손가락 안에 들 정도인 최고급 숙소인 모양인지, 매년 이 시기가 되면 세계 각국의 셀럽이 모인다고 합니다.

당연하게도 요금표에 적혀 있는 1박 가격이 터무니없이 비쌌습니다.

"……저기, 1박에, 이 가격……인가요?"

현기증이 났습니다.

"네. 매우 합리적인 가격이지요. 어떻게 하시겠습니까?"

어떻게 하시겠습니까? 가 아니라고요. 묵는다는 선택지밖에 없다고요. 이제 남은 건 여기뿐이라고요.

"……그럼, 일주일 숙박하겠습니다."

"네! 그럼 요금은——."

지갑을 꺼내는 중에 제 시야가 서서히 어두워졌습니다. 아아, 내 자금이 몽땅 사라져가…….

안내된 방은 이미 방이라고도 숙소라고도 부를 수 없는 어마어마한 물건이었습니다.

"이쪽 집이 마녀님의 방입니다. 열쇠는 여기 있습니다. 무슨 일이 생기면 편하게 창가에 있는 전서구를 써서 숙소 본관까지 연락해주십시오. 식사부터 세탁, 청소뿐만 아니라, 어떤 일이든 전부 저희가 시중을 들겠습니다."

벽돌로 지어진 시크한 이층집이었습니다. 너무 크지도 않고 그렇다고 해서 좁은 느낌도 아닌, 그러나 안은 질릴 만큼 깨끗. 식당 테이블에는 메뉴판이 대수롭지 않은 식으로 놓여 있었는데, 숙소 프런트 담당자분의 말에 따르면 여기에 적혀 있는 요리는 전부 무료에 무제한으로 주문할 수 있다고 합니다. 즉, 식사에 곤란할 일은 없다는 뜻입니다. 만세.

2층 창가에는 전서구가 늘 대기 중. 여기에 요리 주문 등등의 요구 사항을 쓴 편지를 넣으면 직접 본관까지 가준다고 합니다. 그 말은 질릴 때까지 방에 틀어박혀 있을 수 있다는, 말 그대로 사람을 글러 먹게 할 만큼 극진한 서비스이기도 했습니다.

이쯤에 이르자 숙소에 대한 제 안의 평가가 휙 바뀌었습니다.

최고급, 엄청나다…….

"……하지만 돈이………………."

가능하면 이러한 방에서 느긋하게 셀럽 생활을 만끽하고 싶은 심정이지만, 안타깝게도 그럴 수는 없었습니다. 이 숙소의 요금을 지불한 시점에서 저의 전 재산은 모조리 사라지고 말았기 때문입니다.

서둘러 자금을 조달할 필요가 있었습니다.

"…………."

모처럼이니 이 나라의 특색을 충분히 살려서 구직을 해보기로 하지요.

저는 펜을 들고 편지를 한 장 썼습니다.

『뭔가 괜찮은 일자리가 없을까요?』

2층의 전서구가 매달고 있는 가방에 편지를 쏙 집어넣자 비둘기는 곧바로 날아갔습니다. 창가에서 멍하니 기다리기를 수십 분. 비둘기는 푸드덕푸드덕 날개를 펄럭이며 돌아왔습니다.

서두르는 기색으로 저는 그것을 열었습니다.

『──아아, 당신과의 만남을 저는 오래전부터 고대하고 있었던 듯한 기분입니다. 당신을 사모하고 있습니다. 부디 저를 납치해 주세요.』

"…………."

뭐? 무슨 소리입니까? 숙소 프런트 담당자분은 갑자기 맛이 가버리기라도 한 겁니까? 결혼하면 돈 문제는 완전 해결이라고 말하고 싶은 겁니까? 바보입니까?

그런 생각을 한 직후에 또 한 마리의 전서구가 제 곁으로 날아

들었습니다.

아무래도 조금 전엔 잘못 온 것이었는지, 이쪽 비둘기는.

『마녀님에게 어울릴 만한 일용직 일자리로는 이런 것이 있습니다!』

라고 쓰인 편지와 함께 대량의 전단을 가지고 돌아왔습니다. 일단 어디 사는 누군가가 보낸 러브레터는 휙 던져버렸습니다.

추천받은 일은 다음과 같았습니다.

『찻집 아르바이트』 여행자에게는 좀 힘들지요.

『왕녀님 호위』 꽤 매력적이기는 합니다만 추가로 『생명의 보증은 없습니다』라는 글이 쓰여 있으므로 그만두겠습니다.

『마약 밀매상』 어째서 이딴 일의 모집이 아무렇지 않게 이뤄지고 있는 걸까요……?

『그림 모델』 이상하게 금액이 높은 것을 보니 아마도 피부색이 드러나는 요소가 강한 일일 것이 틀림없습니다. 패스.

그 외에도 기타 등등.

아무래도 이상한 전단만 모여 있는가 봅니다. 이 나라 괜찮은 겁니까?

전단을 넘기는 손길은 점점 건성건성이 되었고, 눈은 대강 훑어볼 뿐이었습니다.

그런 중에 딱 하나, 흥미를 끄는 일이 있었습니다.

결코 금액이 높은 편은 아니었습니다만, 아마도 이 나라의 독자적인 일자리. 그러면서 업무 내용은 무척이나 편해 보였습니다. 그야말로 게으름 피우기 좋아하는 저에게 딱 맞는 업무라 말할 수 있지 않을까요?

　그것은, 바로.

『전서구 돌보기 담당』

　아무래도 직장은 여기에서 아주 가까운 모양이었고, 전단에는 지도와 함께 그 우체국의 외관이 그려져 있었습니다.

　참으로 재미있게도 그것은 새장을 본뜬 모양을 하고 있었습니다.

　그리고 저는 그 안에서 그녀를 발견한 것입니다.

　○

　새장의 그녀를 그대로 둘 수는 없었던지라, 저는 일단 그녀를 업고서 숙소로 돌아왔습니다.

　다행스럽게도 거금을 지불한 만큼 요리 면에서는 아무런 걱정도 없었습니다. 식당에 있던 메뉴판에서 적당히 요리를 골라 가져오게 했습니다.

『맛나! 언니, 맛나! 당신 내 생명의 은인!』

　"저는 일레이나라고 합니다."

『아, 나는 쿠치나시(치자나무).』

　고개를 들고서 편지를 건네는 쿠치나시 씨인지 뭔지.

　"그나저나 어째서 계속 한마디도 하지 않는 건가요?"

　그녀는 우체국에서 쓰러졌던 때부터 제대로 된 말을 한마디도 하지 않았습니다. 대신에 방금 전 그러했듯이 편지에 슥슥 글자를 써나갈 뿐. 그러고 보니 이전에도 이러한 사람이 있었지 하고 멍하니 기억을 떠올렸습니다.

혹시 진짜 속내밖에 말하지 못하게 된 것입니까?

그러자 그녀는 눈으로 따라가지 못할 만큼 빠른 속도로 펜을 움직였습니다.

『전서구를 관리하는 자는 서면으로 대화를 주고받아야만 한다고 하는 규칙이 있어.』

"……과연."

『일레이나 씨가 와주지 않았다면 지금쯤 새 먹이가 되었을 거야. 정말로 고마워.』

"천만에요── 그나저나 그 차림은, 혹시 당신은 우체국 직원인가요?"

『정확해.』

"……당신 말고 다른 직원은 없는 건가요?"

제가 도와줄 때까지 거기에 방치해두다니, 너무하지 않나요?

『없어. 나의 솔로 플레이.』

"…………."

『나, 이래 봬도 마녀야.』

그렇게 말하면서 그녀는 가슴 주머니에서 별을 본뜬 브로치를 꺼냈습니다.

『전서구들의 조작은 현재 나 혼자서 책임지고 있어.』

그리고서 그녀는 거침없이 말했습니다.

전서구가 머리에 쓰고 있는 챙 달린 모자에는 어떠한 장치가 되어 있으며, 새들에게 마력을 전달하여 간단한 명령을 내리는 것을 가능하게 하고 있다고 했습니다.

그 명령에 따라 새들은 우편배달 역할을 담당하고 있다고 합니다.

"줄곧 혼자서 하고 있는 건가요?"

『응. 이 나라는 만성적인 마법사 부족이니까.』

"……그렇군요."

『곤란해. 나밖에 못 하는 탓에 나는 쉬지도 못하고 일만 하는 꼴이 됐고, 최근에는 그것만이 아니라 여러 가지로 성가신 일이 되어버려서.』

"성가신 일이라고요?"

꾸벅, 그녀는 고개를 끄덕였습니다.

『최근 들어 전서구들이 내 말을 잘 듣지 않게 되었어. 배달할 곳을 실수하고, 금세 땡땡이를 치려고 하고, 뭔가 조류 냄새가 나고, 그리고 조류 냄새가 나고 조류 냄새가 나.』

"조류 냄새가 나는 건 원래 그런 거 아닌가요?"

그보다 조류 냄새란 대체 뭔가요?

분명 거리에서는 지붕 위나 여기저기에서 날개를 쉬고 있는 전서구의 모습을 발견할 수 있었습니다만— 그보다 조류 냄새라니 대체 뭔가요?

『아무튼, 그런 이유로 우체국장님께 구인 모집을 내달라고 했어. 전서구들이 내 말을 듣지 않게 된 건 전적으로 내 부족함 때문이라고 봐. 해결하기 위해서는 시간이 필요해. 그래서 협력해줄 사람을 찾고 싶어..』

그러나 찾을 틈조차 없는 것일 테지요.

그야말로 24시간 온종일 그 새장 안에 틀어박혀 있어야 할 만큼. 지금 이곳에 있는 사이에도 줄곧 안절부절못하면서 돌아갈 틈을 엿보고 있는 것도, 고급 요리이건만 그다지 맛도 보지 않고 그저 입에 쑤셔 넣고 있는 것도, 그런 사정이 뒤에 있기 때문일지도 모릅니다.

『오랜만에 제대로 된 밥, 맛있어!』

아, 아니었잖아.

그냥 배가 너무 고팠던 겁니까? 헷갈리게.

『그런데 일레이나 씨는 어째서 아까 우체국에 왔던 거야?』

"…………."

어째서냐고 물으신들.

어찌 답하면 좋을지 조금 망설였습니다만, 그러나 그녀에게 들려주고 싶은 말은 단 하나뿐이라는 느낌이 들었습니다.

"이걸 보고 찾아왔습니다."

그리고 저는 그녀가 들고 있는 지저분한 글씨로 쓰인 편지와 마주하듯, 구인 모집 전단을 들어 보였습니다.

○

전서구 시스템을 유지하기 위해서 그곳에 붙들려 있는 역할을 담당하게 된 쿠치나시 씨의 현재 상황은 들으면 들을수록 머리가 아파지는 것이었습니다.

『나는 여기서 먹고 자면서 일하고 있어. 이 나라의 전서구를 혼자서 전부 제어하려면 그게 제일 효율이 좋아.』

『……식사는 어떻게 하나요?』

로마에 왔으면 로마법에 따르라는 정신을 본받아 저도 서면으로 그녀와 대화를 했습니다.

『매일 전서구들의 먹이를 주는 김에 겸사겸사 고용주가 내 식사도 보내줘. 그걸 먹어.』

『으아, 건강에 나쁠 것 같아.』

아니, 그보다 당신 식사는 겸사겸사인 겁니까?

『덕분에 최근 들어서는 우체국 밖으로 나가질 않았었는데. 오늘은 오랜만의 외출이었어.』

『…………..』

눈물이 날 것 같습니다. 블랙 기업이라는 표현으로도 부족하게 느껴질 정도의 열악한 환경이었습니다. 아침부터 밤까지 일만 하고, 아마도 휴식이라고 부를 수 있을 만한 시간 같은 것은 낼 틈조차 없을 테지요.

우체국으로 돌아온 그녀는 지팡이를 지휘봉처럼 들고 음악을 연주하는 지휘자처럼 휘두르면서 전서구들에게 마력을 보냈습니다.

『매일 이렇게 해서 전서구는 전서구다움을 유지하는 거야.』

오늘부터 일레이나 씨도 해줘——라고도 쓰인 편지를 들어 보이면서 그녀는 지팡이를 계속해서 휘둘렀습니다.

여기로 돌아온 새들이, 여기서 날아오른 새들이 그것을 받고서 날개를 펄럭였습니다. 희푸른 빛이 날아다니는 사이로 부드러운 날갯소리가 교차했습니다.

그녀가 말하길.

『해가 떠 있는 동안에 전서구를 줄곧 날아다니게 하기 위해서는 언제나 마력을 공급할 필요가 있어. 그러니까 해가 질 때까지 우리에게 휴식은 없어.』

그렇다고 합니다. 거기에 더해 해가 저문 후에도 다음 날의 준비니 뭐니 하는 잡무가 쏟아졌고, 해가 뜨기 직전에도 그날의 신문 준비니 뭐니 하는 일이 쏟아져 들어온 탓에 결국 그녀에게는 최소한의 수면 시간을 갖는 정도의 여유밖에 주어지지 않는다고 합니다.

과연, 혼자서는 확실히 피폐해지겠군요.

그러나 지휘봉을 흔들어 새들을 지휘하는 그 광경은 아주 잠시 홀린 듯이 바라보게 될 정도로는 아름답기도 했습니다.

그녀가 이런 식으로 일하고 있다는 사실이 이 나라에 알려지면, 어쩌면 그녀를 동경하여 이 일에 지원하는 사람도 나타나지 않을까요?

『감동하는 건 처음 일주일뿐이야. 금세 조류 냄새에 견디지 못하게 돼.』

……그렇지도 않은가 봅니다.

결국, 그날부터 저도 그녀의 일을 돕게 되었습니다.

사실, 이 나라의 우편은 전부 전서구가 담당하고 있기 때문에, 우리에게 주어진 일이라는 것은 뻔했습니다.

　먹이 주기. 청소. 마력 공급. 이상. 2인 체제인지라 이것을 교대로 처리했고, 그것 말고는 아무것도 할 일이 없었습니다. 앞서 이야기했던 대로 해가 뜰 때부터 질 때까지 끊임없이 전서구가 우체국을 왕복하기 때문에 언제나 계속해서 마력을 줄 필요가 있었고, 이 단순 작업은 하루를 간단히 가져가 버렸습니다.

　참고로 쿠치나시 씨는 감동하는 것은 맨 처음뿐이라고 이야기했었습니다만, 저는 반나절 만에 질렸습니다.

　『쿠치나시 씨는 어째서 이 일을 시작한 건가요?』

　우체국 직원답게 그녀를 따라 편지를 쓰는 저.

　『이 나라에는 마법사가 나밖에 없으니까. 내가 그만두면, 대신할 수 있는 사람이 없어.』

　『그렇군요.』

　즉, 사축(社畜)이라는 말이군요.

　『이 업계는 일손 부족이야. 전서구는 썩을 만큼 많은데 말이야.』

　쿠치나시 씨는 키득키득하고 웃으면서 그렇게 적었습니다.

　『후배라면 언제든 모집하고 있는데, 어때?』

　『사양해두겠습니다.』

　저는 천천히 고개를 가로저었습니다.

　『아무래도 저는 이곳의 새들에게 호감을 받지 못하는 것 같으니까요.』

　반면 그녀는 전서구들에게 진심으로 사랑받고 있는 듯 보였습니다.

휙휙 지팡이를 흔드는 제 바로 옆에서, 의자에 앉아 멍하니 있는 그녀의 머리, 어깨, 무릎 위에는 한가해 보이는 전서구들이 올라타 있었습니다.

제게는 다가오려고도 않으면서.

『뭐 그렇지. 나 정도의 수준이 되면 새들에게 극진한 사랑을 받게 되거든.』

응응하며 고개를 끄덕이는 쿠치나시 씨. 그 타이밍에 머리 위에 있던 한 마리가 그녀를 부리로 쪼았습니다. 꽤 공격적인 느낌으로.

『…………』

『참고로 이건 구애 행동이야.』

어깨 위의 녀석도 무릎 위의 녀석도 마찬가지로 콕콕 콕콕 콕콕.

『……아니, 저기, 피가 나는데요.』

『이건…… 그거야. 깨물어주고 싶을 만큼 사랑한다…… 같은?』

『언제부터 비둘기가 맹금류가 된 건가요…….』

『아무튼 그거니까. 죽을 만큼 사랑받고 있거든, 나.』

『……눈물이 고였는데요?』

『이건 기쁨의 눈물.』

직후에 그녀를 노리고서 위에서 똥이 떨어졌습니다.

『…………』

『이건 전서구 나름의 애정 표현.』

『비둘기의 애정은 똥투성이로군요.』

아무튼, 피와 똥은 그 후에 제가 깨끗하게 처리해드렸습니다.

쿠치나시 씨는 이번에야말로 울음을 터뜨렸습니다.

낮이 되고, 그녀와 전서구 씨들의 식사가 배달되었습니다.

"여어, 쿠치나시 군! 어떤가? 일은 순조로운가?"

하하핫 하고 약간 거슬리는 웃음소리를 내면서 나타난 것은 풍채 좋은 남성이었습니다. 누구의 아이라도 품고 있는 겁니까? 하고 고개를 갸웃거리고 싶어질 만큼 배가 불룩했습니다. 술배라고도 하지요. 고작 여자아이 둘과 대치하고 있는 것만으로도 부끄러워지고 마는 미숙한 소년 같은 마음의 소유주인가 의심하고 싶어질 만큼 얼굴색이 붉었습니다.

『아, 국장님! 안녕하세요! 열심히 하고 있습니다!』

직전까지 새에게 잔뜩 괴롭힘을 당하고 울상이 되었던 쿠치나시 씨는 그 남자의 얼굴을 보자마자 안색을 바꾸고 경례를 했습니다. 아무래도 두 사람에게는 메우기 어려운 상하 관계가 있는 듯 느껴졌습니다.

남성은 힐끗 저에게 시선을 주더니 "응⋯⋯? 그쪽에 있는 아가씨는 누구지?"라며 고개를 갸우뚱했습니다. 이쪽으로 뿜어진 숨결에서는 희미하게 알코올 향기가. 이 자식 대낮부터 정신없이 마셔댔군요. 젠장입니다.

『이 사람은 여행하는 마녀인 일레이나 씨입니다! 오늘부터 전서구 관리를 도와주게 되었습니다!』

"호오! 그것참, 그것참⋯⋯."

오동통 씨는 제게 상냥한 미소를 보여주었습니다.

"잘 부탁하네. 일레이나 군. 우리는 만성적인 일손 부족이니 말이야……."

뭐, 여자아이 하나가 쓰러질 때까지 일해야만 할 정도니 말할 것도 없이 일손 부족일 테고, 어찌할 도리도 없는 블랙이라는 것은 틀림이 없을 테지요.

그나저나.

『이 사람은 누구입니까?』

제가 그렇게 묻자 그녀는 『내 고용주. 일레이나 씨도 경례해』라고 대꾸했습니다.

"…………."

뭐가 뭔지 잘 모르겠습니다만 들은 대로 했습니다.

『안녕하세요. 일레이나입니다.』

국장님은 제 종잇조각을 보고 또다시 거슬리게 웃었습니다.

"아니, 됐네. 일레이나 군. 오늘은 일을 잊어버리게나. 말을 해도 괜찮아."

"아, 그렇습니까? 감사합니다."

그렇다면 사양 않고.

"그나저나, 쿠치나시 군. 일레이나 군에게도 모자와 제복을 주도록 하게. 사복으로 일하는 건 그다지 좋아 보이지 않아."

약간 가시 돋친 말투는 쿠치나시 씨를 향한 것이었습니다.

그 말에 움찔 겁을 먹은 쿠치나시 씨는 『네, 네에에에에! 죄송합니다!』하고 떨리는 손으로 글씨를 썼습니다.

"일을 마치면 우리 사무소까지 오도록 하게. 두 명분의 급료를

주도록 하지. 그리고 이건 일레이나 군의 점심 식사일세. 나한테
보고도 없이 일레이나 군을 고용했으니, 쿠치나시 군의 점심은
없네. 벌금으로 오늘 급료도 깎도록 하지."

『고맙습니다아아아아아아아아아아아!』

뭐가 고맙다는 겁니까 점심밥도 안 준다고 하지 않습니까 감봉
당하지 않았습니까 최악이잖습니까 이 남자.

상사에게는 거스를 수 없다고 하는 자세를 철저하게 유지하는
쿠치나시 씨의 모습에 어이없어하면서 저는 어쩐지 수상쩍은 남
자를 배웅했습니다.

참고로 점심밥은 반씩 나눠 먹었습니다.

『이게 우체국 직원 제복. 입어.』

점심밥을 먹은 후에 그녀가 가져온 것은 먼지를 뒤집어쓴 제복
이었습니다.

약간 색이 바랬습니다만……．

『그리고 이게 우체국 직원용 챙 달린 모자.』

제가 옷을 갈아입은 후에 그녀는 그것을 건네주었습니다.

"…………"

모자를 쓰기 직전에 손이 멈추었습니다.

『……뭔가 냄새가 나는데요?』

『전에 일했던 아저씨가 그걸 썼었거든.』

『그렇군요.』

휙 던져버렸습니다.

『아아아아아아아아! 무슨 짓이야! 어서 써! 쓰라고! 흐앗!』

『싫습니다냄새납니다웃기지마.』

『내 급료랑 점심밥이 없어지잖아!』

『그 아저씨가 왔을 때만 쓰면 문제없잖아요?』

『……아, 그러네.』

쿠치나시 씨는 주먹으로 손바닥을 통하고 치면서 납득했습니다.

어렴풋이 눈치채고 있었습니다만, 그녀는 아무래도 머리가 그다지 좋지 않은 모양입니다.

그리하여 결국, 그날은 해가 저물 무렵에 일이 어느 정도 마무리되었습니다.

이후에도 그녀는 일이 남아 있는 모양이었습니다만, 저는 해가 진 시점에서 해방되었습니다.

『자, 이게 오늘분 급료.』

그렇게 쓰면서 그녀는 봉투를 제게 내밀었습니다. 일을 마치고서도 그녀는 종이에 글자를 적고 있었습니다. 어째서죠? 혹시 말을 못 하는 겁니까?

"아, 감사합니다……."

그러나 받아 들려는 순간 그녀는 손에 힘을 주었습니다.

"……? 저기……."

제가 고개를 갸웃거리자 그녀는 우물쭈물하면서 종잇조각을 들어 보였습니다.

『……내일도, 와줄래?』

"? 아, 네."

돈이 필요하니까요.

『정말로?』

"정당한 대가를 받을 수 있다면요."

"…………응!"

거친 숨을 몰아쉬며 고개를 끄덕인 그녀는 이어서 『그럼 내일
도 잘 부탁해!』라며 웃으면서 급료가 담긴 봉투를 건네주었습니
다.

줄곧 혼자서 외로웠던 걸까요?

어쩐지 조금 저를 따르게 되어버린 듯한 느낌이 듭니다.

나쁜 기분은 아닙니다만.

"………… ."

하지만.

이렇게 두 사람이 업무를 함께 맡게 되었어도, 아무래도 전서
구들의 오발송은 끊이지 않는 모양이었습니다.

숙소에 돌아온 저를 창가에서 기다리고 있었던 것은, 어디 사
는 누군가가 보낸 편지. 낮에는 서두르던 탓에 제대로 살피지 않
고 열지도 않았습니다만, 자세히 보니 거기에는 고상한 금장식이
되어 있었습니다. 매우 비싸 보이는 편지지. 주소는 알 수 없었습
니다만, 어디 사는 셀럽이 어디 사는 셀럽에게 보낸 애정 표현인
것일 테지요.

아무튼, 저는 손버릇이 나쁘므로 바로 편지를 열어보았습니다.

『──제발, 부탁이에요. 답해줘요. 나는 너무나도 외롭습니다──. 당신이 없으면 내 마음은 구멍이 뻥 뚫려서 채워지지 않아요. 부디 나의 마음을 채워주세요──.』

아니, 그러니까 당신은 대체 누굽니까? 하고 구멍을 향해서 외치고 싶은 기분이 들었습니다.

○

『전서구들이 이상해진 원인은 파악했나요?』

그녀는 아무래도 24시간 일을 하지 않으면 진정이 되지 않는 성질인지, 다음 날 해가 떴을 무렵에 제가 우체국을 찾아가자 이미 일을 하고 있었습니다.

어쩐지 제가 게으름을 피운 것만 같아서 살짝 면목 없는 기분도 들었습니다.

『전혀 틀렸어. 못 해 먹겠다 싶을 만큼 모르겠어.』

답답해서 짜증이 난 걸까요?

일단 저는 그대로 그녀의 업무를 넘겨받아 일을 시작했습니다. 그러나 석연치 않은 것일까요? 그녀는 쉬는 동안에도 줄곧 조사를 하고 있었습니다.

『쉬는 시간 정도는 쉬어주는 게 어떤가요?』

『그럴 수도 없어. 한시라도 빨리 전서구들을 정상적으로 돌려놓지 않으면 안 돼. 비둘기가 제대로 일하지 않으면 곤란한 사람이 아주 많으니까.』

뭐, 그건 그렇겠지요.

『참고로 저도 곤란한 상황입니다.』

저는 어제 하루 사이에 두 번이나 보내진 묘한 편지를 그녀에게 건넸습니다.

쿠치나시 씨는 펄럭 종이를 펼치더니 놀라면서도 흐뭇하게 미소 지으며 『일레이나 씨 인기 많네』라는 매우 잘못된 발언을 했습니다. 무슨 이해할 수 없는 소리를 하는 겁니까?

『잘못 보내진 게 당연하잖아요.』

『어쩌면 누군가가 일레이나 씨에게 보낸 걸지도. 일레이나 씨 미인이니까.』

어머나 세상에, 같은 추임새가 들려올 것만 같았습니다.

『말도 안 됩니다.』

애초에 이 나라에 온 지 아직 며칠 지나지도 않았거든요? 이렇게나 호의를 품을 만한 상대와 만난 기억은 없습니다.

『뭐, 알았어. 이것에 관해서도 조사해둘게. 오발송 관련 불만이 꽤 쌓여 있어서 그다음이 되겠지만.』

결국 그런 느낌으로 제게 전달된 괴문서 같은 러브레터는 사무적으로 처리되게 되었습니다.

그로부터 얼마 후.

『으랴아아아아아앗!』

외침마저 서면으로 해결해버리는 그녀가 당시에 하고 있던 일로 말하자면, 전서구 머리에 얹어진 챙 달린 모자의 설명서를 살핀다고 하는 단순한 작업이었습니다만. 그렇게 기합을 넣지 않으면 살펴볼 수 없는 겁니까? 그런 겁니까?

『이걸 읽으면 아마도, 원인을 알 수 있을…… 터! 라고 생각해!』

참고로 오늘도 그녀는 전서구들에게 습격을 당하고 있었습니다.

『일단 좀 쉬는 게 어떤가요?』

콕콕 콕콕 당하고 있잖아요.

『나는 괜찮아. 일해야 해.』

『………….』

그나저나 대체 어째서 새들은 이렇게나 쿠치나시 씨에게 신랄한 것일까요? 제 존재 따위에는 전혀 관심도 두지 않고 있으면서, 그녀에게만은 매우 엄격한 태도를 취하고 있습니다.

『당신, 뭔가 전서구에게 원한을 살 만한 일을 한 건가요?』

『원한 같은 거 안 샀는데? 우리는 서로 사랑하고 있어.』

똥이 투하되었습니다.

『………….』

『이 자식들 언젠가 꼭 꼬치구이로 만들어주겠어.』

서로 사랑하는 것 같지는 않습니다만, 적어도 서로 미워하고는 있는 것 같습니다.

한 시간 교대 작업이었기 때문에 저는 그 후로 그녀와 교대하여 휴식에 들어갔습니다.

휴식이라고 해도 할 게 아무것도 없는 이곳에서는 너무나도 지루했고, 심심풀이 삼아 저는 독서에 열중했습니다.

쿠치나시 씨도 쿠치나시 씨대로 목소리를 내는 일이 없는 만큼 우체국 안에서는 날갯짓 소리만이 울려 퍼졌습니다.

『………….』

결과부터 말씀드리자면 독서에 전혀 집중할 수 없었습니다.

성가셔서 견딜 수가 없습니다.

심심한 새들은 쿠치나시 씨를 먹이나 무언가로 착각하는 것인지 그녀에게 달라붙어서는 콕콕 쪼아대고 있었고, 제 주변에서도 전서구가 어슬렁거리고 있었습니다.

『크윽…… 나는 너희에게는…… 지지 않아!』

옆에서 조금 용감한 글귀를 적으면서 둔기를 휘두르는 쿠치나시 씨. 참고로 스치지도 못하고 있습니다.

『………….』

도와주어야 할지 어찌해야 할지 망설였습니다만, 저도 저대로 움직임이 막혀 있었습니다.

제 눈앞에── 챙 달린 모자 설명서가 산처럼 쌓인 테이블 위에 한 마리의 전서구가 진을 치고 있었던 것입니다.

끊임없이 고개를 갸웃하며 구구구 하고 우는 모습에서는 『어이 어이, 너 말이야. 움직이면 어떻게 될지 알지? 어엉?』 하고 말하는 듯한 기척을 느꼈습니다.

『……저기, 뭔가요?』

글자를 적어 던져본들 당연히 새 따위에게 의미가 통할 리 없었고, 전서구는 변함없이 고개를 갸웃거렸습니다.

그리고 잠시 사이를 둔 후.

전서구는 설명서 다발을 쪼기 시작했습니다. 꽤 격하게. 지나치게 공격적일 정도로.

그것은 마치『어이. 움직이면 너도 이렇게 해주지! 이렇게 될 줄 알라고! 어엉?!』하고 위협하고 있는 듯도 보였습니다.

협박입니까? 협박이지요? 과연, 그렇군요.

『그것참, 충고 감사합니다.』

그럼 움직이지 않겠습니다. 그런고로 저는 독서로 돌아갔습니다.

그러나 전서구는 저의 그러한 얌전한 태도가 마음에 들지 않았나 봅니다. 푸드덕푸드덕 날개를 펄럭이더니, 이번에는 제 어깨 위에 올라탔습니다.

『............』

뭔가요? 하고 저는 전서구를 바라보았습니다.

그러자 전서구는 구구 하고 울면서 제가 펼치고 있던 페이지를 쪼았습니다.

콕, 콕, 하고.

"............?"

혹시 뭔가를 전하려고 하는 건가? 하는 생각에 이른 것은 이때였습니다.

조금 전까지와 달리 이번에는 페이지에 상처가 나지 않을 정도로, 조심스럽게 닿듯이 책에 부리를 댄 전서구 씨는 그 후로 펼쳐진 페이지 여기저기를 콕콕 쪼았습니다.

비둘기는 글자를 두드리고 있었습니다.

한 글자씩, 말을 자아내고 있었습니다.

그것은.

『설명서를 읽어.』

설명서를 읽어.

…………．

뭐? 어째서?

그러나 그런 말을 들은 이상 읽지 않을 수는 없었습니다. 전서구 씨는 그 후 바로『읽지 않으면 어떻게 될지…… 알지? 이렇게 된다고! 으랏차!』하고 말하고 싶은 듯이 테이블 다리를 콕콕 콕콕 쪼기 시작했기 때문입니다. 당신, 딱따구리가 되는 건 어떻겠습니까?

아무튼 그리하여 저는 챙 달린 모자 설명서를 읽게 되었습니다.

안에는 잘 알 수 없는 그림이 군데군데 들어가 있었습니다. 읽어도 전혀 이해가 되지 않습니다. 아무래도 이걸 작성한 분은 꽤 머리가 좋았던 모양인지, 매우 상세한 부분까지 만들어 넣은 듯 보였습니다. 뭐 그 내용에 관해서는 전혀 이해되지 않았습니다만.

대체 이걸 읽는다고 해서 뭐가 어떻게 된다는 겁니까?

저는 그 후로 몇 페이지를 팔락팔락 넘겼습니다.

결국 뭐가 뭔지 알 수 없는 그림만이 그려진 몇 페이지를 지나, 전문 용어의 나열로도 보이는 어려운 문장이 줄줄이 이어졌습니다.

마지막 후기 부분에 다다를 때까지 시간은 그다지 걸리지 않았습니다.

그리고.

저는 이 페이지에서 손을 멈추었습니다. 시선이 멈추었습니다.

거기에는 이렇게 쓰여 있었습니다.

『환경 변화에 적응하는 것이 생물이지만, 나는 이것을 인간의 손으로 만들어낼 수 없을까 생각했다. 전서구는 그 연구의 시작이다. 챙 달린 모자를 쓰게 함으로써 비둘기에게 인간의 문자를 이해시키고, 자신의 역할을 인식시키는 것이다. 이를 통해 비둘기에 의한 우편을 가능하게 했다. 우체국 직원이 필요 없는 획기적인 시스템이라 할 수 있다.』

어디가 획기적인 걸까요?

『비둘기들에게 언어를 학습시키기 위해 우체국 직원들은 편지로 대화할 것을 추천한다. 아마도 그렇게 하면 비둘기의 언어 습득은 빨라질 것이다. 즉, 언젠가는 챙 달린 모자와 마법을 이용하지 않아도 비둘기가 알아서 우편배달을 해주는 날이 찾아올 것이다.』

호오오?

『또한, 챙 달린 모자는 비둘기용만이 아니라 우체국 직원용에도 특별한 장치가 되어 있다. 우체국 직원용은 쓰면 편지로만 대화할 수 있게 되고, 또한 24시간 일 생각만 하게 된다. 편지로만 대화하는 것에 대한 스트레스를 경감시키는 조치로서 이러한 대책을 취했다.』

어라라?

『게다가 이 우체국 직원용 챙 달린 모자에는 결점이 몇 가지 있다. 우선, 자신의 의사로는 모자를 벗을 수 없다. 일 생각밖에 못하기 때문이다. 더욱이 마력을 끊임없이 흡수당하는 처지가 되므로 정기적으로 교대 요원이 모자를 바꿔 써주지 않으면 과로사할 것으로 예측된다. 현장의 지휘관 및 상사는 그러한 상황을 충분히 유의하고서 인원을 배치해주길 바란다. 절대 단독 작업 등은 피할 것. 이상.』

그렇게 후기는 끝났습니다. 그보다 이건 후기에 쓸 내용이 아닌 듯한……

그러나 만약 여기에 쓰인 것이 사실이라고 한다면, 혹시 그러한 것일까요……?

『그만둬어어어어! 똥을 떨어뜨리지 마! 하지 마!』

비둘기를 위해 일하고 있건만, 비둘기들에게 일을 방해당하고 있는 쿠치나시 씨.

만약, 가령, 비둘기의 저러한 행동이 단순히 쿠치나시 씨를 괴롭히려고 하는 것이 아니라, 챙 달린 모자를 벗기기 위한 책략의 하나라고 가정한다면 어떨까요? 전서구의 오발송은 사실 설명서를 읽게 하기 위해 행해진 계산의 하나라고 한다면 어떨까요?

『………….』

마력을 날리면서 우체국 안을 우왕좌왕 허둥지둥 오가는 쿠치나시 씨.

저는 그녀에게 다가가, 그리고 모자를 벗겨냈습니다.

"……쿠치나시 씨. 당신은 책을 읽으면 후기를 읽는 파인가요?"

"뭐? 저자의 기분 같은 건 딱히 어찌 되든 상관없으니까 안 읽어."

깜짝 놀라며 고개를 갸우뚱 기울이고서, 쿠치나시 씨는 그렇게 말했습니다.

…………

후기, 읽도록 합시다. 네?

○

"하하핫! 좋아 좋아. 실컷 마셔. 오늘은 내가 살 테니까!"

대낮의 주점에서 높다란 웃음소리가 들려왔습니다. 한산한 가게 안 구석에는 얼굴이 불콰해진 데다가 술배까지 나온 남성이 있었습니다. 그와 마주하듯이 배가 불룩한 남자들이 테이블 앞에 둘러앉아 있었습니다. 자세히 보니 모두 술배가 나왔고 술에 절어 있었습니다.

오늘은 아무래도 운이 좋은지, 글러 먹은 인간들이 한곳에 모여 있는 모양입니다.

"그것참 고맙습니다! 그나저나 국장님. 대낮부터 이런 데서 마셔대도 괜찮은 겁니까?"

테이블 앞에 둘러앉은 남자들 중 콧수염이 난 남자가 그렇게 말했습니다. 그러나 국장은 "괜찮아 괜찮아!" 하고 웃었습니다.

"우체국 운영은 마녀를 쓰고 있으니까 말이야. 나는 일을 할 필요가 없어. 오히려 내 일은 이렇게 마시면서 인간관계를 원만하게 하는 거라고 할 수 있지."

오동통한 남성의 의미를 알 수 없는 이론이 전개되었습니다만,

아무래도 다른 오동통한 남성들도 같은 소감을 품고 있는지 "과연!" "역시 국장님입니다!" "오늘도 잘 먹겠습니다!" 같은 치켜세우는 말을 할 뿐. 이 녀석들은 모두 하나같이 알코올에 머리까지 오염된 것일까요?

"여자아이에게 일을 전부 떠넘기고서 죄악감은 느끼지 않는 겁니까?"

옆에서 참견하며 방해를 해도 그의 머리에 그 말은 닿지 않았습니다.

"죄악감?! 그런 건 옛날에 버렸어! 게다가 그녀는 일을 하고 싶어 한다고. 일하게 내버려 두면 돼. 나에게 그걸 막을 권리 같은 건 없다고."

과연, 그렇습니까.

"일하고 싶어 하는 게 아니라 억지로 일하게 하고 있다, 인 건 아닌가요? 소문에 따르면 그 챙 달린 모자에는 일에 관한 것밖에 생각할 수 없게 되는 효과가 있다고 하던데요?"

"그렇긴 하지. 하지만 자신의 의지로 모자를 벗지 않는다면 어쩔 수 없지! 하하핫!"

"자신의 의지로 모자를 벗을 수 없게 된다는 소문도 있습니다."

"…………."

이쯤에서 국장님은 주변에 있던 오동통한 남자들의 얼굴이 새파랗게 질려 있다는 사실을 깨달았습니다.

그리고 옆에 초대하지도 않은 여자가 섞여 있다는 사실을 깨달은 모양이었습니다.

"……언제부터, 거기에?"

국장의 뺨에 번들번들한 땀이 차갑게 흘러내렸습니다.

우체국 직원 같은 차림을 한 그 여성은 잿빛 머리카락을 길게 늘어뜨렸고, 눈동자는 유리색. 대낮의 술집 테이블 앞에 앉아 있기에는 조금 어울리지 않는 모습을 하고 있었습니다.

"처음부터 있었습니다만?"

그녀는 고개를 갸웃거렸습니다.

"어, 어떻게 여기를……!"

당황한 오동통 국장을 보며 그녀는 싱긋 웃었습니다.

"전서구들이 안내해주었습니다. 그들은 머리가 꽤 좋은지, 사람의 얼굴과 동향 등도 감시 가능한가 보더군요. 편리하네요."

말하면서 가게 밖을 가리켰습니다.

민가의 지붕, 큰길의 한가운데, 유리 너머의 온갖 장소에서 챙 달린 모자를 벗은 전서구들이 이쪽을 빤히 바라보고 있었습니다.

그리고 둔기를 손에 들고 휘두르는 우체국 직원의 모습도 보였습니다.

"……저기."

"그나저나 국장님. 오늘은 편지를 전달하러 찾아왔습니다. 저는 우체국 직원인지라."

그가 무언가를 말하려 하는 기색을 보였습니다만 무시했습니다.

잿빛 머리카락을 가진 우체국 직원은 오동통한 남자의 손에 한 장의 종이를 쥐여주었습니다.

"…………이건."

"모르시겠나요?"

방긋, 악마와 같은 미소를 지으면서 잿빛 머리카락을 가진 우체국 직원은 말했습니다.

단 한마디.

"결투 신청서입니다."

그나저나, 이 우체국 직원은 대체 누구인가.

그렇습니다. 저입니다.

○

왕녀님의 생일 퍼레이드를 일주일 정도 앞둔 매우 바쁜 시기에 엄청난 인물이 자수를 하겠다며 다급하게 나타난 일로 도시는 무척이나 소란스러워졌습니다.

그도 그럴 것이, 그 인물은 바로 이 나라의 상징이라고도 할 수 있는 전서구를 이용한 우편을 실시하는 우체국의 국장이었기 때문입니다.

그는 우체국 직원에게 배포된 챙 달린 모자에 부여된 무시무시한 힘을 알면서도 그것을 악용했고, 인건비를 깎아 자신의 교제비로 쓰기 위해 여자아이 한 명을 쥐꼬리만 한 급료로 고용하여 우체국 운영을 맡겼다고 스스로의 죄를 고백했습니다.

세상에, 이 무슨 악독한 짓인가요.

자수한 시점에서 어째선지 국장은 온몸이 똥투성이에 너덜너덜한 상태였습니다만, 대체 무슨 일이 있었는지를 그는 일절 말하지 않았다고 합니다.

또한 우체국 운영에는 대폭적인 재검토가 이루어졌고, 앞으로 우체국 직원은 단순한 먹이 담당이라는 직무를 맡게 되었다고 합니다.

"그렇대요. 잘됐네요."

저는 각색을 섞어가며 신문 한 면을 가볍게 읽었습니다.

새장 같은 우체국 안에서는 지금도 전서구들이 춤추듯이 날고 있습니다. 이전과 다른 점이 있다고 한다면, 답답해 보이는 챙 달린 모자를 단 한 마리도, 단 한 사람도 쓰고 있지 않다는 점일까요?

『꼴 좋다고 생각해. 당연한 응보. 백번 죽어 마땅해.』

그러나 모자를 벗었어도 그녀의 말은 변함없이 서면으로 자아지고 있었습니다.

"이제 말을 할 때마다 종이에 적을 필요는 없어요. 쿠치나시 씨."

『아니, 실은 나 선조 대대로 말을 하지 못하는 집안에서 태어났거든.』

"당신 아까 모자를 벗었을 때 말하지 않았던가요?"

『무슨 말인지 잘 모르겠는데요.』

흐흥 하고 코를 울리면서 그녀는 글을 써내려 갔습니다.

『말하지 않는 캐릭터라고 하는 것도 일종의 아이덴티티라고 생각하는지라, 앞으로도 계속해서 종이에 쓸 거니까 잘 부탁해.』

"부탁받아도 곤란합니다만……."

성가시니까요. 그보다 말을 하지 않는 사람이라면 전에도 만났었거든요. 아이덴티티니 하는 게 통째로 깨졌다고요. 괜찮은 겁니까?

『뭐, 그건 진짜 농담.』

홋 하고 웃은 그녀는 펜과 종이를 내려놓았습니다.

그리고.

"전서구들도 알 수 있는 말로 이야기하고 싶으니까, 이렇게 글자를 쓰는 거야."

그렇게 말했습니다.

"말을 배웠다면, 전서구들은 앞으로 내 좋은 말 상대가 되어줄 테니까."

라고도.

말을 배웠다. 그렇다고는 해도 전서구들은 인간의 말을 할 수 있게 된 것이 아니니 당연히 음성으로 대화하는 것은 불가능합니다.

그렇다면 글자를 쓰자, 라고 생각한 것일 테죠. 그것이 그녀를 구하기 위해 날아다닌 전서구들에게 그녀가 해줄 수 있는 일일지도 모릅니다.

……그런 사실을 그들 앞에서 당당히 이야기하는 것은 부끄럽기 때문에 펜을 내려놓은 것일 테죠.

"……모두, 고마워."

천장을 올려다보면서 그녀는 조용히, 저에게만 들리는 말을 아주 조그맣게 내뱉었습니다. 호흡처럼 흘러나온 그 말은 우체국 안을 날아다니는 비둘기들의 날갯소리에 곧바로 지워져 갔습니다.

그들에게는 그 말이 들리지 않았을 겁니다. 그 마음은 닿지 못했을 겁니다. 그러나 그녀의 얼굴은 무척이나 무척이나 밝았습니다.

그들에게서 대답이 돌아오지는 않았습니다.

그러나 그 직후에 대답 대신 똥이 떨어졌습니다.

"…………."

"…………."

"……어? 잠깐 기다려 어째서 지금 이 타이밍에 똥이 떨어지는 건데?"

"그들 나름의 애정 표현인 게 아닐까요?"

역시 비둘기의 애정은 **똥**투성이구나 하고 생각했습니다.

성 아랫마을 프리지어에서 체재한 지 사흘째의 일입니다.

키 작은 건물들이 처마를 맞대고 늘어선 사이로 하늘을 꿰뚫을 듯이 곧게 뻗은 왕성. 그 안, 그중에서도 최상부에 저는 있었습니다.

활짝 열린 창문 밖으로 슬쩍 시선을 주자 푸른 하늘이 펼쳐져 있었습니다. 창가로 다가가 아래를 내려다보면 저 멀리 민가가 매우 자그맣게 보였습니다.

"예쁘죠? 여기에서 보이는 풍경은 꽤 장관. 넋을 잃는 것도 무리는 아니랍니다."

등 뒤에서 들려온 말은 부드러웠지만, 억양을 잃은 음색은 어딘가 차가운 듯도 느껴졌습니다.

뒤를 돌아보자 보석이 엄청나게 달린 드레스를 입은 복숭앗빛 머리카락의 여성이 이쪽을 바라보고 있었습니다.

무척이나 아름답고, 그러면서도 문자 그대로 이 나라의 정상에 군림하는 그녀의 이름은 플루메리아.

이 나라의 왕녀, 바로 그 사람이었습니다.

"당신 소문은 들었습니다. 우체국장의 악행이 밝혀진 것은 당신의 도움이 있었기 때문이라지요?"

차가운 눈은 저를 향해 있었습니다. 흠칫하고 등줄기가 얼어붙는 기분을 느꼈습니다.

"무슨 말씀인지 모르겠습니다."

일단 시치미를 뗐습니다. 어쩐지 혼날 것 같은 기척을 느낀지라.

"……오해하지 말아주시겠어요? 나는 당신을 질책하기 위해 여기로 부른 게 아니에요."

그녀는 제 말에 탄식으로 답했습니다.

"그리고 이곳에서 거짓말을 하는 건 그다지 현명하다고는 말하기 어렵겠네요. 당신도 여기서 여행이 끝나기를 바라지는 않을 테죠?"

"…………."

농담이라고 하기에는 너무나도 차가운 미소가 그녀의 얼굴에 떠올라 있었습니다.

부름을 받아 플루메리아 왕녀의 방으로 안내되어 온 저였지만, 여기에 있는 것은 저와 그녀만이 아닙니다.

잘 훈련된 병사들이 무기를 손에 들고서 제 뒤에 대기하고 있었습니다.

그럴 마음이 들기만 하면 당신 머리 같은 건 간단히 베어버릴 수 있답니다? 그녀의 언동에는 그런 위험한 뉘앙스가 담겨 있는 듯한 느낌이 들었습니다. 아이고 무서워라.

"오늘 부른 용건을 말하죠."

입을 다문 저에게 그녀는 말했습니다.

"우선 먼저 이걸 봐줘요."

그 말과 함께 건네진 것은 한 장의 편지였습니다.

봉투에서 두 번 접힌 편지를 꺼내 펼치자, 거기에는 종이 크기에 비해 매우 겸허해 보이는 예쁘고 자그마한 글씨로 단 한 문장만이 이렇게 적혀 있었습니다.

『플루메리아 왕녀의 생일 퍼레이드 개최는 올해로 마지막이 될 것이다. 대괴도 아야메(붓꽃)』

이것은 즉, 예고장.

그리고 약간 애매하게 돌려 표현한 이 내용은, 다시 말해서.

"내 목숨을 노리는 거죠."

그런 것이겠지요.

……아니 아니 아니. 대괴도라니.

본인 입으로 말하는 겁니까? 그걸? 이 사람 머리는 괜찮은 겁니까? 쓸데없이 성실하게 자그마한 글씨를 써서는 전서구에게 이 편지를 전달하고 왕성까지 배달하게 한 아야메 씨의 얼굴을 상상하고 저는 몸을 떨었습니다.

"그래요…… 몸이 떨리는 건 당연한 일. 나도 이 편지를 받았을 때는 무서워서 견딜 수가 없었답니다."

아니 그저 단순히 웃음을 참고 있을 뿐입니다 죄송합니다.

"……상대는 대괴도를 자칭하는 분이죠? 적어도 목숨을 노리는 일은 없지 않을까요?"

"이 대괴도는 자신이 노린 사냥감은 절대 놓치지 않는 프로 중의 프로. 아마도 내 목숨을 목표로 정한 아야메는 반드시 내 목숨을 빼앗아 갈 테지요."

"아니 그러니까 목숨까지 빼앗기는 일은 없──."

"정말이지 무서운 일이랍니다."

"……아니, 그러니까 딱히 죽이지는 않──."

51

"일레이나 씨. 당신에게는 퍼레이드 날까지 이 아야메를 찾아내 주었으면 합니다. 내 목숨을 지키기 위해서도 이 의뢰를 받아 주겠지요?"

"……저기."

"애초에 당신에게 거부권은 없지만."

"…………."

"돈이라면 얼마든지 내지요."

권력과 돈을 써서 이야기를 진행시킨 플루메리아 왕녀는 그대로 제 손을 잡더니 "당신은 우체국에서 일하고 있다지요? 지금 당장 그만두고 나를 위해 일하세요" 하고, 더더욱 폭주해가고 있는 느낌의 제안(명령)을 했습니다. 요컨대 당신을 위한 노예가 되라는 겁니까? 과연, 그렇군요.

…………．

다소 지나치게 강제적이라고 할까, 뭔가 뒤가 구린 느낌이 강하게 드는군요.

"대답은?"

노라고 대답하면 어찌 될지 알고 있겠지요? 죽여버릴 거랍니다. ……그러한 뉘앙스가 담겼는지 어떤지는 분명하지 않지만, 그러나 그녀의 손에 묘하게 힘이 실려 있는 현재 상황으로 보았을 때 거절하면 제 목이 공중을 나는 것은 확실하리라 여겨졌습니다.

그런고로.

"그 아야메 씨의 특징은?"

"모른답니다."

"……뭔가 알고 계신 건 있습니까?"

"…………."

아, 아무것도 모르는 거로군요? 과연, 그렇군요.

"……뭐, 일단은 노력해보겠습니다."

저는 그렇게 답했습니다. 그녀는 "그거 다행이네요"라며 손을 놓아주었습니다만, 그녀에게 쥐어졌던 손은 저릿저릿했습니다.

왕녀의 폭거를 훌륭하게 견뎌낸 제 손을 다독이듯이 문지르고 있으려니 그녀가 제 귓가에 이렇게 속삭였습니다.

"만약 대괴도를 발견하면, 아무에게도 알리지 말고 조용히 여기까지 데려오세요."

그녀는 그렇게 말하고서 제 뒤편—— 병사들을 차갑게 바라보며 "부디 이 이야기는 외부에 발설하지 마세요"라더니, 저를 방에서 쫓아냈습니다.

"——그러한 일이 있어서 말이죠. 그런고로 내일부터는 왕녀님의 노예로 전직하게 되었습니다. 즉, 여기를 그만둔다는 뜻입니다."

그리고서 저는 우체국으로 돌아가 일이 끝날 무렵에 잡담을 나누면서 겸사겸사 사표를 제출했습니다. 그나저나 왕녀님의 노예라는 식의 표현은 어딘가 외설적인 느낌이 들어 별로로군요. 미간을 찌푸리고 말았습니다.

쿠치나시 씨도 저와 마찬가지로 떨떠름한 표정을 하고 있었습니다.

『일을 오래 하지 못하는 녀석에게 미래는 없다.』

아니, 오히려 이 일을 계속했다간 미래가 없습니다만…….

"이걸 거절하면 저 죽을지도 모르거든요? 어쩔 수 없지 않습니까?"

『그보다, 왕녀님이 입단속을 했는데 나한테 말해도 괜찮은 거야?』

"쿠치나시 씨. 여성이 말하면 안 된다고 말했을 때는 대체로 누군가에게 말해주길 바랄 때랍니다."

『그게 뭐야? 무슨 의미?』

"여자는 성가신 생명체라는 뜻입니다."

『그럼 나도 성가신 생명체니까 일레이나 씨를 붙들래.』

쿠치나시 씨는 뺨을 부풀리며 뾰로통하게 화를 내더니 제가 내민 사표를 꾸욱꾸욱 밀어냈습니다.

"아니, 저기…… 저는 어차피 며칠 후에 이 일을 그만둘 셈이었습니다만……."

『안 돼.』

안 된다니 무슨 뜻입니까?

"어차피 지금은 우체국 직원이라고 쓰고 단순한 먹이 담당이라고 읽으니 괜찮지 않습니까? 혼자서도 할 수 있잖아요?"

게다가 지금은 마법사만 그 일을 맡을 수 있는 것도 아니니, 어떻게든 되리라고 생각합니다만.

『싫어. 일레이나 씨가 좋아. 지금 떠나보내기엔 아까운 인재.

이별은 너무나도 괴로워. 슬퍼. 힘들어. 못 해 먹겠어. 죽고 싶어. 그보다 나도 일 그만두고 싶어.』

"일을 오래 하지 못하는 녀석에게 미래는 없다고 말한 인간의 말이라고는 생각할 수 없군요."

『일레이나 씨가 없다는 건 미래가 없다는 것이나 다름없어.』

"너무 무거워……."

대체로 그런 잡담의 응수가 반복되었습니다만, 결국 그녀는 토라진 채로 떨떠름하게 사표를 받아주었습니다.

『일을 그만둬도 만나줄래?』

단, 그만둘 때 그러한 조건을 내걸었습니다.

"당연하지요."

만날 수 있을지 어떨지는 확실하지 않지만, 적어도 거부할 마음은 전혀 없었습니다.

아무튼 뭐, 그런 느낌으로 그날의 일을 마치게 되었습니다만.

그 후의 일입니다.

"실례한다."

호들갑스러운 인사와 함께 갑작스레 우체국 문이 열렸고, 병사님들이 대량의 꾸러미를 안아 들고 나타났습니다.

"…………? 아, 안녕하세요……?"

『…………?』

갑작스러운 방문자에 고개를 갸웃거리는 우리에게 그들의 대장으로 보이는 병사가 경례를 했습니다.

"이곳이 우체국이 맞겠지? 괜찮다면 온 나라에 호외를 부탁하려고 한다. 이건 국왕께서 직접 하신 의뢰다."

마지막 한마디는 바꿔 말하자면 "참고로 너희에게 거부권은 없으니 잘 부탁한다"라고 말하고 있는 것처럼도 여겨졌습니다. 아무래도 이 나라 사람들은 왕녀님만이 아니라 병사까지도 전부 강제적인 분들인가 봅니다.

뭐, 우리는 전달받은 종이를 비둘기들에게 건네줄 뿐이니 딱히 이것을 배포하든 말든 어느 쪽이든 상관없지만 말이지요.

아무튼 그는 한 번 접힌 한 장짜리 신문을 우리에게 건넸습니다.

"…………."

『………….』

우리는 얄팍한 신문지를 활짝 펼쳤습니다.

직후에 우리는 서로 얼굴을 마주 보았습니다.

호외라느니 하며 쓰여 있는 그 내용을 이미 알고 있었기 때문입니다.

『악덕 우체국장을 응징한 재의 마녀 일레이나, 이번에는 대괴도를 응징한다?』

이 무슨. 가십을 좋아하는 인간이 너무나도 좋아할 듯한 제목 아래에는 제가 여행자이며, 현재 우체국 직원으로 일하고 있다는 것, 거기에 더해 이제부터는 왕녀님을 지키기 위해 대괴도를 찾아 나선다── 등의 흐름이, 거짓 없이 떡하니 쓰여 있었습니다.

그리고 어디서 찍었는지, 제 사진까지 첨부되어 있는 지경입니다. 개인 정보 보호는 어떻게 된 겁니까 웃기지 마.

의미를 알 수 없는 전개에 저는 고개를 한껏 기울였고, 쿠치나시 씨도 일하는 중이라는 사실을 잊고서 목소리를 내고 말았습니다.

"입단속한 본인이 소문을 내고 있는데 괜찮은 거야?"

"…………."

아무래도 왕녀님은 역시나 매우 성가신 성격을 가지신 모양이로군요.

○

다음 날, 저는 묵고 있는 숙소에서 나와 왕성을 향해 걷기 시작했습니다. 우체국장을 혼쭐낸 마녀라는 것도 왕녀님을 위해 대괴도를 찾고 있다는 것도 이미 들통난 탓인지 길을 가는 사람들과 스쳐 지나갈 때마다 신기해하는 시선을 받아야 했습니다.

정말이지 못 해 먹겠습니다.

"저기 저기, 당신 말이야. 일레이나 씨 맞지?"

덤으로 이상한 사람이 말을 걸어오기까지 했습니다.

무시했지만 말이지요.

"어이! 잠깐! 무시는 너무하지 않아? 아, 내 이름을 말하지 않았네. 미안 미안. 나는 아이리스. 이 마을의 신문사에 일하고 있어."

왕성으로 향하는 저를 따라오는 그녀는 아무래도 아이리스라고 하는 분인 모양입니다. 뒤에서 하나로 묶은 보랏빛 머리카락이 걸을 때마다 좌우로 살랑살랑 흔들렸고, 하얀 블라우스에 까만 바지라고 하는 매우 단순하면서도 정석적인 그 차림은 신문기자다워 보였습니다. 그렇군요 어찌 되든 상관없는지라 역시 무시했습니다.

"저기, 괜찮으면 인터뷰를 좀 할 수 있을까?"

거절의 뜻을 담아서 무시.

"저기, 잠깐! 30초 정도면 끝나니까!"

그런 말을 하지만 걸음을 멈추면 30초는커녕 30분 정도는 구속될 것이 눈에 뻔히 보였으므로 무시.

"괜찮아! 정말로 딱 30초면 돼. 이거 진짜야. 그냥 질문을 두세 개 할 뿐이니까."

그런 말을 하고 있지만 실제로는 잇따라 질문을 던질 것이 틀림없으므로 역시 무시.

이 이상 성가신 일에 휩쓸리는 건 사양하겠습니다.

아이리스 씨를 떨쳐내듯이 왕성으로 도망쳐 들어갔습니다. 다행히도 아이리스 씨는 도중에 포기해주었는지, 왕성에 들어온 직후에 뒤를 돌아보니 그곳에는 그 누구의 모습도 없었습니다.

"……후우."

앞으로 매일같이 따라다닌다고 한다면, 왕성에서 머물게 해달라고 부탁할 필요가 있을 것 같군요.

아니, 오히려 지금 당장이라도 머물게 해달라고 하는 편이 좋을지도……?

"저기, 어째서 다 소문을 낸 건가요? 덕분에 아침부터 이상한 사람이 달라붙어서 곤란했거든요? 그보다 직접 입단속을 해두고서 호외를 내는 건 어떨까 싶습니다만. 그런고로 오늘부터 여기서 지내게 해주십시오."

하늘을 꿰뚫는 왕성의 꼭대기에 있는 그녀의 방으로 안내된 저는 곧바로 불만을 쏟아냈습니다. 그러나 플루메리아 왕녀는 복숭앗빛 머리카락을 사라락 흩날리면서 이렇게 답했습니다.

"폐를 끼친 점에 관해서는 사과하죠. 그러나 여기에서 지내는 건 인정할 수 없습니다."

사과하는 사람의 태도가 아닌 듯한 기분이 듭니다만, 문자 그대로 이 나라의 정점에 선 인간은 아랫사람의 기분 따위는 전혀 보이지 않는 것일까요?

"고급 요리와 넓은 방 하나만 받을 수 있으면 그 이상은 필요 없습니다. 부탁합니다."

"그렇군요. 무리입니다."

"당신 방에 묵게 해주기만 해도 된답니다."

"그것만은 절대로 허락할 수 없습니다."

"그걸 어떻게 좀."

"……나랑 자고 싶은 건가요?"

"아, 딱히 당신은 어찌 되든 상관없습니다."

오해가 있었습니다만, 저는 그저 높은 곳에서 자보고 싶을 뿐입니다. 저라고 하는 여행자는 그런 사람입니다.

"왕녀에게 그런 심한 말투라니."

그녀는 어깨를 으쓱였습니다.

"……어째서 묵고 싶은 건가요?"

"늘 함께 있는 편이 당신을 지키기 쉽잖아요?"

"여기에서는 병사가 언제나 나를 지키고 있습니다. 마녀의 호위 같은 건 필요 없어요."

플루메리아 왕녀는 저를 받아들여 줄 마음이 털끝만큼도 없는 모양이었습니다.

"게다가 당신에게는 대괴도를 찾아달라는 의뢰를 했을 텐데요?"

딱 잘라 답한 플루메리아 씨는 아무래도 전혀 마음을 열어주지 않은 모양입니다.

"……그나저나, 조금 전 질문에는 아직 대답해주지 않으셨는데요."

"뭐였죠?"

"제가 그 대괴도라는 걸 찾고 있다고 소문을 낸 이유에 관한 겁니다."

외부에 발설하지 말 것——이라고 말한 것은 플루메리아 왕녀 본인일 터.

"…………"

제 등 뒤에 있는 병사들에게 힐끗 시선을 보낸 다음, 그녀는 그제야 대답했습니다.

"호외를 내게 한 건 내 아버님입니다. 그쪽이 대괴도에 대한 견제가 될 거라고 하셨어요."

"…………"

"일이 그렇게 된 건 내 의사가 아니랍니다. 그것만은 알아주세요."

그녀의 의사가 아니라고 한다면, 대체 누가 그 정보를 흘렸을까요? 어제, 이곳에는 저와 왕녀 이외에도 병사들이 있었을 터입니다만.

만약 그들이 아버님이라는 분께 고자질을 했다고 한다면. 왕녀의 의사에 반하는 결과를 불러왔다고 한다면.

병사들이 이곳에서 언제나 왕녀의 동향을 지켜보고 있는 이유는 호위니 하는 게 아니라, 전혀 다른 것이 아닐까 하는 생각이 들었습니다.

"아버님이라는 분은 어디에?"

"아래에서 은거하고 계세요."

그렇게 답하면서 그녀는 바닥을 바라보았습니다.

마치 고개를 떨구듯이.

그녀의 방에서 긴 나선 계단을 따라 내려간 곳에 아버님이라는 분이 은거 중인 곳이 있었습니다.

병사님에게 부탁해보았더니 바로 약속을 잡아주었고, 아버님이라는 분의 알현을 허락해주었습니다. 병사님에게 들었습니다만, 아무래도 아버님이라는 분은 원래 이 나라를 다스리던 인물이라고 합니다. 은거 후에도 국정에 손을 대고 있다는 점을 생각하면 아직 기운이 남아도는 모양입니다만.

그리고 안내받아 간 곳은 왕성의 깊숙한 안쪽.

그는 은거 중이신 것치고는 꽤 호사스러운 방에 있었습니다.

초로에 들어선 그 남자는 저를 보자마자 "오오!" 하고 목소리를 높이면서 아주 비싸 보이는 의자에서 일어나더니 "자네가 재의 마녀 군인가. 한번 만나고 싶었느니라"라며 악수를 청해왔습니다.

"안녕하십니까."

저는 그의 손을 잡았다가 얼른 놓았습니다. 왠지 끈적했던지라.

"우체국장 건으로 폐를 끼쳐 미안하구나. 전서구를 이용한 우편이라는 것은 이 나라의 오랜 전통이다만—— 설마 그러한 사정을 감추고 있을 줄은 우리도 생각지 못했느니라."

"아뇨. 신경 쓰지 마십시오."

우체국 건에 관해서는 국장 혼자 바보짓을 했던 거니까요.

"그나저나 오늘은——."

플루메리아 왕녀에 관해서 이것저것 물으러 왔습니다.

라고 말하려 했습니다만.

"우체국장 건만이 아니니라. 갑자기 대괴도를 찾아내라는 무리한 부탁을 해서 미안하구나. 그건 플루메리아가 멋대로 정한 일이다. 나도 병사에게 듣고 그제야 안 탓에 대응이 늦어졌다. 면목없구나. 사전에 알았다면, 지낼 곳도 준비해주었을 텐데 말이다."

"…………."

역시 병사가 폭로한 것입니까.

"그 아이는 옛날부터 그랬느니라. 남에게 아무것도 상담하지 않는다. 무슨 생각을 하는지 알 수 없지. 퍼레이드를 열어주어도 전혀 즐거워하지를 않는구나."

그런 차가운 느낌이 좋아! 라는 평가가 항간에서는 나돌고 있을 것 같습니다만, 가까운 사람에게는 아무래도 그렇지 않은 모양입니다.

백성에게 있어 왕녀는 너무나도 먼 존재이기에 결점 없는 아름다운 여성으로 보일 뿐인지도 모릅니다. 뭐, 탑 꼭대기에 산다는 점에서 물리적으로도 먼 존재입니다만.

그나저나.

"그녀는 어째서 그런 높은 곳에서 사는 겁니까?"

"음? 플루메리아에게 듣지 못한 것이냐?"

"그녀는 아무것도 이야기해주지를 않더군요."

아무래도 옛날부터 그랬던 모양입니다만.

"그런가……."

제 말에 그래, 하고 전 국왕님은 고개를 끄덕였습니다.

그리고서 "이건 표면적으로는 밝히지 않은 이야기니라. 부디 누설하는 일이 없도록 하거라──" 하고 입을 열었습니다.

"……몇 개월 전의 일이다. 도둑이 이 성에 숨어든 일이 있었다. 바로 올해 생일 퍼레이드를 앞두고 예고장을 보내온 대괴도 아야메라고 하는 녀석이었느니라. 녀석은 성에서 여러 금품과 보석을 훔치려 했다. 좀도둑 주제에 내가 머무는 성에 숨어들다니, 정말이지 어리석은 짓이지. 물론 녀석은 그 자리에서 병사들에게 체포되었느니라. 대괴도라느니 하며 허풍을 떨지만, 실물은 플루메리아와 비슷한 나이대의 계집애였다. 아야메는 성의 지하 감옥에 가둬두었었다. 성에 숨어든 죄는 실로 크다. 사형까지는 아니라 해도 어떤 처벌을 내리는 것이 적정한가를 생각하는 데만도 며칠이 필요했다. 사건은 그때 일어났느니라. 어떤 수를 썼는지는 모르지만, 아야메는 어느 틈엔가 감옥을 빠져나와 플루메리아를 인질로 삼아서 성에서 도망쳤던 게다. 『다가오면 왕녀의 목숨은 없다』, 『도망치기 위한 마차를 준비해라』. 그 녀석은 그렇게 우리를 협박했다. 결국, 우리는 두 눈 멀쩡히 뜨고 아야메를 놓치는 꼴이 되고 말았느니라──. 그 이후로 그곳에서 살게 된 것이다. 그런 곳에 있으면 적어도 목숨이 위험할 일은 없을 테지. 병사들도 있으니 말이다."

하지만 어떤 이유에서인지 대괴도 아야메는 현재 왕녀의 목숨을 노리고 있다.

무슨 목적인지도, 무엇을 훔칠 셈인지도 알 수 없었지만, 적어도 전 국왕으로서는 대괴도 아야메라는 이름을 무시할 수는 없었을 테지요.

"우리는 무슨 수를 써서라도 대괴도 아야메를 체포해야만 한다. 이제 두 번 다시, 그러한 사건을 일으키게 둘 수는 없느니라."

그렇게 말하고서 전 국왕은 "부탁하마. 재의 마녀님. 아야메를 찾아다오"라며 저를 바라보았습니다.

그러나 역시 이상합니다.

전 국왕님의 말이 사실이라고 한다면, 플루메리아 왕녀는 대괴도 아야메라는 인물을 알고 있을 터입니다.

그렇다면 어째서, 찾아달라는 의뢰를 했을 때 아무런 말도 하지 않았던 것일까요?

모른다라는 거짓말을 한 것일까요.

그나저나, 대괴도를 찾으라고 말한들 힌트 하나 없는 현재로서는 어찌할 방도가 없습니다.

왕성에서 나와 큰길을 천천히 걸어가면서 이런저런 생각을 해 보았습니다만, 이 큰 나라에서 단 한 사람을 찾아내라는 것은 너무 터무니없는 이야기입니다.

애초에 전 국왕님이 저에 관한 소문을 퍼뜨린 탓에 대괴도는 몸을 감춰버렸을 테니까요.

"…………."

게다가 저 자신도 매우 행동하기 어려워졌고요.

"아, 배고파…… 하지만 편집장님께 일레이나 씨를 취재할 때까지 돌아오지 말라는 말을 들었는걸…… 아, 돌아가고 싶다……."

성까지 저를 쫓아왔던 신문기자 아이리스 씨는 옷에 묻어 잘 지워지지 않는 소스처럼 끈질긴 성격을 갖고 있는가 봅니다.

길을 걷다가 출출함을 달래기 위해 노점에서 빵을 샀을 때부터 줄곧 제 시야에 슬쩍슬쩍 들어오면서 그런 말을 늘어놓고 있습니다. 이 자식은 스토커인 겁니까?

"언니…… 밥 언제 먹어?"

덤으로 자그마한 어린아이를 소환하기까지. 아직 나이 어린 소녀는 아이리스 씨의 옷자락을 잡아당기면서 조르는 소리를 했습니다. 언동을 보면 아마도 여동생일 테고, 차림이 초라한 것을 보면 그녀의 가족은 꽤 빈곤층에 속하리라 판단되었습니다.

"미안해…… 언니도 얼른 집에 가고 싶지만…… 일이 끝날 때까지 기다려줘. 응?"

"흐응. 언니, 배고파……. 빵 먹고 싶어. 우리 집은 왜 가난한 거야……?"

"미안해…… 언니가 일을 더 잘했으면, 이렇게 고생시키지 않았을 텐데."

"배고파. 언니…… 나 배고파."

"미안해…… 미안해……."

연신 여자아이의 머리를 쓰다듬어주면서 눈물을 글썽이는 아이리스 씨. 그러는 중에도 그녀는 저와 시선 맞추기를 게을리하지 않았습니다. 너무나도 뻔해서 참을 수 없을 정도의 수작이 그렇게 펼쳐지고 있었습니다.

솔직히 말씀드리자면 저는 이런 장면을 보았다고 해서 상대를 불쌍히 여기거나 하는 성격이 아닙니다. 심지어 바닥에 빵을 던지고 "배가 고프다고 했잖아요? 자, 드시죠?"라며 비웃는 성격입니다. 하지만 지금은 아무래도 사정이 달랐습니다.

"……취재를 허락하면 되는 겁니까?"

등을 돌린 채, 어이없어하면서도 저는 두 사람에게 말을 걸었습니다.

"허락하겠습니다. 허락하면 되는 거죠?"

약간 될 대로 되라는 심정이기도 했습니다.

"어? 진짜로? 아자! 밥을 배부르게 먹을 수 있겠어!"

"언니, 잘됐다!"

가련하고 불쌍한 자매는 어디로 간 걸까요? 두 사람은 깍깍거리며 신나 했습니다.

"단, 저에게도 정보를 넘겨주세요—— 대괴도 아야메에 관한 정보를."

교섭 조건이 붙은 승낙입니다. 이거라면 딱히 상관없을 테죠. 서로의 이익은 일치했다고 생각합니다.

"이 조건으로 어떤가요?"

저는 그렇게 말하며 불쌍한 가난뱅이 자매를 돌아보았습니다.

"——응. 자, 여기. 이번 일당이야. 다음에도 잘 부탁해."

"——또 불러줘. 불쌍한 여자아이 역할이라면 맡겨달라고. 특기 분야니까."

마침 바로 그때. 한 닢의 은화가 아이리스 씨에게서 여동생에게로 건네지는가 했더니만, 여동생은 그대로 휘파람을 불면서 자리를 뜨고 말았습니다. 심지어 "멍청이랑 외지인은 식은 죽 먹기라니까" 같은 말과 함께 누더기를 벗어 던지며 가버렸습니다.

"……방금 그건."

"아, 응. 연기자인데?"

"…………."

못 해 먹겠네, 입니다.

○

실제로 아이리스 씨는 돈벌이가 그럭저럭 괜찮은 모양인지, 이야기를 나눌 장소로 안내된 그녀의 집은 마을의 큰길가에 면한 제법 커다란 단독 주택이었습니다.

그 집의 응접실에서 그녀는 "그럼, 아까 한 약속대로 우선은 일레이나 씨에 관해 이것저것 가르쳐주겠어?"라며 수첩을 꺼냈습니다.

"……가르쳐달라고 한들 말이죠."

애초에 기사가 될 만한 재미있는 일 같은 건 별로 없을 텐데요.

제가 이야기할 만한 것이라고는 왕녀님에게 불려가 대괴도를 찾으라는 명령을 받은 일과 전 국왕님이 그것을 온 나라에 퍼뜨린 일 정도로, 요컨대 특별한 일 같은 건 전혀 없었습니다.

너무 재미가 없는 것은 아닐까—— 저는 조금 고민하면서 그 일들에 관해 하나하나 이야기해나갔습니다.

"……과연."

대강의 상황을 전부 설명하고 나자 아이리스 씨는 그렇게 대꾸하며 고개를 끄덕였습니다.

"그럼, 일레이나 씨는 원래 비밀리에 대괴도를 찾을 셈이었던 거네?"

"뭐, 그렇지요."

전 국왕님 탓에 그 계획은 쓸모없어졌지만.

"지금, 이 나라는 플루메리아 왕녀가 통치하고 있는 것으로 되어 있지만, 실제로 나라를 운영하는 건 전 국왕이야. 왕녀님이 아직 부족하다는 이유로 말이지. 이것저것 손을 대고 있는가 봐. 이번에도 그런 참견이 화를 불러온 걸 테고. 덕분에 움직이기 어려워졌지?"

"맞습니다. 당신 같은 사람이 달라붙는 지경이 되었으니까요."

그런 빈정거림에 쓴웃음으로 답하면서 아이리스 씨는 "그럼 다음은, 일레이나 씨가 찾고 있는 대괴도에 관한 건데—"라며 테이블에 몇 개의 기사를 꺼내놓았습니다.

전부 신문 기사를 잘라둔 것이었습니다.

"솔직히 말해서 대괴도의 정체를 아는 자는 아무도 없어. 다만, 의외로 대괴도는 서민한테는 상냥한가 봐. 훔치는 건 전부 나쁜 업자나 사기꾼 같은, 그런 녀석들의 물건들뿐이거든. 아야메는 훔친 물건들을 민중들에게 나눠주고 다닌대."

요컨대.

"의적입니까?"

신문 기사에는 사진도 있었습니다. 검은 망토와 가면 탓에 맨얼굴은 전혀 보이지 않았지만, 가느다란 체형이 저와 비슷했습니다.

"그나저나, 대괴도 씨는 몇 개월 전부터 외부에 모습을 드러내지 않고 있는 것 같은데요?"

저는 자료를 팔락팔락 넘기면서 고개를 갸웃거렸습니다.

신문 기사 조각에 실린 사진은 몇 개월 전후의 것들이었고, 그 이후에는 사진 없는 간소한 기사들뿐. 일반에는 알려지지 않았지만, 아마도 왕성에 숨어들었던 날 무렵부터 목격 정보가 끊어진 것일 테지요. 최근 들어서는 수상한 목격 정보라든가, 가짜가 나타났다든가, 혹은 그럴듯한 사망설까지 소문이 퍼지고 있는 지경이었습니다.

"도적 일에서 손을 뗀 거 아닐까? 어쩌면 질린 걸지도?"

"그럼 이번에 예고장을 보낸 건 어째서죠?"

"나한테 물은들 알 리가 없잖아."

아이리스 씨는 매우 성의 없는 느낌으로 그렇게 답했습니다.

결국 대괴도 아야메가 누구이고, 무슨 생각을 하고 있는지에 관해서는 아무것도 알지 못한 채──이기는커녕, 수수께끼가 깊어져만 가고 있었습니다.

○

결국 대괴도라는 녀석이 무엇을 하고 싶은 것인지도, 플루메리아 왕녀가 무엇을 생각하고 있는지도 모르는 저는 하염없이 성 아랫마을을 수색하고 다녔습니다.

"목격 정보가 들어오면 바로 가르쳐주셨으면 해요. 전서구들에게 부탁할 수 없을까요?"

한정된 정보 속에서 최선을 다하려면 쓸 수 있는 수단은 뭐든 가리지 않고 써야만 했고, 저는 바로 친구인 쿠치나시 씨에게도 협력을 의뢰했습니다.

『일단 전서구들에게는 말해두겠지만, 그다지 기대는 하지 말아줘. 이 아이들의 본업은 어디까지나 우편이니까.』

"알고 있습니다──. 죄송해요. 무리한 부탁을 해서."

『괜찮아. 나는 딱히 곤란하지 않은걸.』

전서구들도 일을 하는 김에 기묘한 차림을 한 여자를 찾는 정도라면 힘들지 않을 거야─라고, 그녀는 글을 써나갔습니다.

"고맙습니다."

꾸벅, 저는 예의 바르게 인사를 했습니다. 그리고 한동안 우체국 안에서 느긋하게 시간을 보낸 다음 거리를 걸었습니다.

"어때? 뭔가 좋은 정보는 있었어?"

역시 큰길을 걸으면 스토커와 조우하는 숙명인지, 어디선가 아이리스 씨가 나타나 근황을 물었습니다.

그렇다고는 해도 매번 하는 대답은.

"수확이 전혀 없습니다."

그런 재미 없는 말뿐.

"그거 아쉽네."

그녀도 제가 그렇게 답하리라는 것을 알고 있던 모양이었습니다.

"참고로 나도 이것저것 조사하고는 있는데, 수확은 제로나 다름없어."

"그런가요……."

"최근 들어서는 몸을 숨기고 있는 것 같아."

"……어디 사는 전 국왕님이 아무 생각 없이 멍청한 짓을 온 나라에 해버린 탓이겠죠."

"국왕님 앞에서 그런 말을 하면 안 되는 거 알지?"

목이 날아갈지도 몰라. 아이리스 씨는 그렇게 말하며 큭큭 웃었습니다.

"어떤가? 대괴도가 있는 곳은 알아냈느냐? 내가 신문 호외를 뿌린 덕분에 정보가 꽤 모였을 테지?"

다리가 퉁퉁 부을 정도로 온 나라를 돌아다니느라 기진맥진해진 상태로 왕성을 방문했을 때, 전 국왕님은 그리 말하며 저를 맞아주셨습니다.

"⋯⋯⋯⋯아, 네. 뭐, 나름대로."

온 힘을 다해서 눈을 돌렸습니다. 하마터면 "뭐? 당신 탓에 눈곱만큼도 진전이 없거든요" 같은 날카로운 말이 목구멍에서 나올 뻔했습니다.

"그거 잘됐구나! 자네의 활약을 기대하고 있느니라. 반드시 내 딸을 그 대괴도에게서 지켜야 한다."

아버지로서인지, 혹은 전 국왕으로서인지. 어느 쪽이 되었든 사명감에 불타는 그는 "그럼 나는 퍼레이드 준비로 바쁘니 이만 실례하마"라는 말을 남기고 자리를 떠났습니다.

줄줄이 병사를 이끌고서.

"⋯⋯⋯⋯."

따님의 생일 축하라고 부르기에는 묘하게 살벌해 보이는 것은 대괴도라는 녀석 탓인 걸까요?

"──그렇군요. 아버님은 대괴도에게서 나를 지키겠노라 벼르고 계시는군요."

플루메리아 씨는 기본적으로는 나라의 정점에서 내려오는 일이 없는지, 그녀의 방을 찾아갔을 때 전 국왕님이 무엇을 하고 있는지를 질문받았습니다.

질문에 답한 결과, 그녀는 그런 말을 중얼거렸습니다.

제게 등을 돌린 채 테이블과 마주 앉아 그녀는 담담히 말을 자아냈습니다.

"일레이나 씨는 자신이 해야 할 일을 해주세요."

"말하지 않아도 하고 있습니다. 안심하시길."

"그렇다면 진척 상황은?"

"그 전에 하나 물어봐도 괜찮을까요?"

"……뭐죠?"

그녀는 돌아보지 않았습니다.

"당신은 대괴도를 찾아서, 그래서 무얼 하고 싶은가요?"

"…………."

답을 하지도 않았습니다.

"마음을 열어주지 않는군요."

"…………."

잠시 침묵이 자리한 후에 그녀의 손이 멈추었습니다.

"……미안해요. 당신을 신용하지 않는 건 아니에요."

"그렇다면 어째서인가요?"

"……그저, 나는 바깥세상을 모르는 것뿐이랍니다."

"지나치게 추상적이라 이해가 안 되는군요."

의미 있는 듯한 말을 뱉어서 얼버무리려는 건 그만두시죠.

그녀는 어이없어하는 저를 돌아보며 말했습니다.

"누구를, 어디서, 어떤 식으로 신뢰하면 좋은지를, 나는 모릅니다. 그래서 나는 마음을 열지 않아요. 여는 법을 몰라요. 그저 그뿐입니다."

그 눈동자를 보고서 저는 겨우 깨달았습니다.

그녀의 눈은 차가운 것도 아니었고, 냉철함이 깃든 것도 아니었습니다.

"……그렇습니까."

그녀는 두려워하고 있는 것입니다.

바깥세상이 무서워서, 하지만 그 풍경은 현기증이 날 만큼 너무나도 눈부시고 아름다워서.

제게 그녀는 마치 안전한 새장 속에서 세계를 바라보는 작은 새처럼 보였습니다.

○

그날 밤, 제가 묵는 숙소에 손님이 찾아왔습니다.

"와버렸어."

손을 살랑살랑 흔들면서 쿠치나시 씨는 에헤헤 하고 웃었습니다. 연인입니까?

"무슨 용건이신지?"

뭐 일단 들어오라며 저는 그녀를 안쪽 응접실로 안내했습니다.

"그게 용건이라고 할 정도는 아닌데, 일레이나 씨한테 이야기해둬야 할 게 생겨서."

"…………."

호오호오. 이 에두른 도입은 혹시.

"대괴도를 발견한 겁니까?"

그렇다면 제 일도 줄어들 테니 매우 큰 도움이 될 겁니다. 무관심한 척하면서도 내심 조금 기대하면서 저는 그녀의 말을 기다렸습니다.

하지만.

"아니. 미안. 그쪽은 전혀. 그보다, 그 이야기는 지금에서야 생각났어."

"…………."

그럼 대체 무슨 용건입니까?

"일레이나 씨, 기억해? 이삼일 전에 이 편지를 나한테 줬었잖아."

쿠치나시 씨는 그렇게 말하면서 한 장의 편지를 테이블에 꺼내 놓았습니다.

고상한 금장식이 된 그 봉투는 전에 이 방으로 잘못 보내졌던, 어디 사는 누군가가 어디 사는 누군가에게 보낸 러브레터.

……그러고 보니, 오발송 건을 쿠치나시 씨에게 조사해달라고 부탁했었던 듯한 기억이 납니다.

저도 지금에서야 생각이 났을 만큼 까맣게 잊고 있었지만 말이지요.

"그게 어떻다는 거죠?"

"응. 있지, 다른 오발송 편지를 먼저 처리하느라 시간이 걸렸지만, 얼마 전에 이 편지를 보낸 사람과 받는 사람의 주소를 알아봤어. 오늘은 그 결과를 가르쳐주러 온 거고."

일부러 그런 일로 여기까지 찾아와 준 겁니까?

지루하다느니 그만두고 싶다느니 하는 말을 하지만, 역시 그녀

75

는 지나칠 만큼 성실하게 일하는 것이 몸에 배어 있는 모양입니다.

"……고맙습니다. 그래서, 그 상대는?"

"그건 역시 일레이나 씨에게 보내진 게 아니었나 봐."

그리고 그녀는 말했습니다.

"받는 사람의 이름은 낯설었지만, 하지만 보낸 사람은 엄청나게 성가신 상대였어."

아무래도 그 이야기를 듣고 나니 다음 말을 듣고 싶은 마음이 거의 사라지고 말았습니다. 그러나 그래도 그녀는 그 이름을 말했습니다.

"＿＿＿＿．"

과연, 매우 성가시고 익숙한 한 사람의 이름을.

그때 조각조각 나뉘어 있던 모든 사건이 하나로 연결된 듯한 기분이 들었습니다.

○

다음 날.

저는 거리 산책 같은 건 잠시도 하지 않은 채 곧장 왕성 꼭대기로 향했습니다.

그녀는 제가 방문하리라고는 전혀 예측하지 못했는지.

"대괴도 수색은 어찌 되었나요?"

그런 말과 함께 돌아보며 눈을 가늘게 떴습니다. 약간 민폐라고 말하는 듯도 보였습니다. 아무래도 오늘도 책상에 딱 붙어 앉아서 몰래몰래 글자를 적고 있던 모양이었고, 그것 이외에는 아무것도 하고 싶지 않은 듯했습니다.

"찾기 전에 당신과 만나두고 싶었습니다. 잘하면 당신의 진의를 알아낼 수도 있다고 생각하고 있거든요."

"무슨 말을 하든 나는 당신에게 사정을 설명할 마음이 없어요."

딱 잘라 말했습니다.

"그런가요."

"네——."

과연, 아무래도 현재 상태로는 아무 말도 하고 싶지 않은가 봅니다.

그러나 마음을 열지 않는 상대를 신뢰할 만큼 저도 좋은 사람이 아닙니다.

"아, 흐흠."

그런고로 저는 그녀의 바로 뒤에서 종이를 펼쳤습니다.

어디 사는 누군가가 어디 사는 누군가에게 보낸 한 통의 러브 레터를.

"좋아합니다. 사랑합니다."

저는 손발이 오그라들 듯한 문장을 줄줄이 소리 내 읽었습니다.

"……뭐죠? 정신이 나간 건가요?"

"요즘 들어 당신에게서 답장이 없지만, 그래도 나의 이 마음만은 알아주길 바랍니다. 그래서 이렇게 예의도 잊고 몇 번이고 편지를 보냅니다."

"⋯⋯⋯⋯?"

"──제발, 부탁이에요. 답해줘요. 나는 너무나도 외롭습니다. 당신과 만난 그날부터, 줄곧 당신만을 생각하고 있습니다. 당신과 함께 살고 싶어요. 당신과 함께라면 그 어떤 일이라도 분명 더할 나위 없이 즐거울 거예요."

"⋯⋯! 아⋯⋯, 그 편지⋯⋯."

어딘가 기억에 있는 문장인지 그녀의 안색이 서서히 붉어지기 시작했지만 무시.

"당신이 없으면 내 마음은 구멍이 뻥 뚫려서 채워지지 않아요. 부디 나의 마음을 채워주세요──."

"자, 잠깐!"

이제야 그녀는 제가 무엇을 읽고 있는지 깨달은 모양입니다.

"그건 내 편지잖아요! 어째서 당신이!"

허둥지둥 당황하면서 편지를 빼앗으려 했지만 무시.

저는 그녀를 피하면서 냉혹하고 무자비하게 낭독을 계속했습니다.

"아아── 당신을 생각하면 밤에도 잠들 수 없어요. 가슴속이 일렁여서, 뜨거워서──."

"무례하구나! 무얼 읽고 있는 건가요! 정말!"

조금 전까지 차갑기만 하던 눈에는 눈물이 그렁그렁했고, 안색은 잘 익은 사과처럼 새빨간 색.

"잠깐⋯⋯ 그만두거라! 제발 그만해주세요!"

이쯤 해서 저도 무시를 그만두었습니다.

"······이거, 당신이 누군가에게 보낸 편지인가요?"

매우 정열적인 러브레터입니다만.

"윽! 그, 그건······."

아. 말을 망설이는 겁니까?

"──당신과 지냈던 며칠간을 저는 지금도 선명하게 기억하고 있습니다. 당신의 목소리, 손의 감촉, 입술, 피부의 따스함──."

"아아아아아아아아아! 잠깐! 말할 테니까! 그만두세요! 이제 더는 하지 마아아아!"

그리하여 겨우 그녀의 진심을 들을 수 있게 되었습니다.

처음부터 솔직하게 말해주었다면 창피를 당하는 일도 없었을 텐데 말이죠.

왕녀님이 "지금부터 잠시 이 무례한 계집애와 할 이야기가 있으니 당신들은 나가도록 하세요! 들어오면 목이 날아갈 겁니다!" 하고 매우 험악하게 외치면서 병사들을 억지로 방에서 쫓아냈습니다.

제가 그렇게 듣게 된 이야기는 지금으로부터 몇 개월 전── 왕성에 대괴도라는 녀석이 숨어들었을 때의 진상과 깊은 관련이 있었습니다.

플루메리아 왕녀가 편지를 보낸 상대라는 것이, 바로 그 대괴도였습니다.

"······크웃······ 어째서 그 편지를 당신이······."

"자자, 그에 관한 사정은 어찌 됐든 상관없지 않습니까?"

아무래도 편지 오발송이 빈번하게 발생했다는 사실을 몰랐던 모양이로군요. 높은 곳에 너무 오래 있었던 탓에 나라의 상황이 보이지 않았던 것은 아닐까요?

"그래서, 어째서 그런 편지를 보내게 된 겁니까? 편지 내용을 보건대 꽤 오랫동안 편지를 주고받은 모양입니다만."

"…………."

아, 말을 망설이는 겁니까?

"어디 보자……, 당신을 생각하면 나──."

"그만둬! 말할 테니까!"

속내를 알 수 없는 까다로운 왕녀님인가 했더니만, 아무래도 고삐를 잡기만 하면 다루기 쉬운 분이었던가 봅니다.

왕녀님은 떨떠름한 투로 사건의 진상을 이야기해주었습니다.

"……몇 개월 전에 그녀가 왕성에 숨어들었을 때, 또래 여자아이와 이야기를 나눠본 건 그때가 처음이었어요. 어릴 때부터 왕성 안에서만 생활했던 나는 바깥세상을 전혀 몰랐으니까요. 퍼레이드로 1년에 한 번 밖에 나가기는 했지만, 그것도 위에서 내려다볼 뿐이었죠. 나와 백성 사이에는 커다란 벽이 있었어요."

그래서 의적답게 성에 숨어든 대괴도가 또래 여자아이라는 이야기를 병사들에게 들은 그녀는 대괴도와 대화를 나누기 위해 지하 감옥까지 찾아갔다고 합니다.

"처음 만났을 때, 그녀는 나를 오해하고 있었던 모양이에요. 남자들을 속이고 꼬드겨서 돈과 물건을 보내게 하고 있다고 생각했나 보더군요. 성에 숨어든 것도 그 때문이라고 했어요."

아이리스 씨에게도 들었던 이야기입니다. 하지만 오해였군요.

"지난 며칠을 함께한 당신이라면 알지도 모르겠군요. 나는 물론 그런 일을 할 법한 인간이 아니고, 애초에 연애에는 흥미가 없어요."

아니, 흥미가 없는 건 아니지 않은가요?

다시 한번 편지를 읽어드리는 편이 좋을까요?

"그래서 그건 오해라고 이야기했고, 그리고 그녀가 어째서 괴도 같은 걸 하고 있는지도 듣게 되었죠. 우리는 그날부터 대화를 나누게 되었답니다. 매일같이 감옥에 숨어들었고, 그녀는 자신의 이야기를 들려주었어요. 나쁜 상인을 벌준 이야기. 악덕 기업을 망하게 한 이야기. ……그녀는 백성의 영웅이었죠."

그래서 나는 그녀를 그대로 처형되게 내버려 둘 수는 없다고 생각했어요—라고, 그녀는 말했습니다.

"이 사람은 감옥에 있어서는 안 될 사람이야. 그렇게 생각했어요."

그래서 그녀를 감옥에서 도망치게 해주었다고 합니다.

요컨대, 전 국왕님이 들려주었던 이야기에는 약간의 오해가 포함되어 있었던 것입니다.

대괴도라는 녀석은 분명 성에 숨어들어서 훔쳐낸 금품을 온 나라에 뿌리려고 했던 모양이었지만, 결국 체포되고 말았습니다. 그러나 플루메리아 왕녀를 인질로 삼아서 무사히 도망쳤던 것은 아니었습니다.

실제로는 정반대──.

"나를 인질로 삼으면 도망칠 수 있다. 그렇게 제안해서 도망치게 했답니다."

"…………."

두 사람의 관계는 그것으로 끝나지 않았습니다.

성에서 도망친 대괴도와 플루메리아 씨는 편지를 주고받게 되었던 것입니다.

변함없이 성안에서만 살아야 했고, 심지어 대괴도가 숨어들었던 탓에 탑 위에 갇힌 것이나 다름없게 된 플루메리아 왕녀.

그녀는 그런 상황에서도 여전히 바깥세상을 강하게 동경했습니다.

그래서 편지에 납치해달라고 썼던 것일 테죠.

"하지만 편지는 오지 않게 되었어요."

뭐, 잘못해서 제게 배달되어버렸으니까요. 덤으로 연락이 끊어진 지 며칠 만에 대괴도가 보낸 예고장이 날아들면서 왕성의 분위기는 단숨에 날카롭게 긴장되었고, 병사가 언제나 감시를 하게 된 탓에 편지를 보내는 것도 받는 것도 불가능하게 되었다고 합니다.

결국 대괴도와의 연락 수단이 사라진 채 시간이 흘러갔습니다.

그래서 저에게 대괴도를 찾아달라는 부탁을 했던 것일 테죠.

대괴도가 왕성에 숨어든 사건이 조용히 처리된 탓에 그 인물의 특징을 낱낱이 밝힐 수도 없었고, 병사들 앞에서 "좋아하는 사람과 연락을 취할 수 없게 되었으니까 찾아줄래? 주소는 여기 있어.

잘 부탁해"라고 당당히 말할 수도 없었던지라, 매우 성가시면서도 불투명한 의뢰를 제게 하는 것밖에는 달리 방법이 남아 있지 않았던 것입니다.

플루메리아 왕녀의 편지가 전달되지 않고, 대괴도가 보냈을 터인 편지도 전달되지 않은 결과, 두 사람은 무리한 수단을 쓸 수밖에 없었던 것입니다.

대괴도는 예고장을 보내고, 그리고 왕녀는 저를 이용했습니다.

"예고장을 보내서 나를 납치하겠다고 공언해준 것은 정말 기뻤답니다. ——하지만, 그 탓에 아버님께 괜한 걱정을 끼치게 되고 말았어요."

그리고 지금의 상황이 완성되었답니다——라고, 플루메리아 씨는 말했습니다.

플루메리아 씨가 행복해지기 위해서는 아마도 대괴도 씨에게 납치되는 것이 가장 쉽고 빠른 길일 테죠.

"…………."

저는 손에 든 편지를 내려다보았습니다.

보낸 사람은 플루메리아 왕녀.

그리고 보내진 곳은——.

○

플루메리아 왕녀의 생일 퍼레이드는 약간 화려한 느낌으로 진행되었습니다.

큰길을 달리는 마차와 병사 무리는 각기 악기를 손에 들고서 일사불란하게 행진하며 음악을 연주했습니다.

화려하면서도 한편으로는 장황하기까지 한 곡은 플루메리아 왕녀의 냉담한 성격과는 전혀 어울리지 않았습니다만, 적어도 백성들은 나름대로 즐기고 있었습니다.

행진하는 행렬을 한번 보려고 집집마다 사람들이 나와 창밖으로 몸을 내밀고, 길가에 멈춰 서고, 혹은 행렬을 뒤쫓는 그들의 얼굴에서는 미소가 배어 나왔습니다.

그들의 환성은 음악을 타고 이 왕성까지 들려왔습니다.

"…………."

그러나 왕성에서 내려다보는 퍼레이드에 당사자인 플루메리아 왕녀의 모습은 없었습니다.

참가하지 않은 것은 아닙니다.

그녀가 나라의 꼭대기에서 내려오지 않은 것도 아닙니다.

올해의 퍼레이드는 대괴도가 말했던 대로 틀림없이 마지막이 될 테지요.

플루메리아 왕녀는 이날을 끝으로 이 나라에서 사라져버릴 테니까요.

"……표면적으로는, 왕녀는 병에 걸렸고 요양을 위해 외부에 얼굴을 비치지 않는다——라고 되어 있느니라. 허나, 그게 과연 언제까지 유지될 수 있을는지."

국왕님은 시끌벅적한 백성들을 그저 가만히 내려다보고 있었습니다.

"자, 그럼 가죠."

한동안 이어진 이야기를 마친 다음, 저는 플루메리아 왕녀의 손을 잡았습니다.

"아…… 네? 가다니, 어디를요?"

의아해하는 플루메리아 왕녀에게 저는 빗자루를 꺼내면서 답했습니다.

"당신이 좋아하는 그녀가 있는 곳이요."

"……당신은 그녀가 어디에 있는지 아는 건가요?"

"네."

저는 편지를 슬쩍 내보였습니다. 애초에 주소가 여기에 쓰여 있잖습니까.

그리고, 대괴도 아야메 씨라는 사람의 본명도.

생각해보면 단순한 이야기였습니다.

수상해 보이는 사람이 처음부터 줄곧 있지 않았습니까? 저를 따라다니며 이런 방법 저런 방법으로 정보를 얻으려 하며 접근해 온 그 사람.

제가 플루메리아 왕녀의 호위가 되었을 때, 플루메리아 왕녀와 서로 연락을 취할 수 없는 상황이었다면——, 초조함을 느끼고 그녀의 진의를 확인하기 위해 제게 다가왔다고 해도 이상하지 않을지도 모릅니다.

"하지만…… 아버님이 허락해주지 않으실 거예요. 그런 제멋대로인 행동."

빗자루에 걸터앉은 저를 보며 그녀는 고개를 떨구었습니다.

그녀에게는 마지막 한 걸음을 내디딜 용기가 없었습니다.

"당신은 이대로 쭉 성안에서 살고 싶은 겁니까? 아니면, 평범한 여자아이가 되고 싶은 겁니까?"

"…………."

"참고로 굳이 말하자면—— 나라도 사람도 잘 모르는 온실 속 화초인 여자아이가 한 나라를 잘 운영할 수 있을 만큼, 세상은 무르지 않습니다."

세상에 넘치는 2세니 몇 세니 하는 녀석들이 대부분 바보인 것은 부모의 위세에 기대기만 하는 어리광쟁이이기 때문입니다.

저는 그녀에게 손을 뻗었습니다.

"이런 곳에서는, 나라도 사람도 잘 보이지 않잖아요?"

그러니 그녀가 있는 곳으로 가죠, 라면서.

"…………."

그러나 그녀는 거기서 한 걸음 물러났습니다.

그러더니 빙글 몸을 돌려서 테이블을 마주했습니다.

"……만약 내가 간다고 하면, 그때 이 나라는 어떻게 되죠? 왕이 없어지는 거예요."

"이곳이 나라의 정상이 바뀌는 정도의 일로 망해버릴 만큼 연약한 나라라고 생각하시나요?"

지루하다느니 힘들다느니 그만두고 싶다느니 하고 불만을 늘어놓으면서도 블랙 기업에서 일하는 여자아이가 있는 곳. 이 방법 저 방법을 써서 취재를 해내려 하는 비열한 신문기자가 있는 곳.

딸을 위해 애정을 듬뿍 담은 퍼레이드를 열어줄 정도로 재력이 남아도는 전 국왕님이 있는 이 나라는, 왕의 자리가 휙 뒤바뀐 정도로는 아무런 영향도 없을 듯한 느낌이 매우 강하게 듭니다.

그저 당신에게는 그것조차도 아직 보이지 않을 테지만——.

"……그러네요. 그렇다면 좋아요."

플루메리아 씨는 자그맣게 고개를 끄덕인 후, 테이블에 대충 놓여 있던 종이 다발을 정리했습니다.

탁, 탁, 하고 가볍게 두드려 모은 다음 둘로 접어서 봉투 안에 넣었습니다.

"마지막 일을 부탁해도 괜찮을까요?"

"뭔가요?"

그리고 그녀는 제 빗자루 뒤에 오르며 그 봉투를 제 주머니에 찔러 넣었습니다.

"——이건 있죠, 퍼레이드 날에 아버님에게 전할 예정이었던 편지예요. 대괴도에게 납치된 후, 적어도 아버님께 걱정을 끼치지 않았으면 하고 쓴 거죠."

"…………."

"일레이나 씨, 부탁드려요. 이걸 전해주시겠어요? 부탁해도 될까요?"

그렇게 말하며 그녀는 제 허리에 팔을 감았습니다.

아주 살짝 낯간지러워 웃음이 새어 나오고 말았습니다.

"아시나요? 저, 얼마 전까지 우체국 직원이었답니다."

그 정도는 간단합니다——라며 저는 고개를 끄덕였습니다.

그리고 그녀는 새장 속에서 날아올랐습니다.

○

"……나는 결국, 딸에 관해 아무것도 몰랐던 게로구나."

시끌벅적한 거리와 달리 전 국왕님의 목소리는 가라앉아 있었습니다.

편지를 슬쩍 한 번 읽어보았습니다만, 그녀의 편지에는 대괴도와의 사이에서 있었던 일의 진상과 지금까지 키워준 것에 대한 감사. 그리고 아버님을 배신한 결과가 되어버린 것에 대한 사죄가 적혀 있었습니다.

……언젠가 왕성으로 돌아오고 싶다고도.

"몰랐던 게 아니라고 생각합니다."

결국 전 국왕님도 한 나라를 끌어안고 있는 남성이기 전에 까다로운 나이대의 외동딸을 가진 평범한 아버지였다는 것일 테죠.

따님이 떠나버려서 매우 낙담한 그 뒷모습에서는 애수가 감돌고 있었습니다.

"바깥세상을 모르는 그녀에게 있어, 그곳은 모든 것이 신기하고 아름다운 곳으로만 보였을 겁니다. 그저 그뿐입니다."

"…………."

"그녀는 나라를 짊어지기에는 아직 너무 어립니다. 평범한 여자아이였을 뿐이라는 이야기입니다."

그리고, 딸을 소중히 여기는 아버지의 마음과 바깥세상을 동경하는 딸의 마음은, 언제부턴가 아주 조금씩 엇나가고 말았다.

그저 그뿐인 이야기입니다.

"전 국왕님. 소중한 것은 부서지기 쉽습니다."

소중하게 상처 하나 나지 않게 보호하기 때문에, 무르고 약해져 버립니다.

"그녀는 바깥세상을 알고, 분명 지금보다 아주 조금 꿋꿋해져서 돌아올 겁니다."

그러니, 그때까지만 참으세요──라고, 저는 말했습니다.

"딸은 앞으로 어찌 되는 게냐? 대괴도와는 몇 번인가 얼굴을 마주한 정도의 관계이니라. 나는 실제로, 그 여자가 어떤 인간인지 모른다."

"괜찮습니다. 그 사람은 좋은 사람입니다."

다만, 조금 약삭빠른 성격이기는 합니다만──이라는 말이 목에서 튀어나올 뻔했지만, 가까스로 눌러 삼켰습니다.

○

사람들로 가득한 큰길을 마녀가 걷고 있습니다.

길을 가던 도중에 만난 우체국 직원인 친구와 둘이 나란히 걸으면서 그녀는 나라 밖으로 향했습니다.

이 나라에서 그녀가 맡아야 하는 역할은 이제 끝났습니다. 더는 아무것도 할 일이 없었고, 더는 아무것도 관여할 일이 없었습니다.

다소 기대했던 퍼레이드를 바라보면서 그녀는 천천히 걸었습니다.

"일레이나 씨, 여기를 떠나도 편지 보내줘. 기대하고 있을게."

"마음이 내키면 쓰도록 하겠습니다."

"여자가 그렇게 말할 때는 대체로 마음이 내키지 않는 거라고 책에서 읽은 적이 있어."

"…………"

"써줘야 해?"

약간 위압적으로 말씀하시는 친구님.

"……아, 네."

그보다, 그런 말 하지 않아도 쓰거든요? 어이없어하며 고개를 들자, 하늘에는 전서구들의 모습이 보였습니다.

흔들흔들 떠돌듯 날아다니는 그들도 오늘은 일을 쉬고 있는 것일까요?

일하느라 날아다닌다기보다는 퍼레이드 바로 위를 일부러 떠도는 것처럼도 보였습니다.

"저 아이들도 오늘을 기대했었나 봐. 오늘은 일이 극단적으로 느려."

"벌써 땡땡이를 익힌 건가요……."

"뭐, 오늘 정도는 괜찮지 않을까? 나도 일을 땡땡이치고 있으니까."

"일하세요."

"일이 먹이 주기뿐이라 의외로 여유롭거든. 부업이라도 해볼까."

이별을 아쉬워하는 듯한 대화는 별로 없었습니다. 그녀들 사이에서 오가는 말은 평소와 다름없는 평화롭고 느긋한 것들뿐이었습니다.

바로 저 앞에 이별이 기다리고 있다는 걸 생각하고 싶지 않았던 것인지도 모릅니다.

"——그래서 있지."

"…………."

일하지 않을 때는 의외로 수다스러운 친구의 말에 귀를 기울이면서 그녀는 거리를 바라보았습니다.

퍼레이드 덕분에 축제 상태가 된 나라 안에는 다양한 사람들의 모습이 있었습니다.

구경하는 사람. 평소대로 일을 하는 사람. 혹은 퍼레이드에 관련된 일을 하는 사람.

친구와 걷는 사람. 연인과 걷는 사람. 혼자서 걷는 사람.

"…………."

그때, 마녀는 스쳐 지나갔습니다.

하나로 묶은 보랏빛 머리카락을 좌우로 흔드는 한창때의 여성과 짧게 자른 복숭앗빛 머리카락의 끄트머리를 만지작거리며 부끄러운 듯이 걷는 여성, 두 사람과.

어디선가 만난 적이 있는 듯한 사람과 어디선가 만났었지만, 머리 모양이 바뀐 사람이 그곳에 있었습니다.

그러나 말을 거는 일은 없었습니다.

마녀가 알고 있는 그녀들은 신문기자와 어떤 나라의 왕녀님.

사이좋게 둘이 걷는 그녀들은 그런 사람들이 아니었습니다.
평범한 여자아이입니다.
게다가 두 사람 사이를 방해하는 것은 멋없는 짓일 테죠.
"……안녕히."
그래서 이별의 말도, 누구에게랄 것 없이 조용히 중얼거렸습니다.
"──뭐라고 했어?"
의아해하며 고개를 갸웃거리는 친구에게 마녀는 고개를 저어보였습니다.
"──고마워요."
그 말이 뒤쪽에서 던져진 듯한 기분이 들었습니다.
여행으로 돌아가기 위해 큰길을 나아가는 마녀의 얼굴에서는 미소가 배어 나왔습니다. 그렇기에 곁에서 걷고 있는 친구의 얼굴은 한층 더 의아한 빛을 띠었습니다.
언젠가 이 친구에게 사라진 왕녀와 그리고 대괴도의 진상을 이야기하는 날이 찾아오리라 생각하면서, 마녀는 걸음을 옮겼습니다.
그나저나, 그 마녀는 대체 누구인가?
그렇습니다. 바로 저입니다.

그날 오후를 지났을 무렵에 오래전부터 알고 지낸 사이인 그녀가 저를 찾아왔습니다.

제가 기억하는 한 서재와 응접실을 겸한 이곳에 손님이 오는 것은 상당히 오랜만의 일입니다. 어쩌면 애제자가 꽤 오래전에 찾아왔던 이후로 처음인 일일지도 모릅니다.

"여어."

잘 맞물리지 않는 문.

그 너머에서 불쑥 나타난 것은 무척이나 그리운 목소리를 낸, 오랜 지인인 그녀였습니다.

그녀는 별무리처럼 부드럽게 빛나는 아름답고 긴 머리카락을 나부끼면서 입으로는 연기를 내뱉으며 방으로 들어와 그대로 문을 닫았습니다.

"오랜만입니다."

제가 책상 너머에서 꾸벅 고개를 숙여 보이자 그녀는 "그나저나 여전히 좁아터진 곳에서 작업을 하고 있군" 하고 한숨을 섞어가며 말하고는 소파에 앉았습니다. 연기도 내뱉고 있었습니다.

어두운 밤의 마녀 실라는 오늘도 헤비스모커였습니다. 냄새가 너무 납니다.

"담배를 아직 안 끊었군요."

금연하는 게 어떻겠습니까?

"담배가 아니야. 담뱃대다."

"전에는 궐련이 아니었던가요?"

제가 고개를 갸웃거리자 실라는 아주 조금 부끄러운 듯이 뺨을 붉적이더니.

"아니, 그게—— 제자가 말이지, 주더라고."

그렇게 말했습니다.

어머나, 일찍 죽었으면 하는 걸까요? 사랑받고 있군요.

"제자를 뒀던가요?"

"그래."

"처음 듣습니다만."

"이야기할 타이밍이 좀처럼 없었거든."

흥 하고 코웃음 친 실라는 담뱃대를 빨았습니다.

"그러고 보니, 그 제자 말인데. 네 제자와 아는 사이인 모양이더군. 이름은 사야라고 해."

"사야……."

기억을 되짚어 보았고, 잠시 후 "아아" 하며 떠올렸습니다.

전에 일레이나가 이 나라를 찾아왔을 때 그 아이에 관해 이야기했었지요. 견습 마녀가 될 수 있도록 일레이나가 협력해주었던 아이였지요? 실라의 제자가 되었던 건가요?

"세상은 좁군요."

"내 말이——. 참고로 나도 네 제자와 만났어."

"어머나."

"그 이야기를 사야에게 했더니 죽을 만큼 분해하더군."

"……앞으로도 사이좋게 지내 달라고 전해주세요."

"일레이나 없이는 살아가지 못할 수준으로 사랑하고 있으니까, 그 점은 문제없지 않을까?"

"적당히 사이좋게 지내 달라고 전해주세요."

"전해본들 똑같을 테지만."

그렇게 말하면서 그녀는 천장을 올려다보았습니다.

조금 전부터 몇 번이나 내뱉은 연기는 이미 천장 부근에 아지랑이처럼 고여 있었고, 부드러운 바람을 받은 구름처럼 천천히 일렁였습니다.

그녀는 그 모습을 바라보면서 다시 담뱃대를 입에 물고 하얀빛이 감도는 숨을 내쉬었습니다.

"그런데 말이지, 오늘이 무슨 날인지 기억해?"

천장에 걸린 구름이 흐트러졌습니다.

"당연하지요."

매년 이 시기가 되면 과거 한솥밥을 먹었던 오랜 지인인 그녀가 저를 찾아와 이러니저러니 근황을 보고한 다음, 함께 이 나라를 나선다.

이것이 연례행사가 되어 있었습니다.

그녀가 이 방을 찾아올 때마다 저는 "아아, 그때부터 1년이 지났군요" 하는 생각을 합니다. 그렇게 매년 그녀와 얼굴을 마주하고 있으니―― 내년에도 분명 만나리라는 것도 알고 있으니, 그녀와 오랜만에 얼굴을 마주했다고 해도 그리움도 깊은 감개도 느껴지지 않았습니다.

"준비는 다 된 거야? 짐을 챙기는 정도라면 도와줄 수도 있는

데. 어차피 올해도 아직 아무 준비도 안 했을 테지?"

그런 말을 하는 그녀에게 저는 창밖을 멍하니 바라보면서 대꾸했습니다.

"그 전에 한 가지, 괜찮을까요?"

"응? 뭔데?"

"여기는 금연입니다."

실라는 어안이 벙벙해진 듯이 입을 떡하니 벌렸고, 그러면서도 슬며시 미소 지었습니다.

"……꽤나 새삼스럽군."

"이야기할 타이밍이 좀처럼 없었거든요."

○

그것은 아직 제가 스승님과 함께 여행을 하고 있을 무렵의 이야기입니다.

"저기, 프랑. 제자를 두고 싶은데."

어딘가에 있는 나라의 길을 한참 걷던 중에 잡담을 나누듯이 "아, 그리고 보니" 같은 어찌 되든 상관없는 말로 운을 뗀 다음, 스승님은 그렇게 말씀하셨습니다.

제자라고.

"저기, 저는 제자가 아닌 건가요……?"

이분은 대체 무슨 말을 하고 있는 걸까요?

"아니 아니, 너는 제자 맞아. 제자 맞는데, 또 한 명 있으면 좋겠다 싶어서."

그건 즉 그런 겁니까? 첫째 아이가 성장했고, 슬슬 손 가는 일이 줄게 될 때가 됐으니 둘째를 만들까? 같은 느낌으로 아이 갖기에 애쓰는 부부 같은 심경에 의한 것입니까? 잘은 모르겠습니다만.

"……뭐, 저는 딱히 상관없어요. 저는 스승님의 제자이고, 그이상도 그 이하도 아니니까요. 그런 건 스승님이 정하시면 되는게 아닐까 생각합니다."

"어머 어머. 하지만 내가 마음대로 일을 정해버리면, 너는 화를내잖니?"

"그렇게 이야기하지만, 실은 이미 벌써 제자를 구하신 거 아닌가요?"

스승님은 그런 사람입니다.

동의를 구하지만 실제로는 이미 마음을 다 정한 상태로, 요컨대 저에게 이렇게 상담을 청할 때는 이미 제자가 생긴 후인 것이뻔합니다.

"뭐 그렇지."

역시나.

스승님은 말했습니다.

"괜찮아. 프랑. 그 아이 꽤 괜찮은 아이니까. 분명 너랑도 마음이 잘 맞을 거야."

"…………."

이건 즉 그런 겁니까? 부모가 재혼하게 되었는데 양쪽 모두 각자 아이가 있고, 얼굴도 모르는 아이와 갑자기 같은 지붕 아래서 살아야만 하게 되었는데, 어떻게든 될 거라며 부모가 아이에게 날리는 근거 없는 위로의 말 같은 겁니까?

하지만 뭐, 저는 딱히 상관없다고 생각했습니다.

가족이 느는 일은 결코 나쁜 일이 아닐 테지요.

"그래서, 제자는 어디에?"

"지금부터 데리러 갈 참이야."

그렇게 말한 스승님은 저를 이끌고서 걷기 시작했습니다.

"…………."

그 후로 시간이 조금 흘렀을 때일까요? 스승님은 한 건물 앞에서 멈춰 서더니 여기에서 제자가 기다리고 있다며 손가락을 척 뻗었습니다.

그래서 저는 눈썹을 한껏 모았습니다.

"……저기, 스승님."

"왜 그러는데?"

그곳은 폐허였습니다.

"혹시 유령을 제자로 삼을 셈이신가요?"

"아니 아니, 지극히 평범한 착한 아이야."

이런 곳에 살고 있는 시점에서 평범하지 않다고 생각합니다.

폐허 안. 무너져 내린 천장에서 빛이 새어들고, 지면에 켜켜이 쌓인 건물 더미의 꼭대기에서 우리를 내려다보는 소녀가 한 명 있었습니다.

별무리처럼 부드럽게 빛나는 금색 머리카락. 푸른 눈동자는 우리를 향해 있었습니다.

일단, 마법사이기는 한 모양입니다. 탁한 흰색 로브를 걸쳤고, 삼각 모자를 쓰고 있으니까요. 그러나 가슴에는 아무것도 달려 있지 않았습니다. 견습 마녀도 뭣도 아닌 평범한 마도사인 모양입니다.

참고로 그녀는 담배를 물고 계셨습니다. 불량아입니다.

"여어, 늦었잖아. 스승님."

예의라는 것을 모르는 아이인 모양이었습니다. 그녀는 스승님을 바라보더니 대담한 미소를 지으면서 "나를 기다리게 하다니 배짱 한번 좋은데?"라며 무너진 건물 더미 위에서 내려왔습니다.

"미안하구나. 제자를 설득하는 데 시간이 좀 걸리는 바람에."

"은근슬쩍 거짓말하는 건 그만둬 주시겠어요? 스승님."

걸으면서 적당히 이야기했을 뿐이면서 잘도 그런 말을 하는군요.

"호오. 이 녀석이 나와 같은 문하생이란 말이지…… 꽤 약해 보이는데."

"…………."

첫 대면에 갑자기 이런 예의 없는 소리를 하는 아이가 같은 문하생이 되는 겁니까? 말세로군요.

"엉? 이 자식, 너 뭐야? 뭘 꼬나봐? 해보자는 거냐?"

게다가 눈과 눈이 마주치면 배틀을 해야만 하는 세기말적인 사고 회로를 가진 모양입니다. 말세로군요.

"스승님. 어디가 좋은 아이인가요? 만나자마자 독을 뿜어대고 있는데요."

"프랑, 그건 담배라고 하는 거란다."

"아니 그쪽이 아니에요."

애초에 담배 같은 건 백해무익한 쓰레기이고, 유해 물질을 흘려보낼 뿐이니 독을 뿜고 있다고 표현해도 그다지 지장은 없는 것이 아닐까요?

애초에 독설도 내뱉고 있으니 독을 뿜고 있다고 해도 그다지 지장은 없는 것이 아닐까요?

"뭐 어찌 됐든, 나는 이 아이를 제자로 삼기로 했으니까. 두 사람 다 사이좋게 지내야 한다?"

스승님은 우후후 하고 웃었습니다.

"잘 부탁해—— 저기, 이름은?"

저는 손을 내밀었습니다. 우호의 증거인 악수라도 나눌까 생각했던 것입니다.

"너 따위에게 가르쳐줄 이름 같은 건 없어."

그러나 제가 내민 손은 찰싹 튕겨 나갔습니다. 그렇군요. 이 지역에서는 이렇게 악수하는 게 주류인가 봅니다. 과연, 그렇군요.

"이 아이는 프랑."

스승님의 제 어깨에 손을 올렸습니다.

"이쪽은 실라."

그리고 그녀의 어깨에도 손을 올렸습니다.

"두 사람 다 사이좋게, 알았지?"

"죽어, 망할 여자."

퉤, 하고 침을 뱉는 실라. 더러워라.

"······스승님. 무리일 것 같습니다."

저는 그렇게 답했습니다만, 스승님은 변함없이 우후후 하고 웃을 뿐이었습니다.

이리하여 우리 세 사람의 여행이 막을 올렸습니다.

솔직히 말씀드리자면 저와 실라 사이는 최악이라는 한마디로 간단히 설명할 수 있을 만큼 최악이었습니다.

단순히 마음이 맞지 않는 것일 테죠. 모든 면에서 우리는 정반대였습니다.

"역시 빗자루는 자신만의 스타일로 개조하는 게 제일이라고. 어때? 이 형태. 반하겠지?"

예를 들면 실라는 자신의 빗자루에 다양한 정성을 들입니다. 핸들을 달거나 등받이를 달거나, 그리고 뭔가 부릉부릉부릉 소리를 내거나, 꼴뚜기라도 낚고 싶은 것인지 쓸데없이 반짝이게 하거나, 그리고 속도를 높이려고 이런저런 개조를 하거나 하는 등등을 했습니다. 마개조란 바로 이러한 것들을 말하는 것일 테죠.

"아뇨, 빗자루라는 건 빗자루인 채로 쓰기 때문에 좋은 겁니다. 바보입니까? 그보다 원형이 유지되어 있지 않잖습니까? 멍청이입니까?"

"엉? 해보자는 거냐?"

"당신은 그 말밖에 못 하는 겁니까? 바보입니까 멍청이입니까?"

"너야말로 그 말밖에 못 하는 거냐? 단어장이 빈약한 거 아냐?"

"어휘력이 떨어지는 당신 수준에 맞춰주고 있을 뿐입니다."

그리고는 서로를 노려보기 시작하고 폭력 사태로 발전할 때쯤 되면 스승님이 억지로 두 사람을 제지합니다.

우리의 상성이 나쁜 것은 그것만이 아닙니다.

예를 들면 외식할 때도.

"피시 오어 비프."

고기 요리와 생선 요리, 어느 쪽을 먹고 싶니? 라는 스승님의 말에 저는 "생선이 좋아요"라고 답하고 실라는 "당연히 고기지"라고 답합니다.

우리는 또다시 서로를 노려보기 시작합니다.

"생선 요리를 먹고 싶으면 혼자 가라고. 나는 스승님과 둘이서 고기를 먹을 테니까."

"뭐라고요? 당신이 혼자서 먹도록 하세요. 내가 스승님과 생선 요리를 먹겠어요."

"어엉?"

"뭐가요?"

결국, 그날은 셋이 각자 식사를 하게 되었습니다. 참고로 스승님은 빵을 드셨다고 합니다. 스승님은 고기보다 생선보다 빵을 더 좋아한다고 하는 딱한 분이셨습니다.

사사건건 우리는 부딪쳤습니다.

"불 마법과 얼음 마법, 오늘은 어느 쪽을 가르치면 좋으려나?"

"얼음 마법이 좋아요."

제가 대답하자 실라가 목소리를 높였습니다.

"뭐어? 불이지. 웃기지 마."

"그럼 둘의 의견을 전부 반영해서 오늘은 쉬도록 할까?"

결국, 그날은 하루 종일 빈둥빈둥 보냈습니다. 아마도 스승님이 열심히 게으름을 피우고 싶었던 것뿐이라고 생각합니다만.

"마법사는 지팡이가 없으면 아무것도 못 한다. 만약 꼼짝도할 수 없게 되었을 때, 혹은 무기를 빼앗겼을 때, 그럴 때 싸울 수있는 기술을 갖고 있어야만 해."

스승님은 아주 드물게 마법 이외의 것들을 가르쳐주기도 하셨습니다. 즉, 이날도 어떤 걸 가르쳐줬으면 좋겠니? 하고 질문을받았습니다만.

"그럼 체술을 가르쳐줘."

"그렇다면 활 다루는 법을 가르쳐주세요."

"어엉?"

"뭐라고요?"

결국 그날은 "그럼 둘의 의견을 전부 반영해서 나이프 다루는법을 가르쳐줄게. 우선은 스커트 속에 나이프를 감추는 거야. 이건 투척 나이프거든? 그리고 뽑을 때는 섹시한 느낌으로 한쪽 다리를——" 같은 뭐가 뭔지 알 수 없는 절충안이 제시되어, 그대로나이프 다루는 법을 억지로 배워야만 했습니다.

"마녀님! 사건을 잘 해결해주었소. 답례로서 이 두 상자 중 하나를 그대들에게 선물하겠소."

예를 들면 사건을 해결했을 때도 우리는 충돌했습니다. 눈앞에 놓인 것은 커다란 상자와 작은 상자. 아니, 애초에 답례라면서 어째서 대단한 인심을 쓰듯이 한쪽을 고르게 해주겠다고 말하는 것인지가 매우 의문입니다만.

"작은 쪽이 좋아요."

저는 답했습니다.

"큰 쪽이지. 상식적으로 생각해서."

그렇게 답한 것은 실라였습니다.

"네에? 이럴 때는 작은 쪽을 고르는 게 일반적인 통념이잖아요?"

"무슨 소릴 하는 거야? 큰 쪽이 좋은 게 당연하지."

"뭐라고요?"

"어엉?"

우리는 그 후로 한동안 서로를 노려보았습니다.

결국 최종적으로는 "답례니까 둘 다 주는 게 당연하잖아요? 지금 사람을 얕보고 하는 짓거리입니까?"라며 스승님이 의뢰인에게 덤벼들어 상황이 무사히 정리되었습니다.

우리는 그야말로 물과 기름이었습니다. 결코 섞이지 않고, 부딪치고, 분열하고, 결코 사이좋아질 리 없었습니다.

우리 사이의 골은 깊어지기만 할 뿐이었습니다.

"절대로 너하고만은 사이좋아질 리 없다고 본다."

"어머머, 우연이네요. 저도 당신하고만은 절대 사이좋아질 리 없을 것 같아요."

유일하게 우리의 마음이 맞는 것은 바로 그 부분뿐이었습니다.

©Azure

우리는 관계가 최악인 상태로 줄곧 여행을 계속했습니다. 신기하게도 마법 실력은 비등비등했고, 사사건건 맞붙으면서도 단 한 번도 끝장을 본 적은 없습니다.

언제나 싸우기만 하는 우리를 스승님은 그저 웃으며 바라보았습니다.

"……스승님. 어째서 실라를 제자로 삼으신 건가요?"

어느 날, 실라가 없을 때 저는 그렇게 물었습니다.

"신경 쓰이니?"

어쩌면 특별한 이유가 있을지도 모릅니다—— 그때, 스승님은 애매하게 웃지도 않고, 조용히 저를 마주 바라보았으니까요. 스승님의 그런 진지한 표정을 본 것은 오랜만의 일이었습니다.

저는 고개를 끄덕이고 그녀의 말을 기다렸습니다. 대체 어떤 이유로 스승님은 실라를 제자로 삼은 것일까요. 마법에 재능이 있기 때문일까요? 아니면 뭔가 약점이라도 잡힌 것일까요?

이것저것 머릿속으로 추측을 하고 있는 제 어깨에 스승님은 손을 툭 올려두더니, 한마디의 말을 했습니다.

"요리를 잘하거든."

하고.

"…………."

아무래도 잡힌 것은 위장 쪽이었나 봅니다.

○

우리 사이는 언제나 최악.

사이에 스승님을 두지 않으면 대화조차 성립하지 않는 상황 속에서 우리의 여행은 자아져 나아갔습니다.

그런 어느 날의 일입니다.

"어서 오세요. 여기는 자유의 도시 크노츠."

우리는 어느 나라를 방문했습니다. 그곳은 바닷가에 자리한 자그마한 항구 도시였습니다. 바다 내음이 희미하게 감도는 거리에는 오렌지색 지붕, 희게 바랜 벽이 얌전하게 지붕을 맞대고 있었습니다.

실로 아름다운 거리였습니다만, 그러나 우리의 기분은 그다지 좋지 않았다고 할 수 있겠습니다. 그도 그럴 것이 길거리 곳곳에 "마법사 반대!!"라느니, "마법사 따위 두려워할 것 없다"라느니, "마법사는 악마의 자식이다"라느니 하는 차별이라고도 볼 수 있는 문구를 대대적으로 건 간판과 벽보가 나붙어 있었던 것입니다.

도발적이라도고 할 수 있습니다.

"뭐야, 이 나라. 우리한테 싸움을 걸고 있는 거야?"

평소에는 실라의 언동에 무조건 반발해버리는 저였습니다만, 그러나 이 점에 관해서는 완전히 동의할 수밖에 없었습니다.

"……아무래도 우리는 이 나라에 환영받지 못하는 것 같네요."

"어떻게 된 걸까?"

그러나 이러한 혐오감을 감추려 하지 않는 우리와 달리 스승님은 의외로 냉정했습니다.

"저런 게 있다고는 해도, 이 나라의 모든 걸 거절할 이유는 되지 않아. 그런 태도로는 벽보나 간판을 붙인 녀석과 똑같아."

"…………." "…………."

우리는 얼굴을 마주 보고 입을 다물었습니다.

"잠깐 들르고 싶은 곳이 있는데, 괜찮을까?"

스승님이 그런 말을 꺼냈습니다.

『마법 총괄 협회 크노츠 지부』

조심스러운 느낌으로 그러한 글자가 쓰인 건물이 눈앞에 있었습니다.

"기다리고 있었습니다. 마녀님──."

스승님은 여행자이면서 그럭저럭 실력 있는 마녀인지라, 마법 총괄 협회라고 하는 내정이 불투명한 조직에 부탁을 받는 일이 종종 있었습니다.

폭동의 진압부터 짐의 운송까지. 부탁받은 일의 폭은 다양했습니다만, 스승님은 기본적으로 그 어떤 일도 거절하지 않았습니다.

"인사는 됐어. 그래서 보수는 얼마?"

"아뇨, 의뢰 내용을 먼저 들어주셨으면 합니다만──."

"보수는 얼마?"

"…………."

이유는 간단. 돈의 망자이기 때문입니다.

"……금화 열 닢입니다."

"흐음."

의뢰인인 마법 총괄 협회의 직원을 향해 흥미 없는 듯이 고개를 끄덕였습니다만, 실제로 마음속은 마구 설레고 있는 것이 스승님이라는 분입니다.

"그래서, 내용은?"

의뢰를 받는다면 우선 금액부터.

그런 속셈을 그대로 내보이는 무례하고 사양을 모르는 그녀입니다만, 그러나 이 나라는 그녀에게 부탁하지 않을 수 없는 사태에 직면해 있는 모양입니다.

"──우리 도시에서는 현재 골동당이라는 이름의 수상한 조직이 암약하고 있습니다. 당신들도 거리에서 보셨을 테지요? 마법사를 중상 비방하려 하는 내용의 벽보와 간판을."

말하길, 그 골동당은 도시 안에서 강도와 소매치기를 업으로 삼던 진부한 오합지졸이라고 합니다. 그들 중에는 마법을 쓸 수 있는 자가 없고, 그렇기에 특별한 힘을 가진 마법사들을 다른 무엇보다도 혐오하며, 마법 총괄 협회를 지금까지 셀 수 없이 괴롭혀왔고 중상과 비방을 해왔다고 합니다.

과연, 확실히 평범한 도적에게 있어 마법사는 위협 그 자체일지도 모릅니다.

그러나.

"그놈들에게 괴롭힘을 당하고 있다면, 당신들이 보복하면 될 뿐인 이야기 아냐? 그 녀석들 마법 못 쓴다며?"

제가 품은 의문을 옆에 선 실라가 말했습니다.

지당한 이야기입니다. 일부러 여행자에게 돈을 지불하여 사태를 정리할 필요가 과연 있을까요?

"우리도 지금까지 몇 번이나 녀석들과 대치해왔습니다. 그러나, 매우 말씀드리기 어렵지만—부끄럽게도 저희는 지금까지 단한 번도 녀석들을 잡기는커녕, 제지하는 것조차 하지 못했습니다."

"……뭔가 사정이 있는 거지?"

스승님의 말에 직원은 고개를 끄덕였습니다.

"녀석들은 신기한 도구를 갖고 있습니다. 예를 들면 모습을 사라지게 하는 망토라든가, 베지 못하는 것이 존재하지 않는 검이라든가, 총알이 떨어지지 않는 총이라든가, 환상을 보게 하는 성냥이라든가—."

불가사의한 것을 교묘하게 다루며 마법사들을 희롱하는 골동당 탓에 이 도시의 마법 총괄 협회의 신뢰는 땅에 떨어지고 말았다고, 직원은 그렇게 말했습니다.

그것은 마법을 쓰지 않아도 마법과 동등—혹은 그 이상의 특수한 힘을 끌어낼 수 있는 신기한 물건이라고 직원분은 말했습니다.

실제로 도발적인 벽보와 간판을 제멋대로 내걸고 있으니, 이 도시에서 마법사에 대한 신뢰도는 지극히 낮다고 보아도 틀림없다고 생각합니다.

직원분이 지친 모습으로 "어떻게 해주실 수 없겠습니까……?"라고 힘없이 말을 중얼거리는 중에 저는 스승님에게 시선을 보냈습니다.

"…………"

가만히 입을 다물고 있는 그녀의 눈동자는 이곳이 아닌 어딘가를, 바다 너머라도 보고 있는 듯했습니다. 뭔가 짚이는 바가 있는 것일까요?

그리고 잠시 사이를 둔 다음, 그녀는 후, 하고 짧게 숨을 내쉬었습니다.

"——알았어. 이 건, 반드시 해결하겠노라 약속하지."

그렇게 말했습니다. 담백하게.

"고맙습니다! 당신 같은 고위 마녀님 손에 걸리면 놈들 따위——."

"아, 아니. 내가 아니라."

기뻐하는 직원분을 일도양단하고 스승님은 말을 이었습니다.

"이 두 사람이, 말이지."

통, 하고 우리 어깨에 손을 올리면서.

………….

네?

○

"자, 그럼 규칙을 설명할게."

숙소를 잡은 직후, 마치 게임이라도 시작하듯이 밝게 스승님은 손뼉을 짝 치면서 말했습니다.

"오늘부터 둘이서 골동당 녀석들을 잡는 거야. 녀석들은 보통 마법사로는 맞설 수 없는 성가신 도구를 갖고 있지만── 그래도 내 제자인 너희들이라면 문제는 없을 테지? 보통 마법사가 아니니까."

실로 태평한 말투였습니다만, 그 말은 "실수하면 파문이야"라고 말하는 듯도 했고, 즉 심술궂게 바꿔 말하자면 "성과를 올리지 못하는 쪽은 파문합니다"라고 알리는 듯도 했습니다.

"흐흥── 즉, 사건을 해결하지 못하는 쪽은 필요 없으니까 제자를 그만두라는 건가? 그런 거, 알기 쉬워서 좋은데."

제 옆에서 실라는 짓궂게 말하면서 웃음을 흘렸습니다.

"…………."

관계가 최악인 우리는 아무래도 서로 같은 생각을 한 모양입니다.

"좋을 대로 해석하렴──. 기한은 사흘 후야. 사흘 후까지 결과를 내도록 해."

스승님은 긍정도 부정도 하지 않고 그저 그렇게 말하며 방에서 나가버렸습니다.

그리고 우리의 사흘간이 막을 열게 되었습니다.

"히이이익! 잠깐, 잠깐! 잘못했어! 내가 잘못했으니까 목숨만은──."

저에게 뒷골목으로 몰려 들어간 남자는 눈에 눈물을 글썽이고 이를 덜덜 떨면서 두 손을 들었습니다. 궁지에 몰린 쥐란 바로 이런 걸 말할 테죠.

"목숨은 가져가지 않겠습니다. 제가 가져가고 싶은 건 당신의 그 도구뿐입니다."

제 지팡이가 가리키고 있는 것은 그의 손에 있는 검.

그는 골동당의 일원으로, 모든 것을 벨 수 있는 검의 소유자였습니다. 마을에서 목격 정보를 얻은 직후에 현장으로 직행했고, 이렇게 몰아붙인 것입니다.

"어이 잠깐 기다려."

제 등 뒤에서 목소리가 들려왔습니다.

"그 녀석한테 먼저 눈독을 들인 건 나야. 도구는 내가 받겠어."

뒤를 돌아보니 실라가 저를 향해서 지팡이를 들이대고 있었습니다.

"이 남자를 몰아넣은 건 저입니다. 즉, 보수를 받을 권리는 제게 있습니다."

"아니 내가 너를 이용해서 몰아넣은 거야. 즉 내 쪽이 입장은 위라고. 알겠어?"

"아뇨 전혀 모르겠는 데다 안다고 해도 넘기지 않을 겁니다."

"어엉?"

"뭐가요?"

우리는 잠시 서로를 노려보았습니다만, 언제나처럼 우리 중 누가 나쁜지 나쁘지 않은지 하는 결과가 나오는 일은 없었습니다.

"…………."

"…………."

이번에는 우리가 싸움에 정신이 팔린 틈에 남자가 도망쳐버린 것을 깨닫고 싸움은 흐지부지되었습니다.

사흘간의 승부는 대략 그러한 흐름 속에 있었습니다.

어느 한쪽이 골동당의 일원을 몰아넣으면 다른 한쪽이 방해하러 직행하는 것입니다.

예를 들면 총알이 떨어지지 않는 총의 주인을 실라가 몰아넣었을 때는 제가 방해를 하러 갔습니다. 예를 들면 모습을 감추는 망토를 가진 남자를 제가 잡았을 때는 실라가 공을 가로채러 왔습니다.

"——뭡니까? 저를 방해하고 싶은 겁니까? 아니면 스승님께 인정받고 싶은 겁니까?"

우리는 사사건건 충돌했습니다.

"시끄러. 너랑은 관계없다고."

독투성이인 담배 연기를 제 얼굴에 뿜는 실라.

"…………."

"…………."

우리는 서로를 노려보았습니다.

"……흥."

그리고 서로를 외면했습니다.

결국 그런 식으로 서로의 발목을 잡고 있기만 하다 보니 정작 특수한 도구라는 것은 전혀 모으지 못했습니다.

만약 이대로 하나도 손에 넣지 못한다면 스승님에게 미움을 받게 되는 것은 아닌가—— 그런 불안이 제 머릿속을 스쳐 갔습니다.

그런 날의 일이었습니다.

"──자네, 골동당을 쓰러뜨리러 온 게지?"

찻집에서 혼자 따뜻한 커피를 홀짝이면서 신문을 구석구석 읽어가며 정보를 찾고 있을 때였습니다.

제 바로 뒤쪽 테이블에서 그러한 목소리가 들려왔습니다.

신문 너머로 보이는 가게 안에는 힘겹게 일하는 웨이트리스와 장소에 관계없이 러브러브한 커플, 그리고 한가해 보이는 슈트 차림의 남자 등등.

카페 안에 저 혼자 있는 것이 아닌 만큼 처음에는 다른 누군가에게 한 말이리라 생각했습니다.

"──어이 자네한테 말하고 있는 게다만? 프랑이라는 녀석."

아무래도 저인 모양입니다.

이름을 불리고 뒤를 돌아보았습니다.

길고 빨간 머리카락이 그곳이 있었고, 상대 쪽은 아무도 없는 테이블을 향해서 말을 걸고 있었습니다. 머리에 쓴 모자는 표정을 감추려는 듯이 아래를 향하고 있었습니다. 천천히 딱 한 번 이쪽을 돌아본 그녀의 얼굴은 거의 절반밖에 보이지 않았습니다.

날카롭게 자란 덧니 정도밖에 보이지 않았습니다.

"제 이름을 어떻게 알았죠?"

"뭐 사소한 건 어찌 되든 상관없잖은가."

이름도 모르는 덧니 씨는 껄껄 웃었습니다.

"그것보다 어떠하냐? 일은 순조로우냐?"

"이게 순조롭게 보입니까?"

117

저는 신문지를 들어 보였습니다. 한 면에는 『골동당의 리더 "동료를 습격한 마법사의 목을 치겠다"고 선언』이라고 쓰여 있었습니다.

아무래도 저와 실라가 너무 요란하게 움직인 탓일까요? 이름도 얼굴도 모르는 리더님은 매우 화가 나신 모양입니다.

"호오――. 꽤 흉흉한 사태가 되었구나. 자네, 녀석들에게 시비를 걸기라도 한 겐가."

"아뇨, 이건 마침 잘된 일이죠."

"으음? 어째서냐? 목숨이 위험한 것이 아니냐?"

눈이 드러나 있지 않아도, 덧니 씨가 눈썹을 모으고 있다는 것을 왠지 모르게 알 수 있었습니다.

"이건 그러니까 저쪽에서 와준다는 의미잖아요? 찾아다니는 수고를 덜어서 다행이죠."

저는 신문지로 눈 앞을 가리며 말했습니다.

"문제는 그들이 제 동문 쪽으로 먼저 갈 가능성이 있다는 겁니다. 건방지고 지긋지긋한 여자지만, 그녀도 나름대로 그럭저럭 실력이 좋으니까, 어쩌면 저보다 먼저 골동당을 쓰러뜨려 버릴지도 모릅니다."

"호오……."

꽤나 자신만만하군――하고 덧니가 난 그녀는 중얼거리듯이 말했습니다.

"그나저나 다른 이야기다만, 자네는 골동당의 전모를 알고 있는 겐가?"

"전모라뇨?"

"구성원 전체상. 조직으로서의 목적. 아지트 위치. 다루고 있는 도구의 입수 경로."

"그런 건 흥미 없습니다. 뭉개버리면 그만인 이야기지 않습니까?"

"호오호오."

그녀가 고개를 끄덕이는 기척이 났습니다.

"정말이지 대단한 자신감이로군──"이라고 말하면서.

그때 누군가가 손가락을 튕기는 소리가 들렸습니다.

누가 튕겼는지도 왜 튕겼는지도 알 수 없었지만, 그 한순간의 소리에 희미한 위화감을 느낀 제가 신문에서 다시 고개를 들었을 때는 모든 것이 끝나버린 듯 느껴졌습니다.

"…………."

제 테이블을 둘러싼 웨이트리스와 손님들이 전부 저에게 무기를 들이대고 있었습니다. 검과 총과 혹은 나이프와 포크도 있었습니다.

"좋은 걸 하나 가르쳐주지."

제 바로 뒤에서 덧니가 난 여자가 웃는 기척이 전해졌습니다.

"자네 동문이 골동당의 숨통을 끊는 일은 없을 게야. 그 녀석도 우리가 이미 잡았으니 말일세."

"…………."

"이런, 반항할 생각 같은 건 말게. 수상한 행동을 조금이라도 해봐. 자네의 목을 여기서 날려버려 줄 테니."

"…………."

저는 그때 처음으로 자기 자신의 어리석음을 깨달았습니다.

제시된 사흘이라는 기간 탓인지, 자신을 지나치게 믿은 탓인지, 아니면 동문이라는 존재 때문에 초조함을 느꼈던 탓인지.

그중 어떤 것이 원인이었는지는 지금도 여전히 모르겠습니다. 어쩌면 그것들 전부가 안 좋은 방향으로 움직였던 것인지도 모릅니다.

분명하게, 지금이 되어 말할 수 있는 것이라고 하면.

"──데려가라. 이 녀석을 처리하겠다."

그 당시의 제가 어찌할 도리도 없이 어리석었다고 하는 단 하나의 사실뿐입니다.

○

"……뭐야? 간단히 잡히지 말라고. 못 써먹을 동문이시네."

"……저보다 먼저 잡히다니, 정말이지 하나도 못 써먹을 동문이로군요."

"…………."

"…………."

저의 그것에도 그녀의 말에도 평소와 같은 패기는 담겨 있지 않았습니다. 그도 그럴 것이, 저도 그녀도 골동당의 아지트에 포박되어 있기 때문입니다.

그곳은 어두컴컴한 방이었습니다. 희미하게 공기가 습기를 머금고 있는 듯한 느낌이 들었습니다. 천장에 매달린 램프에서는 오렌지색 빛이 내려앉아 실내에서 춤추는 먼지들을 빛나게 하고 있었습니다.

우리는 그 안에서 포위되어 있었습니다.

팔을 밧줄로 꽁꽁 묶인 탓에 꼼짝도 할 수 없었습니다. 다행히 손목 아래쪽에는 자유가 주어져 있었지만, 이 상태로는 할 수 있는 일도 얼마 없습니다. 하반신은 묶여 있지 않기 때문에 달려서 도망치는 건 가능할 테지만── 움직이면 죽인다, 라고 말하는 것처럼 무기를 이쪽으로 들이대고 있습니다.

만사 다 끝났다는 건 바로 이런 상황을 말하는 것일 테죠.

"자네들 마법사는 언제나 그렇지. 우리 일을 모조리 방해하고 들어. 자네들이 이상한 힘을 갖고 있는 탓에 우리 일은 언제나 실패뿐이었다. 정말이지 마음에 안 들어. 실로 마음에 안 드는 일이야."

덧니가 난 여성이 거기에 있었습니다.

"그나저나──. 정말이지 한심한 녀석들이로구나. 이런 어린 견습 마녀 둘에게 당하다니."

크게 한숨을 내쉬는 덧니 씨. 아무래도 골동당의 리더로 보이는 그녀는 우리 주변에서 무기를 들고 있는 동료들에게 차가운 시선을 보내고 있었습니다.

그리고, 우리에게도.

"너희는 꽤나 수다쟁이인 모양이더구나. 우리 동료를 사냥하면서 스승이 이러니 승부가 저러니──하는 이야기는 전부 이쪽으로 흘러들어왔단다. 뭐냐? 장난으로 우리 일을 방해했던 게냐? 으응?"

그녀는 실라의 턱에 손가락을 대더니 쓱 그녀의 고개를 들어 올렸습니다.

냉철하게 내려다보는 덧니 씨에게 반항적인 태도를 보이는 실라의 표정은 평소처럼 불만스러워 보였습니다.

그리고 그녀는 힐끔 한순간 저에게 시선을 보냈습니다.

"……장난도 안 돼. 너희를 뭉개버리는 것 정도는."

직후에 퉤 하고 덧니 씨의 얼굴에 침을 뱉었습니다. 나쁜 품행은 궁지에 빠져서도 여전했습니다.

더러워. 담배 냄새날 것 같아. 유해할 것 같아. 침에 포함된 유해 물질이 폐암의 원인 중 하나가 되어 심근경색과 뇌졸중 위험성을 현저하게 높이는 원인이 될 것 같아.

"음? 자네, 날 우습게 보는 겐가?"

찌릿하고 덧니 씨의 눈썹이 치켜 올라갔습니다.

"퉤."

그러나 그녀는 가차 없이 무자비하게 침을 뱉었습니다. 역시 더러워.

"자네, 까불지 말게. 자신의 입장을 알고──."

"퉤."

"어이, 너 이 자식 적당히──."

"퉤."

"…………."

"퉤."

"………………흐으으."

깨닫고 보니 덧니 씨의 눈꼬리에 눈물이 그렁그렁 맺혀 있었습니다. 아니, 침일지도 모릅니다. 어느 쪽이든 더러워.

실라의 끈질긴 정신 공격이 효과를 발휘한 것인지도 모릅니다. 덧니 씨는 "싫어"라며 그 자리에서 도망쳤습니다라고 생각했더니만 얼굴을 닦고서 다시 나타났습니다.

"……흥! 잘도 까불었겠다! 어이, 너희들! 이 두 녀석을 전부 해치워! 지금 당장!"

그녀가 그렇게 지시를 내린 그 순간─모든 시선이 덧니 씨에게 집중되었습니다.

그리고 그때가 바로 우리에게 주어진 절호의 기회였습니다.

툭, 투툭. 우리의 팔을 묶고 있던 밧줄이 바닥에 떨어졌습니다── 이런 순간에 떠올린 것은 절충안으로서 스승님께 억지로 배운 숨겨둔 나이프 다루는 법이었습니다.

"──흐랴아!"

실라는 손에 지팡이를 들고 주변에 있던 덧니 씨의 부하들이 손에 든 무기를 튕겨냈습니다.

"──에잇."

저도 그녀와 마찬가지로, 그렇게 그들을 무력화시켜갔습니다.

마법사에게 노골적인 혐오감을 드러냈던 그들도 또한 마법사와 같은, 그 신기한 도구만 없으면 평범한 인간일 뿐입니다.

동족 혐오일까요?

"무슨……!"

기습은 성공한 모양입니다── 덧니 씨의 표정이 지금의 감정을 이야기해주고 있었습니다.

"너, 너희들 무엇 하는 게냐! 어서 저 녀석들 숨통을 끊어버려!"

당황한 그녀를 무시한 채 우리는 싸우기 시작했습니다.

그들의 손에 있는 검과 총, 그리고 방패니 창이니 갑옷이니 뭐니. 일부러 목숨을 빼앗을 것까지도 없이, 그러한 짓을 하지 않아도 우리가 무기를 빼앗기만 하면 그들은 전의를 잃었습니다.

하나 하나, 또 하나. 우리는 무기를 계속해서 빼앗았습니다. 가능한 한 전부.

무기는 우리의 발치에 쌓여갔습니다. 필사적이었기 때문인지, 그 시점에 우리 머릿속에서는 승부에 관한 것은 이미 사라지고 없었습니다. 서로의 사이에 쌓인 무기들을, 우리는 서로의 등을 지키면서 하나씩 회수해갔습니다.

──우리는 아무래도 상황을 보는 눈이 너무 어설펐던 모양입니다.

한 사람 한 사람을 쓰러뜨리는 것뿐이라면 간단했을지도 모릅니다. 공적을 겨루는 것도 가능했을지 모릅니다. 하지만 그런 여유는 없었습니다.

밉살스럽다든가, 나중에 제자가 된 주제에 건방지다든가, 그런 식으로 머리를 굴리는 것보다도 지금, 이곳에서 살아남는 것만을 생각했습니다.

그것은 분명 그녀도 마찬가지가 아니었을까요?

"──."

그때 생겨난 감각은 무척이나 기묘한 것이었습니다.

지금도 잘 기억하고 있습니다.

싫어했을 터인 그녀의 등이 무척이나 의지가 되었습니다. 언제나 엇갈리기만 했지만. 언제나 싸우기만 했지만. 언제나, 저와 정반대를 향했지만.

우리는 거울 같은 존재였을지도 모릅니다.

그런 단순한 사실을 깨닫기까지, 우리는 너무나도 많은 시간을 필요로 하고 말았습니다.

깨닫고 보니 우리 주변에는 많은 무기와 도구가 산처럼 쌓여 있었습니다.

모든 것이 마무리되었을 무렵에 우리는 녹초가 되었고, 저와 그녀는 등을 맞대며 바닥에 주저앉아 있었습니다. 마력은 거의 다 써버렸고, 호흡은 거칠었고, 땀은 배어 나왔지만 닦을 여유조차 없었습니다.

주위에 뻗어 있는 골동당 놈들을 밧줄로 묶고 나니, 그들을 이 나라의 마법 총괄 협회 지부로 보낼 정도의 힘도 남아 있지 않았습니다.

"……잠시 쉬고 나서, 저들을 옮기도록 할까요?"

제 말에 그녀가 등 너머에서 끄덕이는 기척이 느껴졌습니다.

"찬성이다."

"…………."

"…………."

"어이, 너 말이야."

조용히 그녀가 말을 중얼거렸습니다. 혼잣말 같은 자그마한 목소리는 저의 등을 타고 전해졌습니다.

"왜 그 스승님 아래서 마법을 배우는 거야?"

"……안 되나요?"

"단순한 잡담이야. 눈 치켜세우지 마."

"어머, 제 얼굴이 보이는 건가요?"

"안 봐도 어쩐지 느껴져."

"…………."

저는 등 너머를 향해 물었습니다.

"당신은 어째서 스승님에게 마법을 배울 생각을 했나요?"

"나는 딱히, 대단한 이유는 아냐――."

그리고 그녀가 말한 이야기는, 분명 특별히 적을 만한 것이 아니었는지도 모릅니다.

그 나라에서―― 저와 그녀가 만난 나라에서, 실라는 의지할 곳 없는 고아였습니다. 그러나 그녀는 씩씩하게 혼자서 살아왔다고 합니다.

마법을 독학으로 배운 그녀는 그것을 소매치기나 공갈 같은, 대체로 인간의 길에서 조금 틀어진 방향에 이용하고 있었습니다.

그녀가 스승님과 만난 것은 그러던 어느 날의 일.

평소처럼 마법으로 지갑을 빼앗은 상대가 운 나쁘게도 스승님이었다고 합니다. 마법은 쓸 수 있어도 배움이 없는 그녀는 아무래도 마녀라는 존재가 얼마나 고위인지도 몰랐던 모양입니다.

그녀는 그 자리에서 스승님에게 잡혔습니다.

"그때 배웠어. 이 세계에는 마녀라는 놈들이 있고, 그건 강한 마법사만 될 수 있는 거라는 걸. 마녀가 되면 일단 괜찮은 직업을 가질 수 있다는 걸. 그런 들고양이 같은 생활을 하지 않아도 된다는 걸──."

그래서 나는 마녀가 되고 싶다고 생각했어.

그녀는 그렇게 말했습니다.

"그치? 대단한 이유는 아니잖아?"

시시하다고 말하듯이 그녀는 코웃음을 쳤습니다.

"그래서, 너는?"

"제 이름은 프랑입니다."

그리고, 답했습니다.

"제 이유 쪽이 훨씬 별것 없습니다──."

글로 적는다고 한다면, 고작 몇 줄밖에 안 될 이야기입니다.

"제 고향에는 마녀가 없습니다. 그러니 고향에서 마녀가 되면, 그건 유일한 마녀가 되는 거죠. 평생 먹고살 걱정을 할 필요가 없잖아요? 그래서입니다."

"…………."

"스승님의 제자가 된 이유는 훨씬 단순해요. 견습 마녀 승격 시험에서 계속 떨어지고 있을 무렵에 마법을 가르쳐주셨고, 합격했습니다. 그래서 그 흐름으로 제자까지 되어버리자 해서 스승님 아래로 들어갔습니다."

"……타산적으로 스승님의 제자가 된 건가."

뭐, 요약하면 그런 게 되겠지요.

©Azure

등 뒤의 그녀는 키득 하고 웃었습니다.

"…………."

우리는 언제나 서로에게 등을 대고 반대쪽을 보고 있었습니다.

그러나 언제나 서로에게 누구보다도 가까이 있었던 것인지도 모릅니다.

"그러게요."

깨닫고 보니 저는 웃고 있었습니다. 등으로 전해지는 온기가 잘게 흔들리고 있었습니다. 그건 저 때문이었을까요? 아니면 그녀 때문이었을까요? 어느 쪽일까요?

보지 않아도, 어쩐지 알 수 있었습니다.

○

그 후의 일은 물 흐르듯이 흘러갔습니다.

덧니 씨를 비롯한 골동당은 우리의 손에 의해 마법 총괄 협회의 지부를 경유하여 나라의 감옥에 갇혔습니다.

그녀들은 딱히 사람을 죽인 것도 아니고 그저 좀도둑이었을 뿐이니, 죄는 그리 무겁지 않았던 모양입니다.

"큰 벌을 받는다고 해도 징역 몇 년 정도겠지."

스승님은 이런 이런 하고 어깨를 으쓱였습니다.

골동당이 갖고 있던 신기한 도구는 자유의 도시 크노츠에서 항구 하나를 경유한 곳에 있는 섬나라에서 가져온 것이라고 스승님은 저희에게 가르쳐주셨습니다.

스승님은 저와 실라와 만나기 훨씬 전에 그 나라를 딱 한 번 방문했던 적이 있었고── 그래서, 기억하고 있다며 알려주었습니다.

본래 섬나라 밖으로 가지고 나가는 것이 금지되어 있다는 것도.

"……그러니까 모아서 섬나라에 돌려줄 필요가 있겠지. 두 사람 모두 회수하느라 고생했어."

또한 이 나라의 높으신 분과 연줄이 있는지, 회수한 도구를 섬나라에 돌려주는 김에 "회수해줬으니까 사례 정도는 보내겠죠?"라는 취지의 편지도 함께 보냈다는 모양입니다.

아니, 보냈습니다.

『네네 고생했습니다(다음부터는 발견하는 대로 그 자리에서 부숴주세요. 일부러 보내지 마세요. 매번 돈을 요구하는 건 민폐야).』

그런 취지의 편지와 함께 어느 정도 되는 돈이 보내져 왔으니까요.

즉, 마법 총괄 협회와 섬나라 양쪽에서 돈을 받은 것입니다.

더러워. 교활해.

"알겠니? 여행자는 이렇게 하루하루 버는 거야."

후후후 하고 웃는 스승님.

이러한 돈에 지저분하고 비열한 부분은 배우고 싶지 않은 점이지만, 안타깝게도 딸에게는 확실하게 이어지고 말았습니다.

아마도 유전인 것일 테죠.

그리고, 우리의 여행은 자아져갔습니다.

실라는 원래 요령이 좋은 아이였기 때문에 금세 견습 마녀가 되었고, 저와 나란히 코사지를 달았습니다.

우리는 둘이 함께 스승님 아래에서, 때로는 어른의 더러운 돈벌이 법이나 혹은 지극히 정상적인 마법사다운 마법을 배우고는 했습니다.

반년 정도, 우리는 그렇게 여행을 했습니다.

이윽고 스승님이 고향으로 돌아갔을 무렵에 우리는 마녀로서의 이름을 각자 받았습니다.

"프랑은 머리카락이 검잖아. 그러니까 별무리의 마녀야."

별을 본뜬 브로치가 제 가슴에.

"실라는 머리카락이 반짝이잖아. 그러니까 어두운 밤의 마녀야."

그리고 실라의 가슴에도.

대체 어째서 그러한 마녀 명이 서로에게 주어진 것인지, 우리는 의문을 느꼈고 함께 고개를 갸웃거리기까지 했습니다.

"머리카락이 검으니까 별무리의 마녀라니, 무슨 말씀인가요?"

제 머리카락이 검기 때문이라면 어두운 밤의 마녀가 맞지 않을까요?

실라의 머리카락이 금색이기 때문이라면 별무리의 마녀가 맞지 않을까요?

그러니까 반대 아닌가요?

제 물음에 스승님이 물어봐 주기를 기다렸습니다 하고 말하고 싶은 듯이 웃었습니다.

"어두운 밤과 별무리는 함께 있기 때문에 빛나는 거야."

"아니 의미를 좀 모르겠는데요."

"…………"

토라진 듯 입을 다문 스승님을 무심히 바라보며 실라는 "……즉, 서로 떨어져 있어도 우리는 함께예요라는 메시지를 담았습니다, 같은 말인 거 아냐?" 하고 어이없어하면서 저를 바라보았습니다.

"…………"

스승님이 약간 뺨을 붉히고 계시는 것을 보면 아마도 그 추측이 맞지 않을까 싶습니다.

과연, 뻔하군요.

"하지만 어째서 머리카락 색이 유래인 건가요?"

다시 고개를 갸웃거리는 저에게 스승님은 또다시 웃으면서 답했습니다.

"멋있으니까."

○

스승님과의 여행이 끝난 후, 저는 고향으로 돌아가 학교 선생님이 되었습니다. 실라는 예상외로 마법 총괄 협회에서 일하게 되었습니다.

과거에 소매치기와 공갈로 돈벌이를 했던 인간이라고는 생각할 수 없을 만큼 제대로 된 직업을 갖게 되었다고 말할 수 있을 겁니다. 언젠가 그녀가 높은 자리에 오르게 되면 전부 소문을 낼까 생각 중입니다. 아니, 농담입니다만.

"……당신, 많이 변했네요."

서로 나이를 먹었습니다. 노인네 같은 대사를 뱉은 저에게 가을 하늘 아래, 곁에서 걷던 실라는 매우 기막혀하며 하얀 숨을 내쉬었습니다.

"할망구냐."

아, 역시 말하는 겁니까.

"그보다 내가 보기엔 너도 변했거든."

"제가요?"

아뇨 아뇨. 예전부터 이런 느낌이었을 텐데요?

"옛날에는 훨씬 시비를 잘 거는 녀석이었는데, 지금은 평범하게 은거 생활을 만끽하고 있는 노인네 같다고."

"너무하네요……."

"맞서는 맛이 없어."

"외로운가요?"

"딱히."

그녀는 "하지만 전처럼 싸움만 하던 때보다는 지금의 관계 쪽이 좋으려나. 편하고"라고 답했습니다.

"……정말로 변했네요."

"서로 어른이 된 거겠지."

실라는 흥 하고 코웃음을 쳤습니다.

우리는 여행을 마친 다음 서로의 길을 제각기 걸어갔습니다.

그러나 소원해지거나 하지는 않았습니다.

1년에 한 번. 우리는 이렇게 정기적으로 만나고 있으니까요. 딱히 의무적으로 만나야 한다고 정한 것은 아니고, 그렇다고 해서 24시간 내내 딱 붙어 사이좋게 걷는 것도 아닙니다.

왠지 모르게 우리에게는 이러한 거리감이 적당하다고, 우리 안에서 정해져 있었습니다.

"——그럼 올해도 가볼까요."

저는 하늘을 올려다보았습니다. 여행을 그만둔 이후, 1년에 한 번 실라와 함께 하는 여행을, 이러쿵저러쿵하면서도 저는 의외로 기대하고 있었습니다.

그리고 우리는 각자의 빗자루에 올라 나라를 떠났습니다.

짙푸른 초원이 술렁였습니다. 바람은 강하고 차가워서, 이제 곧 겨울이 찾아오리라는 것을 알려주었습니다.

"——오늘은 초승달이군."

옆에서 빗자루로 날고 있는 실라는 하늘을 올려다보고 있었습니다.

저도 이끌리듯이 그녀의 시선을 좇았습니다.

그리고 넋을 잃었습니다.

밤하늘에서 빛나는 별무리는 너무나도 아름다웠습니다.

제가 여행 도중에 들른 이상한 나라의 이야기를 해볼까요.

"여어, 어서 오——."

문지기 병사님은 제 얼굴을 보자마자 굳어지더니 "이, 이 무슨 귀여움! 분명 자네가 다음 트렌드일 게 틀림없어! 다음에 올 귀여운 아이는 바로 자네다! 분명해!"

"……네?"

"자아, 어서. 우리나라에 들어와 주게! 성심성의를 다해서 자네를 대접하지!"

"네? 아, 네……."

연유도 모른 채 저는 문을 통과했습니다.

나라 안에서 저를 기다리고 있던 것은 더욱 연유를 알 수 없는 것이었습니다.

"여러분! 보십시오! 귀여운 여행자가 왔습니다!" "마녀면서 귀엽다니 최강인가!" "이건 분명 귀여워!" "이쪽을 봐줘!" "2천 년에 한 번 나올 뛰어난 인물이야!" "어리지만 포용력의 파동을 느껴."

도시 광장에 있는 스테이지로 올려진 저는 사람들 앞으로 억지로 끌려 나왔습니다.

"……저기."

솔직히 말씀드리자면 저는 매우 질겁하고 있었습니다.

이게 뭐야?

사정을 들어보니, 아무래도 이 나라에서는 귀여운 사람을 발견하면 곧바로 이곳에 올려서 물고 늘어진다든가. 그러한 문화 위에서 성립된 나라라고 합니다. 우상숭배란 이런 걸까요?

제가 어떠한 인간인지를 알고 싶은지, 잇따라 질문이 날아들었습니다.

"저기! 나이를 가르쳐주세요!" "싫습니다. 말하지 않겠습니다."

"남자 친구는 있습니까?" "없고, 영원히 안 생길 겁니다."

"여자 친구는 있습니까?" "없습니다."

"악수해주실 수 있나요?" "죄송합니다. 다른 사람과 닿는 건 제가 불쾌하므로 무리입니다."

"겨겨겨결혼해주세요!" "죽어주십시오."

눈치채신 대로 저는 그다지 성격도 좋지 않은 데다, 애초에 이 참상에 일찌감치 질린 탓에 지극히 적당히 대답해드렸습니다.

이 정도로 혐오감을 드러내 버리면 상대 쪽도 넌더리를 내리라 생각한 것입니다.

그러나.

"…………멋져!"

안타깝군요. 국민들은 모두 하나같이 제 말을 칭송했습니다.

험한 말을 뱉으면 "독설 귀여워!"라며 칭찬했고, 사기 같은 행위를 해 보이면 "속 시커먼 게 귀여워!"라며 우러러보았습니다. 단적으로 말하자면 귀엽기만 하면 뭐든 괜찮은 모양입니다. 그런 문화인 모양입니다.

그러나 무슨 짓을 해도 받아들여 준다면, 아무것도 하고 싶지 않은 마음이 드는 법이지요.

저는 그 나라의 무른 점을 이용하여 한동안 제멋대로 지냈습니다. 그것참. 이 나라에서 생활하면 억만장자도 꿈은 아니지 않을까요? 라고 잠시 생각했을 만큼 제멋대로 굴어댔습니다.

하지만 어느 날을 기점으로 국민들이 모두 저의 행동을 비난하기 시작했습니다.

"독설 캐릭터는 이제 질렸어." "아니, 이제 트렌드가 아냐." "너 이제 촌스러워."

이런, 대체 무슨 일이 일어난 것일까요?

이유는 단순 명쾌. 새로운 아이가 들어온 것입니다.

"천사다……!" "봐! 독을 뿜지 않는 청순한 아름다운 아이야!" "역시 여자아이는 이래야지." "2천 년에 한 번 나올 뛰어난 인물이야!" "어리지만 포용력의 파동을 느껴."

그렇게. 국민들은 저에게는 시선도 주지 않게 되었습니다.

꿔다 놓은 보릿자루처럼, 이제 누구에게도 관심을 받지 못하고 역할을 빼앗긴 저는 결국 쫓겨나듯이 나라를 떠나게 되었습니다.

그 나라에 있어서 귀여움은 정의인 듯 보였습니다.

그러나 정의도 문화도 변화는 격심하지요.

귀여움의 유행과 마찬가지로.

하늘 아래에는 꽃밭이 펼쳐져 있었습니다.

빨강. 파랑. 노랑. 보라. 하양── 온갖 색의 꽃들이 어깨를 나란히 하며 흔들흔들 연약하게 흔들렸습니다. 그때마다 흘러넘치는 향기는 절로 한숨이 새어 나올 정도였습니다.

하늘에 뜬 구름 아래에 생긴 그림자가 꽃밭 위를 천천히 흘러가고 있었습니다. 봄바람은 그 안에서 어느 정도의 쌀쌀함을 느끼게 했고 꽃들을 부추기듯이 강하고 강하게 불었습니다.

따스함과 아주 조금의 서늘함이 동시에 존재하는 그 상황은 눈을 감고 나면 바로 잠들어버릴 정도로 쾌적하다 할 수 있었습니다.

그래서인지, 빗자루에 타고 있을 뿐인 그녀는 천천히 눈을 감고 있었습니다.

"언니, 자면 안 돼요."

눈을 감자마자 빗자루를 다루고 있던 여동생이 어깨를 두드려 그녀를 깨웠습니다.

"……안 잤는데?"

그녀는 후우우 하고 한숨과도 닮은 하품을 했습니다.

"하지만 잠들기 직전이었어요."

뺨을 부풀리면서 앞을 바라봅니다.

"여기에 꽃밭이 있으니, 이제 곧 그 나라에 도착할 거예요."

두 사람은 여행자였습니다.

빗자루를 조작하는 여동생의 이름은 아빌리아. 하얀 머리카락을 허리까지 길렀고, 머리에는 검은 리본을 하나 달고 있습니다. 하얀 로브를 입고 있는 그녀는 마법사였습니다. 그렇기에 빗자루를 조작하여 날고 있습니다.

"하지만 풍경이 정말 예쁜걸…… 잠이 올 만큼."

여동생의 빗자루에 동승하여 나란히 앉은 것은 언니인 암네시아. 여동생과 같은 하얀 머리카락이지만 가지런히 짧게 잘랐고, 머리에는 검은 카추샤가 있었습니다.

여동생과 같은 하얀 로브를 입고 있었지만, 그녀는 마법을 제대로 쓰지 못했습니다. 허리에는 한 자루의 사벨을 차고 있어 로브와는 살짝 어울리지 않았습니다.

"언니가 졸린 건 어젯밤에 늦게까지 안 자서잖아요?"

힐끔 여동생이 보낸 시선은 조금 차가웠습니다.

"오늘은 이른 아침부터 움직여야 하니까 일찍 자라고 말했잖아요."

"일찍 잤는걸? 일찍 일어났는데."

구체적으로는 낮에 자서 낮에 일어났습니다.

"그건 낮잠이잖아요."

"그건 그렇다고 치고, 지금 어디쯤이야?"

"…………"

무시당한 것에 뾰로통 뺨을 부풀리면서 아빌리아는 앞을 바라보았습니다.

"이제 곧 도착할 것 같아요. 아마도."

앞서 말한 대로, 꽃밭이 있다는 것은 목적지인 나라가 눈앞까지 다가와 있다는 뜻이기도 했습니다.

"기대된다."

암네시아는 빗자루 뒤에서 느긋하게 맥빠진 목소리를 냈습니다.

"놀러 가는 게 아니에요."

아빌리아는 조금 토라진 듯 답했지만, 그러나 그 입가는 살짝 풀어져 있었습니다.

그녀들이 나아가는 앞에는 하나의 나라가 있었습니다.

일면이 꽃밭으로 뒤덮인 아름다운 나라가 있었습니다.

○

그곳은 꽃의 도시라고 불렸다.

거리 모두가 꽃에 둘러싸여 있다 해도 과언이 아닐 만큼, 길을 걸으면 꽃만 눈에 들어왔다.

찻집과 레스토랑 같은 곳보다 꽃집 쪽이 많은 것이 아닐까, 그런 생각이 들 만큼 꽃집이 줄지어 있었다. 그러나 자세히 살펴보면 그저 꽃을 지나치게 많이 장식했을 뿐인 민가이기도 했다. 이 도시의 사람들은 꽃을 매우 좋아하는 걸까? 그런 생각이 들 만큼 꽃투성이. 아니 아니, 어쩌면 그저 단순히 꽃이 많으면 많을수록 그 집이 부유층이라는 사실을 증명하고 있을 뿐인 것은 아닐까? 하는 생각이 들 만큼 화려했다.

"언니, 보세요! 이쪽도, 이쪽도! 전부 꽃!"

그런 모습을 본 여동생은 어슬렁어슬렁 여기저기를 돌아다니면서 흥분한 기색으로 이것저것을 가리키며 꽃 종류를 나열했다.

하얀 머리카락을 허리까지 기른 여동생은 같은 하얀 로브를 두르고 있었고, 어슬렁어슬렁 오른쪽으로 왼쪽으로 오가는 모습은 꿀에 이끌린 나비처럼도 보였다.

그보다, 아까까지 기분이 저조했던 나의 여동생은 어디로 가버릴 걸까?

"너무 들떠서 그러면 위험해. 아빌리아."

내가 이름을 부르자 동생은 빙글 돌아섰다.

"언니. 그런 말을 하고 있으면 언제까지고 행복의 백합꽃을 발견하지 못할 거예요."

기분이 저조한 여동생이 돌아왔다. 본성이 나온 여동생이라고도 할 수 있다.

"······으음, 그렇게 말한들 말이지······."

나는 애매하게 말끝을 흐렸다.

우리가 이 나라에 온 진짜 목적은 관광이 아니다. 물론 관광도 목적 중 하나이기는 했지만, 그것보다는 우리의 눈앞에 닥친 문제를 해결하기 위해서였다.

그것은 즉.

"행복의 백합꽃을 발견해서 서둘러 자금을 조달해야만 해요. 언니도 협력해주세요. 그러지 않으면 오늘 밤은 배고픈 경험을 하면서 자게 될 거예요."

그렇다고 한다.

간단하게 말하자면 돈을 위해 꽃을 찾고 있는 것이 지금의 우리들.

좀 더 알기 쉽게 설명하자면, 우리는 행복의 백합꽃을 찾고 있었다.

그것은 아마도 길에 가득한 어떤 꽃을 가리키는 것은 아니리라 생각한다.

이야기에 따르면 그것은 『아름다운 꽃을 사랑하는 자의 앞에 나타나는, 시드는 일 없는 백합. 행복을 부르지. 대단해』라고 한다. 그렇다고는 하나 다른 나라에서 우연히 들은 수상한 소문인지라 실제 진상이 어떠한지는 잘 알 수 없지만.

그러나 그 소문을 들은 우리로 말하자면, 일단 이렇게 생각했다.

"그걸 팔면 돈이 되지 않을까?"

"틀림없어요."

신출내기 여행자인 우리는 일찌감치 돈을 마련하느라 동분서주하는 꼴이 되어 있었다. 애초에 잘 생각해보면 신앙의 도시 에스트를 떠난 시점에서 오랜 여행을 할 수 있을 만큼의 돈을 갖고 있지도 않았고, 여행자가 되면 언제나 돈 쓸 일이 많은지라 얼마 안 되는 저축은 순식간에 바닥을 드러냈다. 요컨대 진짜 위기.

어떻게 돈을 벌고 있는지 일레이나 씨에게 제대로 물어봤어야 했는데…….

"아무튼! 언니도 꽃을 보고 바보처럼 기뻐하세요! 그러면 행복의 백합꽃이 나타날지도 몰라요."

그런 말을 하면서 아빌리아는 "와아! 이쪽에도 꽃이 있어요!"라며 뿅뿅 뛰었다. 이런, 너무 귀여워⋯⋯?

"자, 언니도. 어서요!"

"⋯⋯⋯⋯⋯."

나는 일단 무리하게 흥을 높이며 꽃집으로 다가갔다.

"꺄, 꺄! 예뻐라! 이 꽃, 얼마일까?"

부끄러워. 차라리 죽여줘⋯⋯.

"⋯⋯어느 거 말인가요?"

가게 안에서 약간 민폐라는 듯이 얼굴을 내민 가게 주인.

"네? 저기⋯⋯ 이거?"

적당히 말했을 뿐인데, 어떤 거냐고 물어도 곤란한데.

"아, 그건 잡초입니다."

"⋯⋯⋯⋯⋯."

자세히 보니 가게 앞에 장식된 것이 아니라 가게 앞에서 멋대로 자란 풀이 꽃을 피웠을 뿐이었다. 헷갈리잖아!

"괜찮다면 공짜로 드릴게요. 솔직히 귀찮고 성가시거든요."

"⋯⋯⋯⋯⋯."

어쩐지 어색한 공기에 휩싸인 그 자리의 분위기를 얼버무리듯이, 나는 엷은 미소를 지었다.

"저기, 이 가게에 행복의 백합꽃인가 하는 건 없나요?"

가게 주인은 이런 이런 하며 고개를 가로젓더니 "자주 듣는데 말이지요"라고 전제를 둔 다음에.

"그런 거 우리 가게에는 없답니다. 어쩌면 다른 꽃집에는 있을지도 모르겠네요."

그렇게 답했다.

결국, 그 후에도 이런저런 가게를 둘러보았지만, 전부 훌륭할 정도로 헛수고였다.

"행복의 백합꽃……?" 하며 고개를 갸웃거리는 사람도 있었고, "아, 그럼 이런 건 어떤가요?"라며 조화를 건네는 사람도 있었다. 웃기지 마.

결국 행복의 백합꽃 같은 건 전혀 찾을 수 없었다. 자취를 감추기라도 한 것처럼, 종잡을 수 없는 존재처럼 여겨졌다. 정말로 그런 게 있는 건가? 하며 고개를 갸우뚱할 만큼.

으음…… 성실하게 일하는 쪽이 간단히 돈을 벌 수 있는 게 아닐까?

"전혀 보이질 않아요!"

그렇게 밤이 되었고, 우리는 사이좋게 싸구려 숙소에 묵게 되었다. 아빌리아는 하루 종일 미소를 지으며 걸어 다녔지만 전부 헛일이 되어버린 반동으로 절찬 분노 중이었다. 그저 침대 위에서 데굴데굴 구르거나 퍽퍽 두드리며 날뛰는 그녀. 그만 그만, 싸구려 숙소의 침대가 망가진다고.

"그렇게 간단히 찾을 수 있으면 고생은 안 하겠지."

그저 꽃을 사랑할 뿐인 머릿속이 꽃밭인 소녀를 연기한 것만으로 눈앞에 나타나 준다면 꽃집에서 싼값에 팔고 있어도 이상할 것 없을 테고.

"언니. 내일은 따로 행동하도록 하죠."

침대에 엎드려 누워 있던 아빌리아가 고개를 들었다.

"함께 행동하면 효율이 나빠요. 정보 수집을 위해서도 따로 움직이죠."

"그러네."

거부는 하지 않는다. 오히려 여동생 앞에서 머릿속이 꽃밭인 소녀를 연기하는 것은 여러 가지로 힘드니 개인적으로는 대찬성이라고도 할 수 있으려나!

나도 제안이 있었다.

"저기, 아빌리아. 혹시 괜찮다면 나, 이 나라에서 일을 좀 하고 싶은데."

"네? 어째서죠?"

깜짝 놀라며 눈을 동그랗게 뜨는 여동생이 너무 귀여워.

웃음이 번지려는 것을 참으면서 나는 의연한 태도로 검지를 세워 보이며 말했다.

"잘 생각해보렴. 마이 시스터. 우리는 행복의 백합꽃을 찾고 있잖아? 하지만 찾지 못할 가능성도 있겠지? 발견하지 못했을 경우에 기다리고 있을 전개는 즉 무일푼이잖아? 그건 위험하잖니?"

"……! 그러니까 언니가 일을 해서 돈을 벌겠다는 건가요?!"

역시 언니예요! 라는 나의 동생.

"그렇지?"

더 칭찬해도 괜찮거든? 나는 칭찬받으면 성장하는 타입.

"즉, 내일부터는 내가 조금이라도 돈을 벌고, 아빌리아는 머릿속이 꽃밭인 소녀가 돼서 행복의 백합꽃을 찾는 거야. 이거라면 초조해하지 않고 찾을 수 있지!"

"역시 언니예요! 다행이에요…… 언제나 빗자루 뒤에 올라타서는 제대로 일도 안 하는 백수가 되면 어쩌나, 여동생으로서 걱정했어요……."

"너무해!"

예상보다 더 기뻐한다 했더니만, 그런 거였나.

"그래서, 어떻게 돈을 벌 셈인가요?"

동생은 갑자기 진지한 표정으로 돌아왔다.

"괜찮아. 언니한테 맡겨두렴. 제대로 계획을 세워뒀으니까."

아무런 대책도 없이 이런 제안을 한 게 아니거든.

"……꽃을 정말 좋아하는 여자아이를 연기하는 게 부끄러워서 저한테 전부 떠넘기고 도망칠 셈인 건 아니겠죠?"

"그, 그그그그그럴 리가 없잖아. 제대로 다 생각이 있어서 한 제안인데?"

"……수상하네요."

가만히 나를 바라보는 아빌리아의 눈이 한없이 가늘어졌다.

"뭐, 뭐, 두고 보라고. 내일이면 나, 자금을 나름대로 모아 올 테니까. 그러니까 아빌리아도 열심히 행복의 백합꽃을 찾아야 한다?"

"으음…… 어쩐지 납득이 되지 않지만, 알았어요. 열심히 할게요."

떨떠름한 모습으로 아빌리아는 침대로 들어가 버렸다. 하루 종일 걸어 다닌 탓에 꽤 피곤했나 보다.

"그럼 안녕히 주무세요……."

그런 말과 함께 하품을 하고서 금세 잠들려 하는 아빌리아.

"잘 자."

나는 답했다.

"혹시 같이 잘래?"

"아 사양하겠습니다."

잠들려고 하는 주제에 엄청나게 단호하게 거절했어.

"…………."

나는 토라진 채로 누웠다.

●

아침에 일어나 보니 언니가 저를 끌어안고 있었던지라, 떼어냈습니다.

자면서 뭔가 불편하다 싶더니 이런 연유였습니까.

언니의 나쁜 잠버릇으로 말하자면 이건 이미 괴멸적입니다. 심지어 밧줄이나 뭔가로 묶어두어도 어째선지 잠든 사이에 풀고 침대에서 벗어나 버립니다. 이제 언니의 잠버릇은 그 누구도 막을 수 없을 테지요.

일단 언니를 깨웠습니다.

"일어나세요."

휙휙 한동안 어깨를 흔들었습니다. 언니는 눈을 떴습니다.

"하앗……! 어째서 내가 아빌리아의 침대에……?"

"그건 잠버릇이 나쁘기 때문이에요."

"……아빌리아, 어쩐지 얼굴이 빨간 것 같은데?"

"그, 그건 기분 탓, 이에요."

아무튼, 이렇게 우리의 꽃의 도시 생활 이틀째는 시작되었습니다.

"아름다운 정열의 빨강! 이 파란 꽃은 바다처럼 아름다워요! 아! 이쪽 꽃은 태양 같은 샛노랑! 하아아…… 마음이 씻겨나가는 것 같아요……."

저는 멍청한 여자아이인 척을 하면서, 당장에라도 노래를 부르기 시작할 것처럼 양손을 펼치고서 거리를 걸었습니다.

"아아……! 이렇게 꽃에 둘러싸여 사는 이 나라 분들이 너무 부러워요!"

중간중간 주변 사람들에게 "저는 꽃을 참 좋아한답니다" 어필도 빼놓지 않았습니다. 참고로 주변 사람들은 제게 "머리가 맛 간 저 아이는 뭐야?"라는 냉담한 시선을 보냈습니다.

"꽃집 사장님! 이 꽃은 뭔가요?"

"잡초인데."

"…………훌륭한 잡초네요!"

뭐야, 잡초입니까? 그럼 용건은 없습니다.

뭐가 어찌 되었든, 저는 이렇게 엄청나게 노력하는 모습으로 마을 안을 걸어 다녔습니다.

"와…… 이 꽃, 무척, 저기…… 그러네요……."

노력했습니다. 그러나 24시간 쉬지 않고 꽃을 칭찬하는 건 의외로 힘들었습니다.

"아, 뭔가 꽃이 잔뜩 있어서 그게 그래서 그러네요."

행복의 백합꽃, 얼른 나타나 주었으면 좋겠습니다…….

"……아, 예쁘네요."

이제 틀렸어…….

"……………………하아아."

결과부터 말씀드리자면 점심 무렵에 저는 한계를 맞이했습니다. 마을 광장에 있는 벤치에 앉아서 한숨을 쉬며 피곤해하고 있었습니다. 애초에『아름다운 꽃을 사랑하는 자 앞에 나타나는, 시들지 않는 백합』이라고 하는 문구 말입니다만, 실제로 아름다운 꽃을 사랑하는 자란 대체 어떠한 사람을 말하는 것인지. 이제 저는 알 수 없게 되었습니다.

애초에 반나절에 걸쳐서 이래저래 꽃을 좋아하는 소녀인 척을 해보았습니다만, 제 앞에는 아무것도 나타나지 않았습니다. 소문은 진짜인 걸까요……?

한숨이 나왔습니다.

"……………………하아아아아아아아."

하지만 방금 그 한숨은 제가 내쉰 것이 아닙니다.

저의 그것보다도 약간 깊이와 무게가 실린 한숨을 내쉰 것은 저의 옆에 앉아 있던 여성이었습니다.

웨이브 진 금발이 특징적인 미인이었습니다. 모래색 트렌치코트 자락에서 타이츠에 감싸인 검고 가느다란 다린가 쭉 뻗어 있어 스타일 발군인 사람이라는 것을 알 수 있었습니다.

혹시 코트 아래는 아무것도 안 입은 것은 아닐까 하는 생각이 들 만큼 가느다란 실루엣이라고도 할 수 있겠습니다.

"⋯⋯⋯⋯⋯⋯⋯⋯⋯⋯⋯⋯⋯⋯⋯⋯⋯죽고 싶어요."

그리고 그녀는 이 세상이 끝나는 것 같은 표정으로 커다란 한숨을 내쉬었습니다.

인간이란 타산적인 법이라 자신보다 풀 죽은 누군가를 발견하면 그 순간 자신의 일은 어찌 되든 상관없어지고 맙니다.

"⋯⋯저기, 무슨 일 있으신가요?"

저는 별생각 없이 옆에 앉은 이름도 모르는 여성에게 말을 걸었습니다.

여성은 아주 살짝 깜짝 놀라면서도 붉은 눈동자를 이쪽으로 돌리더니 "⋯⋯네, 조금, 곤란한 일이 생겼어요"라며 고개를 끄덕였습니다.

"호오호오."

이쯤에서 저의 옛 직업병이 발휘되었습니다.

"혹시 괜찮으시다면 상담 상대가 되어드릴게요. 저, 이래 봬도 이야기를 잘 들어준다는 말을 자주 들었답니다."

과거 시민을 지키기 위해 시민에게 참견하는 일을 했었기 때문에 고민하는 누군가가 있으면 상담을 해주고 싶어 하는 성질을 갖고 있는 것이 바로 저라는 사람입니다.

바꿔 말하자면 단순한 참견쟁이라고도 하지요. 속물근성과도 같은 의미라 할 수 있겠지요.

"어머…… 괜찮은가요?"

우후후 하고 여성은 힘없이 웃었습니다.

"그럼 들어주시겠어요?"

참고로 제대로 된 정신 상태의 인간이라면 이 시점에서 "뭐? 어째서 갑자기 알지도 못하는 사람에게 개인적인 상담을 해야 하는 건데요? 그겁니까? 신종 포교 활동입니까? 그럼 권유는 다른 데서 해주시겠어요?"라면서 낙타처럼 침을 뱉을 테지만, 눈앞의 여성은 그러한 반응을 할 것처럼 보이지 않았습니다.

아마도 정상적인 판단력이 떨어질 만큼 상당히 곤란해 하고 있는 모양입니다.

그녀는 저를 바라보면서 생기 없는 한숨을 한 번 내쉬었습니다.

그리고.

"……실은 저, 지금 신혼여행 중이랍니다."

"호오."

이런, 이 흐름은 아무래도 질척한 애증극의 예감이 드는군요.

"하지만 반려와 좀, 잘해나가질 못해서……."

"호오호오!"

저는 이런 부류의 이야기를 듣는 것을 매우 좋아합니다!

"……어째서 눈이 빛나는 거죠?"

"그건 기분 탓입니다."

불신감을 느낀 것일까요? 그녀의 눈동자는 제 얼굴을 향한 채 떨어지지 않았습니다.

"그래서, 어느 쪽이 바람을 피웠나요? 당신인가요? 아니면 남편인가요?"

"어느 쪽이 바람을 피웠다는 말 같은 건 아직 한마디도 안 했어요."

"아, 아, 걱정하지 마세요. 저, 이런 이야기는 익숙하답니다. 이런 상담을 해 오는 사람의 절반은 남편 혹은 자신의 부정에 의해 부부 관계에 빙하기가 찾아온 것을 고민한답니다."

"나머지 절반은?"

"……………………저기, 그건…….."

"아, 지금 반응으로 대강 알았어요."

다시 우후후 하고 웃은 그녀의 얼굴에는 아주 조금 생기가 돌아온 듯 보였습니다.

"순진하군요. 당신."

참고로 제 낯빛은 상당히 붉어졌으리라고 생각합니다.

"그런데, 제 이름은 당신이 아니에요. 아빌리아라는 이름이 있습니다."

그러고 보니 자기 소개도 아직이었습니다.

"어머. 그렇군요. 아빌리아 씨."

뒤늦게, 그녀도 단아하게 자신의 가슴께에 손을 대면서 이름을 말했습니다.

이렇게.

"제 이름은 쇼콜라랍니다. 잘 부탁해요."

그녀와 저 사이에 나이 차는 얼마 나지 않을 듯 보였습니다만, 그녀의 일거수일투족은 묘하게 차분했고, 그러면서도 당당했으며, 어딘가 높은 격식이 있는 듯 보였습니다.

고상이라는 말이 정말이지 딱 들어맞는 여성이었습니다.

마치 공주님처럼.

○

"그것참, 덕분에 살았어. 아가씨. 자, 여기 아르바이트비."

일을 마쳤다는 보고를 꽃가게 주인에게 하자 그는 가게 앞을 쭉 훑어보고는 기뻐하는 모습으로 돈을 주었다. 어린아이 용돈 정도밖에는 안 되는 적은 돈이지만, 굶기 직전인 나로서는 돈만 받을 수 있으면 뭐든 상관없다는 정도의 인식조차 있는지라.

"만세! 고맙습니다! 또 잡초가 자라나면 불러주세요. 제가 순식간에 처리할 테니까요!"

그렇게 크게 기뻐하며 나는 지갑에 돈을 넣었다.

내가 맡은 일이라는 것은, 결국 누구나 할 수 있지만 누구도 나서서 하지는 않는…… 바로 그러한 일.

잡초 베기이옵니다.

꽃가게 옆에서 헷갈리게 꽃을 피운 잡초 놈들을 모조리 베어버리고 돈을 받는다고 하는 너무나도 평범하고 평범한 일. 하지만 이게 제법 돈이 된다. 티끌도 모이면 산이 되고, 잡초도 쌓이면…… 아니, 잡초는 쌓고 쌓아도 잡초인가.

"그럼 전 이만 다음 가게로 가보겠습니다!"

아무튼, 그럼 이만! 하고 나는 가게를 나와 열심히 길을 달렸다.

내 아르바이트는 이제 막 시작한 것치고는 그럭저럭 성과를 올리고 있다고 말할 수 있을지도 모른다.

이미 내 지갑은 아침보다도 조금씩 두툼해져가고 있는 듯 느껴졌다. 이 상태로 가면 행복의 백합꽃을 찾거나 할 필요가 없을지도? 그런 생각이 들 정도로 말이다.

지갑을 꼭 움켜쥐며 그 후로 한동안 이리저리 뛰어다녔다.

"——어이! 대체 어떻게 된 것이냐! 행복의 백합꽃이라는 건 어디 있느냐!"

그런 목소리가 울린 곳은 마침 내가 향해 가던 꽃집이었다.

허리에 손을 얹고 버럭 화를 내고 있는 여성이, 저자세인 데다 허리가 굽은 나이 든 가게 주인을 내려다보면서 눈을 치켜세우고 있었다.

"전혀 없지 않으냐! 소문은 거짓인 것이냐? 농담이 지나치군."

불타는 듯한 빨간 머리카락을 가진 사람이었다. 소란을 부리고 있는 내용을 보았을 때, 외지인이라는 건 틀림없을 테지만 입고 있는 옷은 체스터 코트에 진이라는 매우 평범한 옷이었으니, 아마도 장기 여행자나 상인 같은 사람들과 달리 잠시 여행을 하고 있는 사람이리라. 허리에 검을 차고 있기는 하지만.

행복의 백합꽃을 찾아 멀리서 찾아온 것일까?

"저기, 그러니까, 손님…… 우리는 그저 보잘것없는 꽃집이라…… 그런 건 없습니다……."

"크흑……! 대체 어디에 있단 말이냐……!"

이름도 모르는 여행자는 짜증스럽다는 듯이 머리를 마구 흐트러뜨리고 있었다.

아아…… 역시 그렇게 간단히 찾을 수 없는 물건인 거구나…….

이제 여기까지 오면 나와 아빌리아가 아무리 노력해도 그런 꽃을 찾는 것은 불가능할 거라 생각되었다.

차라리 평범하게 일해서 평범하게 돈을 버는 편이 빠르지 않을까?

나이 든 가게 주인은 고개를 저었다.

"저희도 소문으로는 들은 적이 있지만 말이지요…… 파는 가게를 본 적은 전혀 없습니다. 정말로 있는 걸까요……?"

그리고 그런 말을 흘렸다.

곤란하게도 여기에도 행복의 백합꽃 같은 건 없는 모양이다. 대체 어디에 있을는지…….

"저기, 이야기 도중에 죄송합니다……."

그런고로 나는 나이 든 가게 주인의 말을 자르고 끼어들었다.

"이 가게에 잡초, 나 있지 않나요? 저는 이 주변에서 잡초를 베는 일을 생업으로 삼고 있는 여행자입니다만——."

가게 주인은 갑작스러운 방문자인 나를 환영해주었다. 아마도 "성가신 손님에게서 겨우 벗어날 수 있다"고 생각한 것이리라.

"오오! 그거 감사하구먼……. 겨우 성가신 손님한테서 벗어날 수 있겠어…….”

그런 말을 자그마한 목소리로 중얼거렸으니까. 이 가게 주인 최악이네…….

“…………”

나이 든 가게 주인을 한결같이 노려보고 있던 빨간 머리 씨는 갑자기 끼어든 내게로 적의를 옮겼다. 힐끗 날카로운 눈초리가 내 얼굴에 쏟아졌다.

먹잇감을 포착한 맹수인가?

“……음?”

그렇게 생각했더니 그 시선은 내 얼굴에서 벗어나 천천히 내 가슴께에서 아래로, 이어서 발끝까지 훑었다.

“……저기, 뭐지?”

도무지 의도를 알 수 없었고, 아주 조금 불쾌할지도.

“너, 이름은?”

“…………”

도무지 의도를 알 수 없었고, 아주 조금 불쾌할지도.

“……남의 이름을 물을 때는 우선 자기 이름부터 밝혀야지. 실례잖아.”

“……내 이름은 로자미아라고 한다.”

과연, 그런가. 뭐, 흥미는 전혀 없지만.

하지만 이름을 밝혔으니, 나도 답하지 않을 수는 없겠지.

“그래. 내 이름을 암네시아──.”

그렇게 내가 말을 다 맺기도 전이었다. 내 얼굴 바로 옆을 스치

듯이, 돌풍이 불어닥쳤다. 머리가 흐트러져 얼굴을 가렸고 서늘한 감촉이 뺨에 닿았다.

그러나 흐트러진 머리카락을 정리할 여유는, 없었다.

눈앞의 여성이 검을 쥐고 있었으니까. 어째선지 그 검이 내 얼굴 바로 옆에 있었으니까.

그 한순간의 일을 도무지 이해할 수 없었다.

"어…… 뭐야?"

역시 먹잇감을 포착한 맹수인가?

●

쇼콜라 씨가 들려준 이야기를 말하자면, 그것은 정말이지 슬픈 연인과의 엇갈림이었습니다.

간단명료하게 말씀드리자면, 쇼콜라 씨와 남편분은 한 달 전을 경계로 미묘한 관계가 이어지고 있다고 합니다.

신혼여행이라 칭하며 세계 곳곳의 나라를 여행하고 있던 두 사람은 한 달 전에 어떤 나라에 도착했습니다. 그곳은 무엇 하나 특별할 것 없는 나라였습니다만, 두 사람은 함께할 수만 있다면 그곳이 어디든 즐거웠다고 합니다.

그러나 그런 나라에서 한창 관광을 하고 있던 중에 사건은 일어났습니다.

쇼콜라 씨가 한 여행자와 친해지고 만 것입니다.

여행자와의 만남을 쇼콜라 씨는 이렇게 이야기했습니다.

"그건 제가 혼자서 길을 걷고 있을 때의 일이었어요. 우연히, 길을 헤매던 여행자와 마주쳤죠."

그 여행자는 매우 신기한 사람이었다고 합니다.

"하얀 머리카락에 카추샤를 하고 있고, 그리고 기사다운 차림도 하고 있었죠. 갑옷은 입고 있지 않았지만, 오히려 마법사가 입는 로브 같은 복장으로도 보였지만, 사벨을 차고 있었으니 그 사람은 아마도 기사일 거라고 생각해요. 저, 기사라고 하면 정신을 못 차리거든요. 너무 멋졌어요. 두근거리고 말았어요. 그래서, 친구가 되고 싶다고 생각했죠."

……뭔가 익숙한 특징입니다만, 일단 그건 제쳐두죠.

아무튼 길 안내를 하는 도중에 쇼콜라 씨는 여행자와 이런저런 이야기를 나누었고, 최종적으로 두 사람의 관계성은 그날 하루만으로는 끝나지 않을 것이 되었습니다.

두 사람은 그 나라에 체재하는 동안 틈이 있을 때마다 만나는 친구가 되었다고 합니다.

"……하지만 그 여행자는 정말로 신기한 분이었어요. 글쎄 하루가 지나면 기억이 사라지는 사람이지 뭐예요. 고향을 향해 가고 있는 모양이었는데, 그것조차도 스스로는 알지 못하는 것 같았어요. 날이 지나면 모든 걸 잊고, 저에 관한 것도 잊어버렸어요. 저, 그런 불쌍한 사람을 내버려 둘 수 없다고 생각했어요."

이러저러하여 쇼콜라 씨는 여행자를 돕기 위해 있는 돈을 아낌없이 써서 여행자의 목적지인 신앙의 도시 에스트에 관한 정보를 조사했다고 합니다.

……이제 정말이지 너무나도 익숙한 특징입니다만, 일단 그건 제쳐두죠.

"이러저러해서 저는 신앙의 도시 에스트에 관한 정보를 구했고, 지도를 입수했답니다. 목적지에 『여기쯤!』이라고 쓴 지도를 건넸더니, 그녀는 정말이지 기뻐했어요."

그러나 그런 쇼콜라 씨와 여행자의 교류를 남편은 달갑게 여기지 않았던 모양입니다.

애초에 쇼콜라 씨는 여행자와 친구가 되었다는 사실을 남편에게 감추었다고 합니다. 들은 이야기에 따르면 남편도 과거에는 쇼콜라 씨를 지키는 기사였던 모양으로, 그러니 기사인 듯한 여행자와 사이좋아졌다는 사실을 알면 질투하지 않을까 하는 생각을 했다고 합니다.

그래서 쇼콜라 씨는 남편 몰래 여행자와 만났습니다.

그러나 여행자에게 지도를 건네고, 쇼콜라 씨들도 그 나라를 떠난 다음부터.

남편은 쇼콜라 씨에게 이렇게 말했던 것입니다.

"……혹시 저에게 질려버린 것입니까?"

남편은 눈치채고 있었습니다. 여행자와 몰래 만났던 것도, 친구가 되었던 것도, 몰래 지도를 만들어주었던 것도.

그래서 매우 낙담했고, 두 사람의 관계는 미묘해져버리고 말았다고 합니다.

그 후로도 여행은 계속되었습니다. 하지만 함께 행동하는 시간도 줄고, 대화하는 시간도 줄어든 채, 이럭저럭 한 달의 시간이 흘렀습니다.

그러던 중에 두 사람은 어떤 소문을 들었습니다.

행복의 백합꽃.

그것을 손에 넣은 자는 행복해진다고 하는, 참으로 미심쩍은 이야기였습니다. 그러나 쇼콜라 씨는 두 사람의 관계를 원래대로 되돌릴 방법은 그것밖에 없는 것이 아닐까 하고 직감했습니다.

그래서 지난 며칠 동안 이 나라에 머물면서 꽃을 찾아다녔습니다만.

"전혀 보이지를 않아요……."

풀 죽었습니다.

이제 두 사람의 관계는 원래대로 돌아가지 못하는 것이 아닐까. 그런 생각까지 들고 말았습니다. 그리고 절망에 빠진 채 벤치에 앉았을 때, 제가 말을 걸었다고 합니다.

과연, 그렇군요.

돈을 위해 행복의 백합꽃을 찾는 우리와는 전혀 다른 제대로 된 이유가 아닙니까?

그나저나.

"……저기, 전혀 상관없는 질문입니다만."

"뭔가요?"

"……그 여행자는 여자가 아닌가요? 어째서 여성과 사이좋아졌다고 질투를 하나요?"

그 말에 쇼콜라 씨는 태연하게 답했습니다.

"제 남편도 여성이랍니다."

"…………."

아, 그렇군요…….

○

"네 이노ㅇㅇㅇㅇㅇㅇㅇㅇㅇㅇㅇㅇㅇㅇㅇㅇㅇㅇㅇㅇㅇ옴!"

휘둘러진 검은 내 뺨을 스치고 허공을 베었다. 설마 이런 길 한복판에서 위험한 물건을 휘두르며 목숨을 건 싸움을 벌이지는 않을 거라 생각했는데, 그 예상은 그녀가 휘두르는 검에 간단히 부정당하고 말았다.

어라? 어째서 내가 이런 곳에서 목숨이 위험해져야 하는 건데? 그런 생각이 들지 않는 것도 아니었다.

그러나 의문을 소리 내어 말할 여유조차 없을 만큼 검격은 쉴 틈 없이 나를 덮쳐들었다. 한순간이라도 긴장을 풀면 내 목이 바로 날아가 버리고 말 만큼.

"왜 그러지? 나의 가장 사랑하는 사람을 빼앗은 여자의 검은 그 정도인가?"

그런 말을 한들.

"아니, 기억에 없는 일인데……."

"이 자식, 시치미 떼지 마라!"

휘둘러진 검은 내 머리에 닿기 직전에, 검집에 의해 저지되었다.

"네 이놈, 어째서 검을 뽑지 않는 것이냐!"

"내 검은 사람을 죽이기 위한 게 아니니까."

그보다, 이유도 모른 채 벨 수 있을 리가 없잖아.

"그렇다면 무얼 위한 것이냐!"

"잡초를 베기 위해?"

"이……!"

끼릭끼릭 소리가 울렸다. 그것은 그녀의 이에서 나는 것일까 아니면 검에서 나는 것일까. 잘 알 수 없었지만 내 머리 위로 닥쳐든 검 끝에 실린 힘은 명백하게 더해가고 있었다.

"…………."

기억을 되찾았건만, 눈앞에 있는 로자미아 씨와 나 사이에 있는 알력에 관해서 나는 아무런 기억이 없었다. 애초에 이 사람 누군데? 그렇게 생각하고 있는 지경이기까지 했다.

아마도 기억을 잃었을 때의 내가 이 사람의 연인에게 실수를 범했다는 것일 테지만…….

"……저기, 나는 지금까지 여행을 하는 동안에 누군가의 연애를 방해하거나 한 적이 없는데?"

"시치미 떼지 마라!"

그녀가 더욱 힘을 실은 직후에 나는 몸을 뒤로 날렸다. 바위라도 쪼갠 건가 싶을 만큼 요란한 소리를 내면서 벽돌로 된 지면이 산산조각이 났다.

이 사람에게는 검보다도 통나무라든가 곤봉 같은 둔기 쪽이 어울릴 것 같다는 생각을 하며 느긋하게 바라보는 나를 그녀는 노려보았다.

"너는 한 달 전, 금발의 아름다운 여성과 만났을 터."

"금발의…… 아름다운…… 여성……? 한 달 전……?"

뭐야? 그 막연한 특징…….

머릿속에서 일기를 펼쳤다. 과거 매일같이 읽었던 내용은 자연히 전부 외우고 있었다.

한 달 전…… 한 달 전은 분명 일레이나 씨와 만나기 직전의 일이었고, 무엇보다 그 무렵부터의 일기는 지금도 매일 읽어대고 있는지라.

"……! 아아! 그 사람 말이구나!"

금세 그 정체를 깨닫고 통, 하고 주먹으로 손바닥을 쳤다.

"쇼콜라 씨구나!"

"역시 만나지 않았나!"

휙, 내 몸통을 베어 가르려는 듯이 가로로 휘둘러진 검. 받아쳐냈지만.

"아니, 하지만 쇼콜라 씨는 여자잖아?"

"여자다만, 그게 어쨌다는 것이냐?"

"어? 아니, 그게 아까 가장 사랑하는 사람이라고……."

"가장 사랑하는 사람이다만."

어라? 저기? 뭔가 맞물리지 않는 것 같은 기분이 드는데…….

"나는 아까 한 말을 듣고 완전히 로자미아 씨의 연인인지 뭔지한테 손을 댔다는 오해를 받고 있는 줄……."

"아니, 틀렸다."

"아, 역시 그렇지? 연인이 아니지?"

"아내다."

"결혼했던 거야……?"

이상하네. 내 인식으로는 연애는 보통 남녀가 하는 거라고 여기고 있었는데. 혹시 세계적으로는 여자아이들끼리 사랑하는 게 보통인 걸까? 세계 표준인 걸까? 글로벌 스탠다드인 걸까?

"우리나라에서는 그게 보통이다."

"아, 응. 아니, 하지만 내 인식으로는 연애는 남녀가 하는 거니까, 그러니까, 쇼콜라 씨에게는 딱히 이상한 마음으로 접근한 게 아니고, 당연히 로자미아 씨한테서 빼앗겠다는 생각은 눈곱만큼도——."

"나의 공주님이 매력이 없다고 말하는 것이냐! 네 이놈!"

"아니 그런 게 아니라 귀찮아 죽겠네!"

이제 됐어! 집에 갈래!

대화가 성립하지 않는 상대와 이 이상 입씨름을 해본들 의미 없을 테고 말이지.

그런고로 나는 발길을 돌려 전력으로 달렸다. 이제 적당히 도망쳐서 끝내야지.

"네 이노오오오오오오옴! 거기 서라아아아아!"

절규가 뒤에서 쫓아오는 중에, 나는 그저 계속해서 달렸다.

●

어쩐지 거리가 소란스럽습니다.

위험한 어떤 일이 일어났다는 예감이 들었습니다.

동시에 어쩐지 가슴이 술렁거렸습니다. 그것이 대체 무엇인지는 전혀 알 수 없었습니다만.

"……어쩌면 좋죠? 아빌리아 씨. 저는 대체 어떻게 하면 좋을까요?"

그러나 거리의 소란 따위 제 옆에서 고민에 잠긴 쇼콜라 씨의 귀에는 전혀 닿지 않는 모양인지, 그녀는 사랑에 푹 빠진 소녀처럼 애달픈 한숨을 내쉴 뿐이었습니다.

그런 걸 물은들 엄청나게 곤란할 뿐입니다.

"일단 로자미아 씨에게 사정을 이야기해보면 어떨까요?"

가장 빠르고 간단한 방법이라고도 할 수 있습니다. 그보다, 그것 이외에는 방법이 없는 게 아닐는지.

"그게 가능했다면 이렇게 고생하지 않을 거예요!"

혼났습니다.

"그게, 아무리 변명을 해도 로자미아는『하지만 그 여자와 함께 있을 때는 매우 즐거워 보이시던데요……』라며 낙담해서는 이야기를 듣지 않는다고요!"

"우와, 성가신 여자네요."

"맞아요! 성가신 아이예요! 하지만 그런 점도 사랑하고 있어요……."

"…………."

그 말을 들려주면 조금은 기분이 나아지지 않을까요?

"그럼 당신이 사랑하고 있다는 걸 증명해주면 좋을지도 모르겠네요."

"? 무슨 말이죠?"

의아해하며 고개를 갸웃거리는 쇼콜라 씨.

저는 그녀의 어깨에 손을 얹고 진지한 표정을 지으며 말했습니다.

"뽀뽀를 해버리죠."

"네?"

"질투인지 뭔지 모르겠지만, 이러쿵저러쿵 시끄러운 입은 막아버리는 게 제일이에요. 그러면 입을 다물 겁니다."

"어머, 사람들 앞에서 입맞춤이라니. 그런…… 경박해요……."

아니, 제 앞에서 하라는 말은 하지 않았는데요.

그보다.

"그 로자미아 씨는 대체 어디 계신가요?"

제가 그렇게 묻자 부끄러운 듯이 꼼지락꼼지락하고 있던 쇼콜라 씨는 갑자기 조금 전과 같은 새파란 안색으로 돌아가고 말았습니다.

"각자 행동하는 중이에요. 어쩐지 어색해서……. 분명 행복의 백합꽃을 찾고 있는 것도 나 혼자뿐일 테죠……. 그 아이는 분명, 나한테 실망해서 다른 여자를 찾고 있을 거예요……."

"…………."

지금의 그녀는 정서 불안 그 자체입니다.

"……그럼 찾으러 가죠."

"네?"

자리에서 일어선 저를 쇼콜라 씨는 눈을 동그랗게 뜨고 올려다보았습니다.

"자, 잠깐 기다려요! 지금부터요? 지금부터 뽀뽀하는 건가요?"

"아뇨, 그러니까 제 앞에서 하라는 말은 한마디도——."

제가 어이없어하면서 한숨을 내쉬었을 때였습니다.

거리의 소란스러운 소리가 한층 더 제 귀에 울리듯이 들려왔습니다.

조금 전부터 묘하게 시끄러운데, 대체 무슨 일일까요? 저는 바로 그 순간 뒤를 돌아 앞을 응시했습니다.

그곳에는 가슴을 술렁이게 한 그 정체가 있었습니다.

"아아아아아아아아아아아아아아아아아앗!"

흰 머리카락의 누군가가 도망치고 있었습니다.

"기다려라 네 이노오오오오오오오오오옴!"

빨간 머리카락의 누군가가 쫓아오고 있었습니다.

……아니, 제 언니가 누군가에게 쫓기고 있었습니다.

"엑?"

그것참, 언니가 말한 일이란 빨간 머리 씨에게 쫓기는 것이었던 걸까요?

○

달리던 그 앞에 눈에 익은 얼굴이 둘.

하나는 내 여동생이었다. 멍하니 "어? 언니, 뭐 하고 있는 건가요?"라고 말하고 싶은 표정을 하고 있었다.

또 하나는, 한 달 전에 잔뜩 신세를 졌던 친구—— 쇼콜라 씨.

그러나 재회를 기뻐하고 있을 틈은 일단 없었고, 이대로 그녀들이 있는 곳으로 향해버리면 저 두 사람도 폭주하는 로자미아와 접촉하게 되어버릴 가능성이 있었다. 지금 그런 짓을 해버리면 아빌리아도 쇼콜라도 무사하지 못할 것만 같았다.

그런고로.

"로자미아 씨!"

나는 멈춰 서서 빙글 뒤를 돌았다.

"이제 그만두죠. 나는 딱히 쇼콜라 씨를 노리거나 하지 않았어요. 오해예요!"

"거짓말 마라! 너는 그때 나의 공주님을 꼬시려고 하지 않았나!"

"아니 진짜로 안 그랬다니까……."

어이없어하는 내 뒤에서 목소리가 날아들었다.

"로자미아! 당신 무슨 짓을 하는 건가요? 나와 그 사람은 단순한 친구예요! 그런 관계가 아니에요!"

"하지만 공주님…… 당신은 저를 내버려 두고 그녀와 함께 즐거운 시간을 보내지 않았습니까?"

뭐 분명히 전에 만났을 때는 그 나름대로 이야기를 하고, 그 나름대로 즐겁게 보냈던 기억은 있습니다만.

"하지만 나는 딱히 쇼콜라 씨에게 연애 감정 같은 건 없거든!"

아니, 진짜로!

"나도 로자미아 이외의 사람에게 가슴 설레하다니, 그런 건 있을 수 없어요!"

쇼콜라 씨가 그렇게 말했다.

"뭐, 기사 같은 외모에는 살짝 두근거렸지만⋯⋯."

자그마한 목소리로 그렇게 중얼거렸지만, 들리지 않은 것으로 치자.

그러나 사랑에 빠진 소녀라는 것은 아무래도 성가신 성질을 갖고 있는 법인지 "거짓말! 어차피 저 같은 건 이미 질린 거죠?"라며 내 뒤를 향해서 비난을 날리기 시작했다.

그 말에 내 뒤의 그녀는 의외로 진심으로 상처를 입은 모양이었다.

"어떻게 그렇게 심한 말을 하는 거죠⋯⋯?"

그 목소리는 떨리고 있었다.

"나는 당신과 사이가 나빠져서, 정말로 낙담했어요. 그래서, 이 나라에서, 행복의 백합꽃을 찾아서, 다시 사이좋아지려고 했는데──."

"행복의 백합꽃⋯⋯!"

로자미아 씨의 손이 멈추었다.

"저 역시 그걸 찾고 있었습니다! 공주님과 계속 함께할 수 있기를 바라며⋯⋯."

"어머! 나는 완전히 나에게 정이 떨어져서 다른 여자라도 찾고 있는 게 아닌가 했는데⋯⋯."

"그런 짓을 할 리가 없지 않습니까! 저에게는 공주님밖에 없습니다!"

"나, 나야말로! 로자미아 이외의 여자에게 흥미 같은 거 없어요!"

그리고, 직후.

""사랑합니다!""

그런 부끄러운 대사를 둘이 동시에 내뱉은지라 어디에 눈을 둬야 할지 곤란할 지경이었다. 그것참, 부끄럽네. 이게 뭐람.

"엇?" 쇼콜라 씨는 얼굴을 새빨갛게 붉히며 두 손으로 입을 가렸다.

"엇?" 로자미아 씨도 풀어진 입가를 팔로 감추었다.

뭐야, 이 두 사람.

그러니까, 즉, 이런 이야기인 모양이었다.

이 부부(?)는 서로 사이가 좋지 않은 현재 상황을 타파하려고, 관계를 회복하기 위해 행복의 백합꽃에 의지하려 했던 것이다.

과연, 그렇군.

……그게 뭐야?

"오해였군요…… 미안해요. 나는, 완전히…….."

"저야말로…… 그, 지레짐작해서…… 죄송합니다…….."

그리고서 두 사람은 완전히 관계가 회복되었다.

로자미아 씨는 검을 집어넣고 쇼콜라 씨에게 다가갔다. 쇼콜라 씨도 마찬가지로, 머뭇거리며 그녀에게 다가갔다.

두 사람이 서로의 앞에 섰을 무렵에는 우리 자매는 완전히 시야에 들어오지 않게 된 모양이었다.

"역시 나에게는 당신밖에 없어요. 사랑해요. 로자미아."

쇼콜라 씨는 아무래도 나와 아빌리아의 존재를 이 시점에서 완전히 시야에서 지워버린 모양이었다. 요컨대, 두 사람의 세계에 완전히 푹 빠져버렸다.

"저도 공주님을 사랑합니다! 하지만, 그…… 다른 여자와 사이 좋게 지내는 모습에…… 질투하고 말았습니다."

로자미아 씨에 이르러서는, 검을 슬쩍슬쩍 내보이며 우리를 위협하는 지경. 그만둬. 노린 적 없다고.

"아무리 사이좋아졌다고 해도, 당신 이상의 사람은 없어요. 지금까지도, 앞으로도."

"…………."

"…………."

"……공주님."

"……로자미아."

뭐야? 이 분위기.

"공주님, 부디 앞으로는 저 이외의 사람에게 눈길을 주지 말아 주십시오……. 저는, 당신이 없으면 살아갈 수 없습니다……."

"로자미아, 나는 처음부터 당신만 보고 있어요. 암네시아 씨와 친구가 되기는 했지만, 좋아하게 되거나 하지는 않았어요……. 애초에 나는 기사 같은 차림인 사람에게 가슴 두근거리기는 하지만, 보세요. 로자미아. 암네시아 씨와 당신은 하늘과 땅만큼 차이가 있어요."

"공주님……."

"로자미아……."

©Azure

어째서 내가 차인 것 같이 되는데?

"언니, 너무 신경 쓸 필요 없어요."

툭, 위로하듯이 내 어깨에 손을 올리는 아빌리아.

"언니. 나는 언니를 정말 좋아하거든요? 그거면 되지 않나요?"

아니, 딱히 풀 죽지 않았거든?

사태에 내버려진 불쌍한 나. 그런 것 따위 내 알 바 아니라는 듯이 로자미아 씨와 쇼콜라 씨는 여러 사람들 면전에서 뜨겁고 뜨겁게, 숨 막힐 정도로 서로를 꽉 끌어안았다.

그리고서 두 사람이 쪽쪽을 시작했을 즈음에 나는 여동생의 눈을 양손으로 가렸다.

"언니, 안 보여요."

"아빌리아에게는 아직 일러."

"우으."

내 손을 치우려고 버둥거리는 여동생. 잠시 내 손 안에서 버둥거렸지만, 결국 포기했다.

"……하지만, 뭐가 뭔지 모르겠지만, 해결된 모양이네요."

그리고 한숨을 내쉬며 그렇게 말했다.

"……그런 모양이네."

묘한 착각에 말려든 우리 생각도 좀 해줬으면 싶은걸.

"그보다, 저 두 사람은 우리가 보이지 않는 걸까요?"

"보이지 않겠지. 연애는 맹목적인 거니까."

"하지만 두 사람의 관계는 연인이 아니에요"

"연인이나 부부나 상대밖에 보이지 않는다면 똑같은 거지."

두 사람을 멀리서 바라보면서 뜨거운 두 사람과의 온도 차를 피부로 느끼며 우리는 한숨을 내쉬었다.

그것은 잘 알 수 없는 사건에 휩쓸렸다가 겨우 해결에 이른 것에 대한 안도이기도 했다.

……결국 행복의 백합꽃을 찾지 못했다는 사실에 대한 낙담이기도 했다.

"앞으로의 자금은 어쩌지……."

역시 일레이나 씨에게 돈 버는 방법을 자세하게 배워뒀어야 했어…….

●

행복의 백합꽃은 결국 찾지 못했습니다.

그러나 실제로 그런 것을 찾지는 못했지만, 당면한 자금에 관한 고민은 이 나라에서 해결되었습니다.

"두 사람에게는 폐를 끼쳤네요. 여기. 작은 마음의 표시 정도지만, 부디 받아주세요."

두 사람의 관계가 원래대로 돌아간 후에 알게 되었습니다. 글쎄 쇼콜라 씨는 한 나라의 왕녀님이라고.

두 사람의 사이를 묘하게 되돌려 놓은 우리에게 쇼콜라 씨는 답례로서 돈을 주었던 것입니다.

……금화를 엄청나게 대량으로.

"저기, 이렇게 많이 받을 수는……."

아무리 그래도 너무 많다며 언니는 역시 거절하려 했습니다. 그보다, 작은 마음의 표시 정도라고 말하면서 대량의 금화를 선물하다니, 대체 어떻게 된 겁니까? 마음이 너무 무거운 거 아닙니까? 역시 쇼콜라 씨는 남몰래 언니를 노리고 있던 게 아닐까요?

"아뇨. 이 정도는 약간의 마음이랍니다. 부디 받아주세요."

마음 무겁지 않나요?

"아뇨, 하지만……."

"괜찮아요."

결국 꾹꾹 밀어붙여진 끝에 우리는 금화를 받기로 했습니다.

이러저러하여 우리의 자금 융통 문제는 해결되었던 것입니다.

행복의 백합꽃은 결국 찾지 못했습니다. 소문만이 혼자 퍼져나가서, 결국 그 모습을 발견하는 일도 없었습니다.

"어쩌면 그런 꽃, 처음부터 없었던 건지도 모르겠네."

꽃의 도시를 떠나, 빗자루 위에서 부드럽게 흔들리며 언니는 멍하니 하늘을 올려다보며 말했습니다.

"무슨 말인가요?"

제가 고개를 갸웃거리며 그렇게 묻자 언니는 조용히 답해주었습니다.

"전에 일레이나 씨에게 들은 적이 있어. 『마음이 더러운 여행자나 상인은 별것 아닌 물건을 전설의 상품이니 다른 곳에서는 엄청나게 인기라느니, 그런 거짓말을 해서 파는 일도 있다』고."

"호오."

"요컨대, 처음부터 없었던 걸지도 모른다는 거야…… 그런 꽃."

"…………."

그렇다면 그건 즉 우리는 어디 사는 멍청이의 소문에 속아 넘어갔다는 뜻이 됩니다.

더할 나위 없이 화가 납니다.

"뭐, 앞으로는 소문 같은 건 쉽게 믿지 않는 편이 좋겠다는 거야."

"……그러네요."

언니는 어쩌면 처음부터 행복의 백합꽃 소문 같은 건 반신반의였을지도 모릅니다.

……여행자는 정말 큰일입니다.

○　　○

"──네, 그러니까 말이죠. 이 행복의 백합꽃. 이건 여기서 훨씬 더 서쪽…… 어라? 동쪽이었던가? 아, 어쩌면 북쪽일지도 몰…… 아니 남쪽? 뭐, 어디든 상관없습니다만, 아무튼 그 어딘가에 있는 꽃의 도시라고 불리는 나라에서 전설 급의 취급을 받고 있는 꽃입니다. 대단하죠? 이 꽃."

어느 한 나라의 길가에서 잿빛 머리카락의 마녀가 꽃을 팔고 있었습니다.

한 송이에 금화 한 닢이라고 하는, 거의 제정신이라고는 생각할 수 없는 가격 설정이었습니다만, 그러나 그 마녀는── 여행자는 그럼에도 당당하게 꽃을 팔고 있었습니다.

"아니, 아가씨…… 그런 말을 한들 말이지…… 그 꽃, 너무 비싼 거 아냐?"

그녀에게 의심스러운 표정으로 답한 것은 한 남자 손님이었습니다.

그러나 그럼에도 여전히, 그녀는 의기양양하게 웃음을 짓고 있었습니다.

"아뇨 아뇨. 비싼 데는 다 이유가 있습니다. 무려 이 꽃, 손에 넣으면 행복해진답니다. 금화 한 닢으로 인생이 장밋빛입니다. 백합인데 장밋빛입니다. 대단하지 않은가요?"

"아니, 하지만 꽃은 시들고 썩잖아?"

"이 꽃은 썩지 않습니다."

"썩지 않는 꽃이라니, 대체 뭔데?"

조화입니다.

"이건 백합꽃을 원하는 자 앞에만 나타나는 신기한 힘을 가진 백합입니다. 결코 썩는 일이 없습니다. 이 꽃에는 그런 특수한 힘이 있습니다."

평범한 조화입니다.

평범한 조화이건만, 뭐가 뭔지 알 수 없는 소리를 하며 비싸게 파는 것이 그녀라고 하는 마녀였습니다. 참고로 조화는 이 근처 잡화점에서 산 원가 동화 한 닢인 물건이었습니다. 이 녀석은 적당히 쓰레기입니다.

"호오…… 그럼 한 송이 사볼까……."

"감사합니다."

뭐, 그렇게.

그런 느낌으로, 추한 상술로 주머니를 채우고, 지갑을 넉넉하게 하는 마음 더러운 여행자는 대체 누구인가.

네, 저입니다.

마녀의 여행
THE JOURNEY OF ELAINA 5

"자네가 팔고 있는 그건 행복해지는 꽃인가?"

마을에서 조화를 팔고 있을 때의 일이었습니다. 커다란 짐을 가진 여행자가 제 앞에 섰습니다.

"결코 시들지 않는, 행복해질 수 있는 꽃이라는 소문을 들었는데."

"네, 그렇습니다. 사시겠어요?"

고개를 갸우뚱해 보인 제 손에서 백합 조화를 받아 든 그는 그 꽃잎을 손가락으로 만지고, 튕기고, 얼굴을 가져가 냄새를 맡았습니다.

직후에 그의 안색은 마치 악취라도 맡은 것처럼 험악해졌습니다.

"이건 가짜로군. 애초에 꽃도 아니야."

그리고 그런 말을 했습니다.

눈치채신 대로 분명 가짜고, 평범한 조화입니다만.

오호라.

"마치 행복의 꽃이 정말로 있다고 말하는 투로군요."

"뭐 그렇지——."

있고 말고, 하고 고개를 끄덕인 그의 눈동자에 거짓은 보이지 않았습니다.

에? 진짜입니까? 있는 겁니까? 호오 호오.

"흥미가 있다면 가보도록 해. 아름답고 고상한 행복의 꽃은, 여기서 훨씬 더 서쪽…… 어라? 동쪽이었던가? 아, 어쩌면 북쪽일지도 몰…… 아니, 남쪽? 뭐, 아무튼 그 근처에 있어."

"…………."

단숨에 수상쩍어졌습니다만, 그는 결국 그 후에 행복의 꽃이 있는 곳과 정식 명칭을 술술 이야기해주었습니다.

그것은, 즉.

행복의 노란 꽃.

꽃밭에 한 송이만 피는 고귀하고 고독한 꽃이라고 합니다.

○

"그 숲은 좁고 나무가 울창해서 헤매기 쉬운데, 안내판을 따라서 가면 금방 도착할 수 있을 거야── 꽃밭에."

행복의 노란 꽃에 관해 가르쳐준 그가 저에게 그렇게 알려주었습니다.

그런고로 그가 말한 대로 저는 간판을 찾아서 따라가며 숲을 나아갔습니다만.

"……우으으음."

이상했습니다.

지나쳐 가는 간판들은 전부 목이 꺾여 있었고, 땅에 떨어져 있었습니다.

마치 꽃밭을 찾는 사람을 거부하는 듯이.

이러한 전개에, 이제 안 좋은 예감만 듭니다.

"…………."

그리고 안 좋은 예감이라는 것은 대개 적중해버리고 마는 법입니다.

숲을 한동안 나아간 저는 꽃밭이 있던 곳에 도착했습니다.

도착했을 터입니다.

"……다 말라버렸잖아."

무참한 광경이었습니다.

꽃밭이었을 터인 그곳에는, 흙 같은 색으로 변해버린 꽃이 한 면 가득 펼쳐져 있을 뿐이었습니다. 노란 꽃 따위는 한 송이도 없었습니다. 완벽하게 빈틈없이 마른 꽃이 있을 뿐이었습니다.

"에에에엑……."

실망감이 장난 아니었습니다.

모처럼 기대하고 있었는데, 대체 무얼 바라고 저는 여기까지 날아온 것일까요?

어깨를 축 늘어뜨리면서 저는 빗자루에서 내렸습니다.

이미 생명을 다한 꽃밭은 제게 밟혀서 파스스 무너졌습니다.

그나저나, 꽃밭 바로 옆에는 자그마한 마을 하나가 있었습니다.

꽃밭을 관리하던 마을이었나 봅니다. 『노란 꽃의 마을』이라는 이름이 쓰인 간판이 꽃밭이었던 곳을 향해서 세워져 있었습니다. 목이 꺾이는 일 없이, 이쪽은 제대로 마을로 이어지는 길을 가리키고 있었습니다.

그 마을의 이름이 쓰인 간판은 숲을 잠시 나아간 끝, 자그마한 문 앞에도 세워져 있었습니다.

"여어, 우리 마을에 오신 것을 환영합니다. 마녀님."

마을 앞에서 빗자루를 내리자 한 남자가 저를 맞아주었습니다.

"네, 안녕하세요."

저는 한 번 고개를 끄덕이고서 빗자루를 넣었습니다.

"당신도 저 꽃밭을 보러 온 쪽이십니까?"

"그렇게 보이나요?"

"표정을 보면 압니다."

아무래도 저는 제가 생각한 이상으로 말라버린 꽃밭에 실망하고 있는 모양이었습니다.

"꽃밭은 2주 전부터 저런 상태입니다."

"아쉽네요. 기대했는데."

이래서는 행복의 노란 꽃을 찾을 때가 아닙니다.

"2주 전부터 이곳을 찾은 여행자와 관광객은 모두 같은 말을 했지요── 저도 정말 아쉽습니다. 애써 만든 관광 명소였는데."

"그러게요."

"어서 돌아와 주면 좋을 텐데 말이죠……."

"…………."

노란 꽃의 마을이라고 말했지만, 실제로 지금은 말라버린 꽃의 마을. 그러나 간판을 없애지 않고 있는 것은, 어쩌면 노란 꽃이 다시 피기를 바라고 있기 때문인지도 모르겠습니다.

"어째서 저렇게 되어버린 건가요? 관리를 게을리했다든가?"

제 말에 마을 사람은 고개를 저었습니다.

"관리는 게을리하지 않았습니다. 우리 마을의 자랑을 그렇게 간단히 마르게 할 리 없습니다."

"어느 분이 관리하고 계신가요?"

"저입니다. 지금은 말이죠. 이전에는 다른 사람이 했습니다만."

"그럼 그 사람이 실수한 건가요?"

"아뇨, 아닙니다. 그의 관리는 완벽했습니다. 그래도 꽃은 말라 버렸습니다."

"이유는 모르는 건가요?"

"안타깝게도."

"……흐음."

저도 참으로 안타깝습니다. 모처럼 기대했던 꽃밭을 볼 수 없었던 것입니다. 퇴짜를 당한 기분이었습니다.

그러나 신기한 것은 마을에 관광객을 불러들이기 위한 유일한 꽃밭을 잃었는데도 제 눈앞의 마을 사람은 그것을 어딘가 남 일처럼 여기는 것 같다고 할까, 여유 만만해 보였습니다.

꽃밭이 없어졌다면 새로운 씨를 뿌리거나 혹은 새로운 관광 명소를 만들거나 하면 좋으련만, 어째서 이렇게 여유롭게 있을 수 있는 것일까요?

괜찮은 겁니까? 이대로라면 마을이 망할 텐데요?

"그런데 말이지요. 마녀님."

남자는 말했습니다.

"2주 전에 우리 마을의 꽃밭은 분명 저 상태가 되고 말았지만—— 실은 관광 명소가 없어진 건 아닙니다."

으음?

"그 말씀은?"

"꽃밭은 볼 수 없게 되었습니다. 하지만, 그 대신에 더욱 멋지고 재미있는 것이 나타났습니다. 꽃밭이 말라버릴 때까지, 저는 그것을 전혀 눈치채지 못했었지만요."

"호오호오."

"제 집에 장식해두었습니다. 한번 보시겠습니까?"

"대체 뭐가 있는 거죠?"

저는 고개를 갸웃거리며 물었습니다.

"행복의 노란 꽃입니다."

그는 그렇게 답했습니다.

"시드는 일이 없는 기적의 꽃입니다."

그런 말도 덧붙였습니다. 어떻습니까? 대단하죠? 라고 말하고 싶은 듯이.

"과연."

제 얼굴에 놀라는 기색은 없었으리라 생각합니다

노란 꽃의 마을에 세워진 문을 지나 저는 남자의 뒤를 따라 걸었습니다.

○

마을 안에는 집이 드문드문 세워져 있었습니다만, 사람의 모습은 보이지 않았습니다.

고스트 타운이란 건 이런 것인가. 아니. 마을이니까 역시 고스트 빌리지일까요?

아무튼 사람의 모습은 전혀 보이지 않았고, 어느 집에도 인기척이 없었습니다. 보통, 마을에 들어오면 어딘가에 사람이 있을 테고, 집 안에 틀어박혀 있다고 해도 목소리나 소리는 조금이라도 새어 나오는 법입니다.

하지만 여기에는 애초에 생활감이라는 것이 없었습니다. 집의 창문은 전부 닫혀 있었고, 세탁물도 없습니다. 마을은 정숙에 휩싸여 있어서, 우리의 발소리만이 조금씩 들려왔습니다.

"보시는 대로, 이 마을은 그다지 크지 않습니다. 애초에 그 꽃밭과 비슷한 정도밖에 안 됩니다. 꽃밭 쪽은 이미 말라버렸으니, 비교하기가 어렵겠지만요."

"마을도 말라버렸네요."

"아직 제가 있습니다."

"……어째서 이 마을에는 당신밖에 없는 건가요?"

"다들 나가버렸습니다. 아무래도 이 마을 대부분의 인간은 노란 꽃밭에만 흥미를 느꼈던 모양이라, 꽃밭이 사라진 순간 갑자기 불행하다느니 최악이라느니 하며 아우성을 치게 되었던 것입니다. 그리고 깨닫고 보니 모두 나가 버리고 말았습니다."

"당신은 남았군요."

"저에게는 꽃이 아직 있으니까요."

"…………."

"도착했습니다. 여기가 제 집입니다."

이내 그의 집에 도착했습니다.

"앗, 커다래."

눈앞에 있었던 것은 쇠락한 마을과는 다소 어울리지 않는 집이었습니다. 커다랬습니다. 그것은 정말이지 터무니없이 커다랬습니다.

어라라?

당신은 왕족이나 뭐 그런 겁니까?

"하하핫, 대단하죠?"

남자는 자랑하듯이 이야기했습니다.

"참고로 이 집은 원래 꽃밭을 관리했던 남자가 살던 집입니다."

"왕족이나 뭐 그런 겁니까?"

"아뇨, 그냥 부자였습니다. 꽃밭을 관리하고 있었으니까요."

"흐음."

"자, 들어오시죠. 정중하게 대접하겠습니다."

그리고 남자는 집 문을 닫았습니다.

쓸데없이 넓은 집 안, 저는 식당으로 안내되었습니다.

"자, 이쪽입니다. 이게 부자의 식당이고, 이게 부자의 의자입니다. 어서 앉으세요. 그리고 이게 부자의 홍차입니다. 맛있습니다."

"오오…… 대단해."

의자에 앉은 저는 눈앞에 놓인 홍차를 한 모금 마셨습니다.

으음.

"맛있나요?"

"네. 돈 맛이 나네요."

"벌꿀을 넣으면 훨씬 맛있답니다."

"호오오. 넣으면 어떻게 되나요?"

"꿀맛이 납니다."

"…………."

그가 말한 대로 저는 홍차에 꿀을 넣었고, 다시 한 모금 마셨습니다.

"어떤가요?"

"돈 맛이 나네요."

뭐.

그런 쓸데없는 대화는 찻잔과 함께 제쳐두고.

본론으로 들어갈까요?

"그래서, 예의 그 기묘한 꽃이라는 건 어디에 있나요?"

"마녀님, 테이블 위를 봐주십시오."

보았습니다.

부자가 좋아할 법한 금색으로 반짝이는 꽃병 안에 한 송이의 꽃이 꽂혀 있었습니다.

그것도 노란색 꽃이.

……설마.

"그겁니다."

"우와아."

엄청나게 대충이야.

"우리 마을에는 이제 저밖에 없으니까요. 정성 들여 관리할 필요성이 없답니다."

"……하지만, 이렇게 되는 대로 뒀다간 아차 하는 순간에 도둑 맞을지도 몰라요. 나쁜 여행자 같은 사람한테."

"문제없습니다. 이 꽃은 주인에게 행운을 가져오는 멋진 힘을 갖고 있답니다. 도난당하는 일은 없어요. 이 꽃을 도둑맞는다는 건, 저에게 있어 불행한 일이니까요."

"…………? 죄송하지만 말씀하는 의미를 잘 모르겠는데요."

저는 매우 떨떠름한 표정을 짓고 있었을 겁니다.

그는 싱긋 미소를 만들어 보이면서 꽃병을 사이에 두듯이 저의 반대편에 앉았습니다. 그리고.

"이 꽃을 손에 넣은 후로 제 인생은 멋진 방향으로 움직이기 시작했습니다. 실은 저, 이 꽃을 손에 넣을 때까지는 그저 보잘것없는 망나니였습니다."

"호오."

그는 담담히 지금에 이르기까지의 일을 이야기해주었습니다.

그가 말하길.

꽃밭이 메마른 것은 지금으로부터 2주 전의 일이었지만, 그렇다고 해서 어느 날 갑자기 모든 꽃이 메마른 것은 아니라고 했습니다.

처음에는 꽃밭 가장자리에 있던 꽃이 일제히 말라버렸다고 합니다. 불가사의한 현상이었지만, 당시의 관리자는 고개를 갸우뚱할 뿐, 이 현실을 가볍게 받아들였습니다.

다음 날은 그곳에서 더욱 안쪽의 꽃이 말랐습니다.

날이 지날수록 꽃은 서서히 말라갔습니다. 마치 외부에서 역병에 걸린 것처럼, 꽃은 생명을 잃어갔습니다.

아무래도 위기감을 느낄 수밖에 없었던 당시의 관리자는 약간 늦었지만, 대책을 강구했습니다. 이런저런 방법을 써보았다고 합니다. 그러나 꽃은 어떤 수단을 써도 말라가는 것을 멈추지 않았습니다. 조금씩 조금씩, 확실하게 말라갔습니다.

이변이 일어나기 시작한 지 2주가 지났을 무렵에는 꽃밭은 갈색이 되어버렸습니다.

망나니였던 그는 말랐다는 소문을 듣고서 아무 생각 없이 꽃밭으로 걸음을 옮겼습니다.

그 꽃밭은 분명히 메말라 있었습니다. 모든 게 죽었습니다. 너무나도 무참한 광경으로 변해버린 탓인지 꽃밭에는 『출입 금지』라는 팻말이 걸려 있었습니다.

그는 그것을 무시하고서 꽃밭에 발을 들였다고 합니다.

꽃밭 한가운데에 메마르지 않은 꽃이 딱 한 송이 남아 있는 것을 발견한 것은 바로 그때였습니다.

"그건 틀림없이, 시드는 운명에 항거한 마지막 한 송이 꽃처럼 여겨졌습니다. 그래서 저는 그것을 들고 돌아왔습니다. 가지고 돌아와, 꽃병에 꽂았습니다."

"…………."

그거 평범하게 절도인 게 아닌지.

그렇게 생각했습니다만, 다음 이야기가 신경 쓰였기 때문에 잠자코 있었습니다.

"제가 그 꽃을 가지고 돌아온 날부터, 저는 점점 행복해졌습니다. 저를 망나니라고 욕했던 마을 녀석들은 잇따라 병에 걸리거나 혹은 부부 관계가 틀어지거나, 사람들끼리 언쟁을 벌이게 되었던 것입니다."

"…………."

"거기에 더해서 이 마을 중앙에 위치한 이 저택 관리도 맡게 되었습니다. 소유주인 남자가 마을에서 도망가 버린 모양인지라. 뭐, 그러니까 저는 망나니가 아니게 된 겁니다."

"저택 관리라는 건, 꽃밭 관리를 부탁받은 것은 아닌 거군요."

"네. 하지만 꽃밭이 메마른지 벌써 2주. 이 마을에는 저 한 명밖에 없습니다. 이제 꽃밭 관리는 제게 일임된 것이라 말해도 과언이 아닐 테죠. 아아, 정말로 이 한 송이의 꽃 덕분입니다. 이 한 송이야말로, 제 인생을 크게 바꾼 계기 그 자체였습니다."

"…………."

매우 수상쩍은 세미나를 들은 기분이었습니다.

"그보다, 결국 당신은 정말로 행복한가요? 주변에 사람이 한 명도 남지 않게 되었는데도요?"

"당연하지요!"

남자는 몸을 앞으로 쑥 내밀었습니다.

테이블에 놓여 있던 꽃이 살짝 흔들렸습니다.

"나를 비웃던 녀석들이 한 명도 남김없이 내 앞에서 사라졌단 말입니다. 이렇게 행복한 일이 어디 있겠습니까?"

그리고 그는 그렇게 말했습니다.

그런데.

사람의 행복에는 건 두 종류 있다고, 옛날의 위대한 사람은 격언 같은 말투로 말했습니다.

하나는 자신에게 찾아든 예상치 못한 행운.

그리고 또 하나는—— 타인에게 찾아든 불행.

과연 그렇군요 하고 고개를 끄덕였던 것을 잘 기억하고 있습니다.

그게, 타인의 불행은 달콤한 맛이 나니까요.

제 옆에 놓여 있는 찻잔과 같은, 다디단 꿀맛이.

○

그날 중에 저는 마을에서 나왔습니다.

오래 머물 필요성을 느끼지 못했습니다. 어차피 그는 행복의 노란 꽃을 넘길 마음은 없어 보였고, 그의 벼락부자가 된 에피소드도 그다지 흥미를 끄는 내용이 아니었습니다.

애초에 볏짚에서 떨어진 걸 주운 것만으로 기고만장해져서 콧대가 높아지는 그런 녀석들은 대개 싫은 부류에 들어가는지라, 재빠르게 관계를 근절하는 것이 제일입니다.

그런고로 저는 그곳에서 빗자루를 더 날려서 다시 근처 마을에 도착했습니다.

"안녕하세요!"

시야 끝에서 한 명의 여성이 손을 흔들고 있는 모습이 보였습니다.

저는 빗자루를 멈추었습니다.

"당신은 여행자?"

그녀는 고개를 갸웃거렸습니다.

"………….."

여기는 간이 캠프장인 것일까요? 빗자루에서 내려서 찬찬히 살펴보니 눈앞에 있는 건물은 전부 부실한 간이 텐트밖에 없었습니다.

마을이라고 하기에는 너무 부족할지도 모르겠습니다.

"당신들은 이주민이나 뭐 그런 건가요?"

그러나 여성은 고개를 저었습니다.

"아뇨. 우리는 원래 하나의 마을에 살고 있었는데, 다 함께 거기서 도망쳐 왔어요."

"………….."

호오.

"어디서 도망쳐 왔나요?"

저는 또다시 간단히 흥미를 느꼈습니다.

"노란 꽃의 마을, 이라는 이름의 마을을 아시나요?"

눈앞의 여성이 그런 말을 꺼낸 직후였습니다.

"——아, 누군가 했더니만, 조화를 팔고 있던 마녀님이잖아."

그녀의 뒤에서 한 남자가 불쑥 나타났습니다.

그는 모든 것을 꿰뚫어 본 듯한 얼굴을 하고서 말했습니다.

"그 남자의 모습은 어땠지? 변함없이 우쭐해서 내 집에서 살고 있던가?"

그 마을로 안내받은 저는 그 남자의 집으로 불려갔습니다.

집이라고 할까, 그냥 텐트입니다만.

그 안에서 지금은 이럭저럭 생활하고 있는 그는 옆의 여성을 "내 아내야"라는 한마디로 소개했습니다. 그리고는 "그리고 내가 이전에 그 꽃밭을 관리하던 사람이지"라고, 이쪽도 한마디로 간단히 정리해버렸습니다.

"우리는 그 남자에게 마을을 빼앗기고 도망쳐 왔어. 지금은 그 탓에 이렇게 낙오된 사람들이 되었지. 곤란하게도 말이야."

그런 것치고는 여유만만해 보였습니다.

"그 사람, 혼자만의 생활을 실컷 즐기고 있었습니다."

"호오. ……어차피 주변에 성가신 사람이 없어져서 속 시원하다고 얘기했을 테지?"

"잘 아시네요."

"역시 그렇군."

그는 어깨를 으쓱였습니다.

"당신 쪽은 어째서 마을에서 나온 건가요? 병이 만연하거나, 인간관계가 틀어졌다……라고 들었습니다만."

"응. 맞아. 그 말대로야. 우리는 그 꽃밭이 말라버린 후로 불행해졌어."

"…………."

"여기 있는 대부분의 사람들은 마을에 불행이 찾아왔기 때문에 도망친 사람들이지. 나는 다르지만."

그는 텐트 옆에 놓여 있던 꾸러미를 하나 들어서 제 눈앞으로 옮겨놓았습니다.

"나는 지금, 이웃 나라를 돌면서 꽃씨를 찾고 있어. 앞으로 다시 꽃을 심기 위해서."

"다시 심을 셈이신가요? 멋대로 꽃이 말라버리기 시작했다고 들었습니다만."

혹시 다시 심어도 같은 결과가 기다리고 있는 게 아닐까요?

"아니, 그렇지 않아. 그건 숲이 원인이야. 숲을 조금 깎아내면 원래대로 돌아갈 거야."

"……무슨 의미인가요?"

"숲에는 어마어마한 마력이 깃들어 있다는 걸, 알고 있어?"

"…………."

마력이라는 것은 숲의 나무들이 만들어낸다고들 합니다.

그렇기에 마법사는 숲에서라면 힘을 마음껏 발휘할 수 있다고도 하고, 실제로 저도 마법 수업은 숲속에서 살면서 했었습니다.

그러나 어마어마한 마력이라는 것은 인간에게 은혜를 가져다 주는 동시에 사람에게 해를 끼치는 위험스러운 것이기도 합니다.

고양이가 말할 수 있게 되거나, 물건이 의식을 갖게 되거나.

혹은, 꽃이 갑자기 변이를 일으키거나──.

그런 식으로 보통은 있을 리 없는 일을 일으키는 이상한 것이, 숲에 깃든 마력입니다.

"내 꽃밭에 일어난 것도, 숲의 마력에 의한 돌연변이가 원인이었어. 꽃밭에 핀 한 송이 꽃이 아무래도 좋지 않은 방향으로 변화해버린 모양이었지."

"사람을 행복하게 하도록, 말인가요?"

"아니, 틀려."

그는 한숨 돌리듯이 자연스럽게 고개를 저었습니다.

"꽃밭 중심에 피었던 한 송이 꽃이 일으킨 돌연변이는, 훨씬 성가신 거야── 그건 사람을 행복하게 하는 꽃 같은 게 아냐. 불행하게 하는 꽃이지."

그는 말했습니다.

갑자기 시들기 시작한 꽃밭에 위화감을 느낀 그는 곧바로 마을에서 나와 원인을 조사하기 위해 이웃 나라들을 전전했다고 합니다.

그럭저럭 큰 나라쯤 되면 마법 총괄 협회라는 신기한 조직의 지부 같은 것도 있기 때문에, 그들에게 조사를 의뢰하여 대체 무엇이 원인이 되어 꽃이 마르기 시작했는지를 살펴봐 달라고 했다고 합니다.

마법 총괄 협회에서 파견된 마녀가 현지를 보고서 내린 결론은, 하나.

"현 상황에 비추어 볼 때── 주변을 불행에 빠뜨리는 꽃이 피어 있는 모양이다. 옛 문헌에도 실려 있어."

꽃밭 끄트머리에서 중심을 향해서 천천히 역병 등에 걸리게 하여 죽음에 이르게 하는 성가신 돌연변이를, 중앙에 있는 꽃이 일으키고 만 모양이라고 합니다.

즉, 그 꽃을 중심으로 한 범위 안에 있는 것은 전부 주변에서 서서히 중심을 향하듯이 말라간다. 그러한 성가신 증상에 빠진다고 합니다.

그는 대책으로 꽃을 꺾는 것을 제안했다고 하는데, 그 마녀가 말하길.

"함부로 만지지 않는 편이 좋아. 그 꽃은 병에 걸릴 대상이 가까이에 있는 한은 시들지 않는 데다, 사람에게도 피해를 주거든. 꽃이 전부 마르고, 역병에 걸리게 할 대상이 없어지면 알아서 사라질 거야. 즉, 내버려 두면 돼── 밖으로 가지고 나오면 상당히 성가셔지니까, 출입 금지로 해두는 게 좋아."

그렇다고 합니다.

그런고로 그대로 내버려 두기로 했습니다. 마을 주민들에게는 사정을 설명하고 출입을 금지했습니다. 그리고 그는 꽃밭을 포기하고 꽃이 전부 마르기를 기다린 다음, 새로운 씨앗을 사기 위해 다시 마을을 나왔습니다.

그러나 거기서 그는 실수를 하고 말았습니다.

"꽃이 전부 마른 것을 확인한 시점에서, 이미 그 성가신 꽃은 망나니 같은 남자가 가져간 다음이었나 봐. 아무래도 그 녀석에게는 꽃밭에 일어나는 이변이 전해지지 않았던 모양이야. 그는 혼자 틀어박혀 있기만 했으니까, 마을에서 돌고 있던 소문에도 둔감했을 거야."

"…………."

과연, 하고 생각했습니다.

"그가 꽃을 가지고 나온 것이 발각된 것은 마을에 역병이 만연하고, 잇따라 마을 사람들에게 재앙이 찾아온 다음이었어. 하지만 그 남자에게서 꽃을 빼앗은들, 결국 꺾인 꽃은 주변에 불행한 대상이 있는 한은 시들지 않을 테고, 무엇보다 모두가 기분 나쁜 한 송이 꽃을 무서워해서, 그에게서 꽃을 빼앗는 것이 불가능했지. 그래서 우리는 마을에서 나오기로 한 거야."

"…………."

내버려 두면 된다는 것일까요?

"네 이야기를 들어보니, 아무래도 그는 아직 살아는 있는 모양이로군── 하지만 그것도 시간문제야. 앞으로 며칠만 지나면, 어차피 그도 역병에 걸려서 쓰러지게 될 테지. 마을 사람들에게 성가신 일을 불러온 벌이 내릴 거야."

단순한 이야기였습니다.

행복을 가져다주는 기적의 꽃이라고 여겨졌던 것은 사실 상대적으로 보아 행복해진 것처럼 착각할 수 있을 뿐인 단순한 돌연변이.

그리고 그것을 모르는 그만이, 마을에 혼자 남아 있다고.

단순하면서도 참으로 잔혹한 이야기였습니다.

눈앞의 그녀는 언제나 미소를 띠고 있었습니다.

"아아, 어서 마을로 돌아가고 싶어."

그것은 바꿔 말하자면.

마을에 혼자 남겨진 그의 불행을 진심으로 바라고 있는 것처럼도 보였습니다.

어떤 곳에 신기한 힘을 가진 한 명의 여성이 있었습니다.

후드를 깊게 눌러쓰고 누구에게도 얼굴을 보이지 않는 기분 나쁜 그녀에게는 간단명료하게 말하자면, 미래가 전부 보였습니다.

대체 언제부터 그녀에게 그러한 힘이 있었는지는 남들이 알 바 아니었습니다. 하지만 보였습니다.

나라의 미래가, 사람의 미래가, 그녀에게는 아무래도 보였던 모양입니다.

그러나 신기한 힘을 가진 그녀는 그 힘을 유효하게 활용하려고는 생각하지 않았던 모양입니다.

심술궂은 것일까요? 아니면 그저 사람이 싫은 것일까요?

어느 날 길을 걷던 커플을 가리키며 그녀는 말했습니다.

"당신들은 사흘 이내에 파국을 맞는다."

커플은 그녀의 말을 웃어넘겼습니다. 매우 사이가 좋은 두 사람이 파국을 맞을 리 없다고 여겼기 때문입니다.

그러나 그로부터 사흘 후, 커플 남성이 바람을 피웠던 것이 밝혀지면서 그녀의 선언대로 결국 그 둘은 파국을 맞이하고 말았습니다.

단순한 우연일까요?

그렇게 시간은 흘러, 다른 날. 집에서 도망쳐버린 고양이를 찾고 있던 소년을 가리키며 그녀는 말했습니다.

"네 고양이는 이 마을에 숨어든 늑대에게 잡아먹혔다."

사람들은 혹시나 하며 대대적으로 고양이를 찾아 나섰습니다.

결과는 그녀가 선언했던 대로였습니다. 늑대는 분명 마을에 숨어들었고, 소년의 고양이는 무참한 모습으로 발견되었습니다.

이것도 단순한 우연일까요?

또다시 시간은 흘러, 어느 날. 그녀는 길을 가는 한 여성에게 말했습니다.

"당시 남편은 앞으로 한 달밖에 못 산다."

그 여성은 병으로 고생하는 남편과 함께 생활하고 있었는데, 그것을 감춘 채 지내고 있었습니다. 그러나 그녀는 그것을 마치 제 눈으로 본 것처럼 말했습니다.

그리고 한 달 후. 분명 남편은 죽었습니다.

그 후로도 그녀는 변덕쟁이처럼 불쑥 나타나 사람들에게 예언 같은 말을 뱉어냈습니다.

"당신이 새로 시작하려 하는 사업은 틀림없이 실패한다." "당신 집에 빈집털이가 들어온다." "당신은 곧 오른쪽 다리를 다친다."

그녀의 말은 언제나 불길한 것뿐이었습니다.

이윽고 그녀에게는 미래가 보이는 것이 분명하다며 사람들은 수군거리기 시작했습니다. 그녀를 두려워하면서도 수군수군 이야기하기 시작했습니다.

사람들이 희미하게 품고 있던 두려움은 이윽고 그 나라에 상식처럼 자리 잡았습니다. 사람들은 그녀를 두려워하고, 이윽고 누구 한 사람도 그녀와 얽히려 들지 않게 되었습니다.

그러나 그녀와 얽히려 드는 사람이 없는 것과 마찬가지로, 그

나라에는 그녀를 막을 수 있는 사람도 없었습니다.

예를 들면 병사가 그녀를 구속하려고 해도 그녀는 병사가 오리라는 사실을 미리 알고 있었던 것처럼 피했습니다. 예를 들면 그녀에게 독을 쓰려고 해도 그녀는 완벽하게 피해 보였습니다.

미래를 전부 아는 그녀에게는 어떤 방법도 소용이 없는 것일 테지요.

그 나라에는 그녀의 정체를 아는 자도 없었습니다.

언제나 후드를 눌러쓴 그녀의 얼굴은커녕, 나이도 그 무엇도 누구 하나 아는 사람이 없었습니다. 언제나 어디선가 훌쩍 도시에 나타나 다른 사람을 불행에 빠뜨리고서 사라지는 그녀가 실제로 그 나라의 백성인지조차도 아무도 알지 못했습니다.

아무도 모르는 그녀를 그 나라 사람들은 두려워했습니다. 다음엔 언제 어디서 누가 불행해질지 겁먹은 채로, 사람들은 그곳에서 살았습니다.

그러던 어느 날의 일입니다.

그 도시에 한 명의 마녀가 나타났습니다.

잿빛 머리카락을 부드럽게 늘어뜨리고 검은 로브를 입고 검은 삼각 모자를 쓴, 마녀이기도 여행자이기도 한, 한 명의 소녀였습니다. 미래가 보이지도 않는 데다 특수한 힘을 갖고 있지도 않은 평범한 마녀가 그 도시의 문을 지났습니다.

그것은 누구인가.

그렇습니다. 저입니다.

○

"앗! 돈이 없어⋯⋯."

로렌트시라고 불리는 그 도시의 문을 지나면서 돈을 얼마쯤 지불한 직후에 저는 지갑의 내용물이 어지간히 비참한 꼴이 되었다는 사실을 깨달았습니다.

이런이런, 혹시 제 지갑은 돈을 너무 좋아해서 저 모르게 몰래 꿀꺽하고 있는 것일까요? 이 먹보.

그나저나 저라는 여행자는 대체 어째서 이렇게나 계획성 없는 생활을 하고 있는 것인지 의아해지고 말았습니다. 돈을 벌려고 하는 것은 언제나 돈이 떨어진 탓이었고, 그날의 숙박비를 낼 수 있을지 어떨지조차 의심스러운 정도가 된 후였습니다. 조금 더 계획적으로 행동하는 게 어떨까요?

⋯⋯⋯⋯.

아무튼, 어제까지의 저의 무계획함을 마음속으로 아무리 비난한들 지금의 지갑 사정이 해결될 리도 없고, 돈이 쏟아질 리도 없습니다.

아무튼, 이대로는 밤하늘을 바라보면서 자야 할지도 모를 처지입니다. 요컨대 매우 안 좋은 상황에 빠졌다고도 할 수 있습니다.

그렇다면.

지갑이 다 죽어가는 중이라고 한다면.

"⋯⋯어쩔 수 없네요."

오랜만에 그걸 하죠.

"당신…… 거기 당신, 점 한번 안 보시겠어요……?"

벽돌로 된 건물이 늘어선 큰길 구석.

수상한 수정을 한 손에 들고, 그 위에서 다른 한 손을 올리고서 휘적대며 중얼거리고 있는 너무나도 수상쩍은 소녀가 있었습니다. 참고로 저입니다.

더 자세히 말하자면 "거기 당신……" 같은 말을 하고 있지만, 실제로는 딱히 특정한 누군가를 향해서 던진 말이 아니었습니다.

"어? 나 말이야?"

하지만 열 명 중 한 명 정도는 이렇게 홀딱 넘어가는 바보가 있는 법입니다.

"아, 네. 그러면 거기 당신으로 하죠."

당신이라고 부르는 말에 반응했으니까, 그건 즉 당신을 향해서 던진 말이었다고 하는 의미라고 보면 되겠지요.

"……당신, 인생에 고민하고 있군요?"

저는 입가를 누그러뜨리며 말했습니다.

"제가 당신의 고민을 해결해드리죠."

"……나는 딱히 인생에 고민 같은 거 없는데? 그보다, 너는 점술사라기보다 마녀──."

"마녀이자 점술사입니다."

저는 가슴을 폈습니다.

"당신은 고민하고 있습니다. 저는 압니다. 당신은 고민이 없는 척을 하고 있을 뿐, 실제로는 고민을 끌어안고 있습니다. ……저의 힘이라면, 반드시 당신의 미래를 밝혀줄 수 있습니다."

너무나도 수상쩍은 문구였습니다. 과연 제 말을 그대로 믿어줄 사람이 열 명 중 몇 명이나 있을까요. 아마도 한 사람도 없을 테죠.

눈앞에 선 청년도 예외 없이 흐음, 하고 신음하고 있었습니다.

"재미있을 것 같지만, 너 정말로 미래가 보여? 수상한데."

"그 말은 즉 저를 믿을 수 없다는 뜻입니까?"

그가 의심하리라는 것은 이미 다 알고 있었습니다.

"좋습니다. 그럼 저의 힘을 증명하기 위해 당신의 성격을 맞춰 드리죠. 그러면 믿으시겠습니까?"

"호오?"

조금이지만 흥미가 생긴 걸까요? 청년은 수정을 사이에 두고 제 맞은편에 놓인 의자에 앉았습니다.

"……으으으음."

저는 수정에 손을 살짝 대고, 청년에게는 들리지 않을 자그마한 목소리로 "돈 돈 돈 돈……" 하고 주문 같은 말을 외웠습니다.

돈의 망자가 그곳에 있었습니다.

참고로 이것도 저입니다.

"당신의 성격, 보였습니다."

그리고 저는 말했습니다.

"당신은 다른 사람의 평가를 매우 신경 쓰는 타입이로군요?"

"……음, 뭐, 그러려나?"

"당신은 마음 착하고, 곤란한 사람을 보면 그만 손을 내밀고 마는 타입입니다."

"……그건 맞을, 지도."

"혼자 있을 때는 가끔 강한 고독감에 휩싸일 때가 있지요?"

"오오…… 맞아."

"언제나 다른 사람의 평가를 신경 쓰고 마는 탓에 매사 행동으로 옮기려 해도 그만 소극적이 되지요?"

"맞아……! 대체 어떻게 하면 좋을까? 점술사님."

"걱정하지 마세요. 제가 당신의 고민을 해결해드리죠."

저는 싱긋 웃어 보였습니다.

참고로 방금 제가 한 말은 대체로 누구에게나 들어맞습니다. 누구에게나 들어맞는 말을 마치 자신에게만 해당되는 이야기인 것처럼 여기는 것은 그 말을 한 상대가 점술사라는 특수한 환경에 의해 착각이 생겨나기 때문이라고 합니다. 어떤 의미에서는 일종의 최면이라고도 할 수 있지 않을까요?

"점술사님…… 부탁합니다! 가르쳐주세요!"

청년은 고꾸라질 듯이 몸을 쑥 내밀었습니다. 최면에 푹 빠졌습니다.

"이런, 행복해지고 싶다면 먼저 점술 값을 내주셔야지요. 이야기는 그때부터입니다."

"……뭐? 공짜가 아닌 겁니까?"

"공짜로 행복해질 수 있을 거라고 생각하지 말아주세요."

"…………."

"자, 돈. 어서요."

어서 어서 하며 손을 흔들어 보였습니다.

즉, 여기서부터는 요금 지불이 필수 불가결하다는 뜻입니다. 행복이란 언제나 돈 앞에 있는 것입니다.

"……알았어. 자."

청년은 은화 한 닢을 제 손바닥에 올려놓았습니다.

"감사합니다."

은화를 옆에 둔 상자에 휙 던져 넣은 다음 저는 말했습니다.

"그럼, 당신의 고민을 제가 해결해드리죠——."

여행자의 자금원은 주로 여행지에서의 멋진 만남과 이별에 있다고 생각합니다.

"……그것참, 좋네요. 대어입니다."

이 로렌트시에서도 멋진 만남과 이별을 반복할 수 있었는지, 해가 저물 무렵이 되자 제 지갑은 완전히 풍족함을 되찾았습니다.

지갑이 무거우면 행복을 느낄 수 있습니다. 멋집니다. 최곱니다. 누워서 떡 먹기입니다. 이만큼이나 있으면 한동안은 제대로 된 여행을 할 수 있겠지요.

……그나저나 이 나라는 지나치게 쉬운데요……. 고작 하루 만에 이렇게까지 번 것은 처음일지도 모릅니다. 잘 속는 사람이 많은 걸까요?

개인적으로는 매우 큰 도움이 되었습니다만, 저는 이 나라 사람들의 미래가 걱정되었습니다.

참고로 저는 결코 점술사인 척을 하고 거짓말을 한 것이 아닙니다. 당연히 진지하게 사람들의 고민을 듣고, 감사한 말씀을 건네니까요. 하지만 괘씸한 놈들은 저의 이러한 지극히 성실한 사업을 사기니 뭐니 하며 야유합니다.

그런고로, 옆에서 보면 의심스럽기만 한 점술사라는 일을 할때는 물러날 때를 아는 것이 가장 중요합니다.

이 때를 놓치면 성가신 일에 휩쓸리기 십상인지라, 어느 정도 벌었으면 모습을 감추는 것이 제일이라고 할 수 있습니다.

그러므로 저는 지갑의 감촉을 확인하면서 일을 마무리하기 위해 수정을 정리하기 시작했습니다.

"──저기, 잠깐 괜찮을까?"

가방에 수정을 집어넣었을 즈음에 제 맞은편 의자에 한 여성이 앉았습니다.

아름답게 뻗은 하늘색 머리카락을 뒤에서 하나로 묶고, 검은 모자를 쓰고 있었습니다. 눈동자는 어두워져가는 지금의 하늘 같은 보랏빛이 감도는 남색. 고지식한 디자인의 검정 재킷과 스커트를 입고 있습니다. 한기를 머금기 시작한 가을밤에는 적당히 따뜻할 것 같은 복장이었습니다.

그렇군요. 손님입니까?

"죄송합니다. 영업은 이미 끝났습니다. 밤이 깊어지면 제 점술은 효과를 잃고 말거든요."

그런 설정입니다. 애초에 저에게는 힘 같은 게 없습니다만.

"아, 아니야. 나는 딱히 점을 보기 위해 당신 가게에 온 게 아닐지도."

그녀는 얼굴 앞에서 손을 휙휙 내저었습니다. 자세히 보니 양손에는 하얀 가죽 장갑을 꼈고, 한 손에는 수첩을 들고 있었습니다.

"……? 그럼 무슨 일이시죠?"

영업 방해입니까? 영업은 이미 끝났지만 말이죠.

고개를 갸우뚱하는 제게 그녀는 수첩을 들어 보였습니다. 이게 눈에 보이지 않는 것이냐고 말하는 듯이 자신만만하게.

"…………?"

저는 가만히 수첩을 바라보았습니다.

어떤 문장 바로 아래에 글자가 적혀 있었습니다.

『로렌트시 치안 유지국』

………….

저기……? 어라라?

"아, 혹시 당신 다른 나라 사람이었어? 하지만 이게 무슨 의미인지, 알지? 치안 유지국이라는 건, 요컨대 이 도시의 평화를 지키는 경비대 같은 걸지도. 내 이름은 아네모네. 당신은?"

"……일레이나라고 합니다. 재의 마녀입니다. 여행자입니다……."

"일레이나 씨, 란 말이지. 좋아 좋아."

슥슥 수첩에 무언가를 적는 치안 유지국의 아네모네 씨.

"그런데 오늘은 여기서 무얼 한 걸까?"

"저기…… 살짝…… 여기서 휴식을……."

"흐음?"

그녀의 눈동자는 제 가방을 주시하고 있었습니다.

"가방 안에는 뭐가 들어 있어?"

"옷이."

"안을 봐도 될까?"

"묵비권을 행사하겠습니다."

"아니, 그런 건 됐으니까."

"속옷도 있으니까 보여줄 수 없습니다."

"여자끼리니까 괜찮을지도."

"…………."

그야 그렇지요. 알고 있었습니다. 네.

"그런데 일레이나 씨. 이 주변에서 어슬렁거리지 않는 편이 좋을지도. 근처 사람들한테서 신고가 들어왔는데, 글쎄 이 부근에서 수상한 수정을 든 여자가 점술사인 척을 하고 사람들한테서 돈을 뜯어내고 있다지 뭐야. 일레이나 씨도 조심하는 편이 좋을지도."

"…………."

저를 말하는 것이지 않습니까? 어머나.

"그거…… 무섭네요……. 지금 당장 돌아가야겠네요. 그럼 저는 이만."

"응응. 좋은 마음가짐일지도. 그나저나 가방 안, 봐도 돼?"

"싫습니다."

"미안, 일레이나 씨. 당신이 그 점술사라고 의심하는 건 아니야. 하지만 어쨌든 이쪽도 일이니까, 언니에게 협력해주면 고마울지도. 가방, 보여줄래?"

"끄……끈질기군요! 경찰 부를 겁니다! 경찰!"

이럴 때는 화가 폭발한 척을 하면서 억지로 도망치는 것이 제일이라는 점술 결과가 나왔습니다.

"응응. 화내는 건 당연할지도. 하지만 내가 그 경찰이야."

"…………."

분노가 급속하게 가라앉았습니다. 저의 점술은 전혀 도움이 안되는군요.

"가방 안에, 뭐가 들어 있어?"

"…………."

결국 그 후로도 몇 번이나 거절했습니다. 하지만.

"지원을 부를까?"라든가 "이 이상 거부하면 여러 가지로 강제적인 방법을 쓸 수밖에 없는데"라든가 하는 흉기와도 같은 위협 문구가 나오기 시작하자, 저는 결국 고집을 꺾을 수밖에 없었습니다.

"흐응……? 이건 뭘까?"

그리고 안타깝게도 가방을 탈탈 털 것도 없이, 제가 갖고 있던 수정은 바로 얼굴을 내밀었고, 겸사겸사라는 듯이 빵빵하게 부푼 지갑도 고개를 내밀고 말았습니다.

제가 경찰이 아니더라도 이렇게까지 수상쩍으면 의혹만으로도 벌을 주고 말 정도로 수상쩍기 그지없었습니다.

"………………그건, 그……그겁니다. 취미로 수정을 모으고 있고, 그래서……."

"하지만 일레이나 씨. 돈을 꽤 갖고 있을지도. 혹시 셀럽 여행자?"

"……………………아, 그렇습니다."

"응응. 그렇구나."

그녀는 아무런 표정 변화 없이 미소를 머금은 채 제 어깨에 툭 손을 올려두었습니다.

"그런데 같이 좀 가줄 수 있을까?"

그 말이 뜻하는 바는 말할 것까지도 없을 테죠. 애초에 그렇게 질문하는 동시에 수정과 지갑을 몰수해 간 점에 비추어 볼 때, 제가 나아갈 결말은 하나밖에 없는 듯 느껴졌습니다.

"거부권이 있나요?"

하지만 만약을 위해 한 가닥 희망을 걸라는 저의 점술이——.

"없을지도."

……나오지 않았습니다.

○

저는 완전히 이제부터 감옥에 넣어져 흠씬 혼이 난 다음에 돈을 전부 빼앗기는 데다, 며칠 동안 아침부터 밤까지 심문이라는 이름의 설교를 받고서 정신적으로 피폐해졌을 때 "이제는 하면 안 된다?"라는 상냥한 말을 듣고 남몰래 반성한다고 하는, 참으로 견디기 어려운 고통을 맛보게 되리라고만 생각했습니다.

그러나 아네모네 씨가 저를 데리고 간 길은 감옥으로 이어지는 것도 아니었고, 앞서 말했던 로렌트시 치안 유지국이라는 것이 있을 법한 곳도 아니었습니다. 그렇기는커녕 나아가는 길에서는 서서히 인적이 사라져가고 있습니다.

"……저기, 저, 지금부터 어디로 끌려가는 겁니까?"

"응? 비밀."

저는 주변을 둘러보았습니다만, 그곳에는 밤하늘에 뜬 만월의 빛을 받으며 밤의 어둠 속에서 바스락바스락 술렁이는 나무들과 천천히 떨어지는 빨갛고 노란 잎들뿐.

인적이 전혀 없었습니다.

"저기…… 저는 완전히 치안 유지국이라는 곳의 주둔지 같은 데로 끌려가는 거라고만 생각했었는데…… 아닌가요? 아니면 혹시 이 앞에 주둔지가 있는 건가요?"

"이 앞에 그런 건 없을지도."

"……그럼 뭐가 있나요?"

"응? 우리 집."

네? 어째서?

"저기, 혹시 치안 유지국은 범죄자를 집에 초대해야만 한다고 하는 규칙이라도 있는 건가요?"

"그런 규칙은 없을지도."

그나저나 아까부터 신경이 쓰였는데, 어째서 말 여기저기에 추측이 들어가는 겁니까? 얼마나 자신의 말에 자신이 없는 겁니까?

"당신이 무슨 생각을 하고 있는 건지 전혀 모르겠습니다."

저는 그녀를 찌릿 노려볼 셈이었습니다. 하지만 제 얼굴을 바라보는 그녀의 표정을 보는 한, 아무래도 제 표정에는 압력이라는 것이 조금도 포함되어 있지 않은 모양입니다.

"나도 잘 모를지도. 하지만 당신은 그대로 체포되기에는 아까운 존재일지도."

그렇게 말한 그녀는 어딘가 기쁜 것처럼 웃고 있기까지 했습니다.

결국 그녀가 무엇을 하고자 하는지도 모른 채, 우리는 그녀의 집에 도착하고 말았습니다.

사람의 왕래가 전혀 없는, 발치를 빨갛고 노란 잎이 가득 채운 길 끝에 있는 낡고 허름한 민가에.

"여기가 내 집일지도."

그녀는 말했습니다.

"자, 안으로 들어갈래? 이것저것 상담하고 싶은 게 좀 있을지도."

이쪽으로 등을 보인 채, 그녀는 그대로 집 안으로 들어가 버렸습니다.

여기서 제가 발길을 돌려 도망친다고 하는 가능성을 전혀 고려하지 않은 모양입니다. 어설프군요. 저의 힘을 이용하면 여기서 모습을 감추는 것쯤은 식은 죽 먹기입니다.

그럼 충분히 거리를 둔 지금 당장 서둘러 도망——.

"아, 물론 거부권은 없을지도."

그렇게 말하면서 그녀는 제 지갑을 당당히 들어 보였습니다.

아무래도 문자 그대로 제 돈줄을 잡힌 상황인 모양입니다.

"…………하아아아."

최소한의 반항으로 크게 한숨을 내쉬면서 저는 그녀의 집으로 들어갔습니다.

집 안에 들어가자마자 테이블을 사이에 둔 소파 한쪽에 저를 앉히고, 그녀는 "커피가 좋아? 아니면 홍차?"라며 고개를 갸웃거렸습니다.

"그럼 커피로."

긴장감 하나 없이 그렇게 답하자 그녀는 금세 주방에서 따뜻한 커피가 담긴 잔을 두 개 들고 나타났습니다.

"마셔."

"감사합니다."

저는 건네받은 커피를 아무런 의심도 없이 마셨습니다. 가을의 한기로 얼었던 몸에 딱 좋은 따뜻함이 제 몸에 스며들었습니다.

하지만 이렇게 느긋하게 있어도, 저는 여전히 지금의 상황을 잘 이해하지 못하고 있었습니다. 그보다, 대체 뭡니까? 한없이 사기에 가까운 점을 보고 있었더니만 경찰 같은 사람이 나타나 신세를 지게 되고, 그런가 했더니만 집에 초대되었다.

이게 대체 무슨 상황이옵니까?

"대략적으로 말하자면, 일레이나 씨에게는 부탁을 하고 싶어서 여기까지 데려온 걸지도."

제가 마음속으로 상당한 불신감을 쌓아가고 있는 것이 그녀에게도 전해진 것일까요? 아네모네 씨는 커피에 생긴 파문을 가만히 바라보면서 중얼중얼 바람을 불듯이 이야기했습니다.

"일레이나 씨는 로렌트시에 사는 예언자에 대해 알고 있어?"

"예언자, 말인가요……?"

"모르는 모양이네."

끄덕, 저는 고개를 끄덕였습니다.

그녀는 "그럼 가르쳐줄게"라며 입을 열었습니다.

"이 도시에는 불길한 예언만을 하는 무서운 예언자가 있을지도. 언제나 후드를 깊게 눌러쓰고 있어서, 대체 몇 살인지도, 얼굴은 어떻게 생겼는지도 몰라. 하지만 그 예언자는 언제나 사람이 불행해지는 예언만을 말하고는 어딘가로 사라지는, 신기한 존재야."

"…………"

도시 전설이나 뭐 그런 겁니까?

"간단히는 믿기 어려울 테지만, 예언자의 말은 언제나 적중해 버려. 예를 들면 내일 사고를 당한다는 예언을 들으면 반드시 그 사람은 사고를 당하고, 예를 들면 내일 여자 친구에게 차인다는 예언을 들으면 그대로 될지도."

지도 지도를 연발하니 잘 모르겠습니다만, 요컨대.

"나쁜 예언밖에 못 하는 예언자가 로렌트시에 있다는 뜻으로 이해하면 되는 겁니까?"

"그 말대로일지도."

"…………"

과연.

"그래서, 그게 어쨌다는 겁니까?"

"일레이나 씨는 마녀 맞지?"

"그렇습니다만……"

"즉, 엄청 강하다는 거겠지?"

"그럴지도 모르겠습니다만……."

방향성이 전혀 보이지 않는 대화에 당황하고 있는 저를, 그녀는 정면에서 바라보며 말했습니다.

"단도직입적으로 말하겠는데, 그 예언자를 퇴치해줬으면 좋을지도."

…………

아니 아니 아니.

"예언자를 퇴치하라고요? 진심입니까?"

지금 이야기를 들은 바로는, 그러니까 그 예언자 씨는 미래를 본다는 말이지요? 미래를 보는 상대를 잡으라고요? 농담입니까?

"어떤 식으로 책략을 세워도 놓치고 마는 전개밖에 떠오르지 않는데요."

"그걸 어떻게든 하는 게 마녀잖아?"

"과대평가가 지나치네요——. 마녀는 그렇게 편리한 존재가 아닙니다. 그럭저럭 마법을 쓸 수 있고, 그럭저럭 강할 뿐인 인간입니다."

애초에 치안 유지국이니 하는 조직이 있는 거라면, 거기에 소속된 당신이 예언자를 어떻게든 해야 하는 게 아닐까요?

"우리로서는 전혀 상대가 안 되니까 이렇게 부탁하는 걸지도. 강한 마법을 쓸 수 있는 마녀라면, 대항할 수 있지 않을까?"

"무리입니다."

"하기 전부터 포기하면 아무것도 해낼 수 없을지도."

"도중에 포기하고 남에게 떠넘겨도 아무것도 해낼 수 없답니다."

"포기하지 않았을지도. 지금 해내는 중일지도."

아니 아니 어떻게 봐도 시원스러울 정도로 포기하고 있지 않습니까? 그렇게 대꾸하려다 퍼뜩 떠올렸습니다.

"…………."

오호라. 설마.

"혹시 그겁니까? 제가 이 도시에서 벌인 못된 짓을 잠자코 봐주는 대신에 예언자를 잡아서 그 공을 넘기라고 말하는 겁니까?"

"응."

"이 도시의 치안은 어찌할 수 없을 만큼 부패해 있군요……."

이거 부정 아닙니까?

"우리 힘으로는 어떻게도 할 수 없는 사건이 일어난 게 나쁠지도."

어째서 정색하는 겁니까…….

그러나 예의 그 목숨줄을 그녀가 쥐고 있는 한, 그녀의 말에 따르는 것 이외의 선택지는 없었습니다. 얌전히 따르는 것이 아마도 맞을 테지요.

하지만 솔직히 말해 더할 나위 없이 귀찮아서 각하하고 싶은 마음이기도 합니다. 에둘러서 거절하기로 하죠.

"뭐, 협력하는 건 상관없거든요? 하지만 저, 안타깝게도 돈이 없답니다. 지갑을 당신에게 뺏겼으니까요. 이래서는 로렌트시에서 살 수 있는 생활비가 없어요. 즉, 그 예언자에 관한 조사를 할 수 없다는 말입니다. 제가 하고자 하는 말, 아시겠습니까? 조사를 하기에는 문제가 있다는 겁니다."

219

"괜찮아. 우리 집에 묵으면 될지도."

"…………."

문제 해결돼버렸어…….

"아, 하지만 우리 집에 묵는다면 대신에 교환 조건이 있을지도."

"이 상황에서 조건을 더하는 겁니까……."

당신 악마입니까?

"괜찮아. 이 조건은 딱히 어려운 게 아닐지도."

그렇게 말하고 지금까지의 대화 내용과는 너무나도 어울리지 않는 부드러운 미소를 짓고서 그녀는 다소 뜸을 들인 다음에 역시 지금까지의 대화 내용과는 너무나도 괴리된──혹은, 당치 않는 부탁을 하나 했습니다.

말하길.

"일레이나 씨가 지금까지 해온 여행 이야기를, 나한테 들려주면 좋을지도."

거부권이 애초에 존재하지 않는다는 것은, 여전히 그녀에게 생사여탈의 권리를 잡혀 있는 제 지갑이 가르쳐주었습니다.

○

외람되지만 그 이후의 제 하루를 소개하겠습니다.

우선 아침 일찍 기상. 쓸데없이 일찍 일어나는 그녀에게 두들겨 깨워져 "아직 몸이 잠들어 있는데요"라는 불만을 늘어놓으면서 아침 식사. 슬프게도 기합이 들어간 아침밥은 의외로 맛있어서 몸이 잠에서 깨어나고 말았습니다.

잠시 식후의 담소를 즐긴 다음, 우리는 함께 집을 나섭니다. 마을의 큰길에 다다랐을 무렵에 그녀는 "그럼 조사 잘 부탁할지도"라며 손을 흔들고 거리 안쪽으로 사라지고 저는 그 말을 따라 예언자 조사를 시작합니다.

저녁까지 조사를 한 다음 귀가.

로렌트시 치안 유지국이라는 곳은 무척 한가한지, 아니면 어지간한 관청인지, 제가 돌아오면 그녀는 언제나 먼저 돌아와 있었고, 게다가 저녁 식사까지 이미 다 만들어놓고 있었습니다.

그리고 그녀가 만든 두 번째 식사를 만끽한 다음에 그에 대한 답례로서 저는 이야기를 자아냈습니다. 참고로 이것은 제가 여행 중에 적었던 일기를 낭독한다고 하는 일종의 수치 플레이와도 같은 무언가이기도 했습니다. 이야기를 자아내고 나면 아네모네 씨는 매우 흥분해서 "더 얘기해줘! 더!"라며 졸랐습니다만, 화려하게 무시.

저는 평정을 가장하면서 그녀가 준비해준 방에 틀어박혀 누구에게도 읽어줄 예정이 없었던 자신의 이야기를 남에게 들려주고만 부끄러움에 사로잡혀, 차라리 이대로 죽어버리고 싶은 기분에 사로잡혀 베개에 얼굴을 묻고서 "우으아으우으아으"하고 신음하면서 하루를 마칩니다.

대체로 이런 느낌의 날들을 보냈습니다. 그로 인해 저는 나날이 체력이 쭉쭉 떨어져 갔습니다.

그 탓인지 예언자 조사 쪽은 전혀 잘 풀리지 않았습니다.

"응? 예언자? 아아, 그 녀석 때문에 나는 아내를 잃⋯⋯ 뭐? 예언자가 어디 사는 누구인지 알고 싶다고? 아니 아니, 그건 몰라. 오히려 내가 알고 싶다고."

"예언자가 어디 사는 누구냐고? 저기, 내가 알고 싶을 정도인데. 그나저나 너, 혹시 얼마 전의 그 점술사 마녀── 뭐? 다른 사람? 닮았는데⋯⋯."

"그 예언자 때문에 나, 체중이 배로 늘었어! 봐봐! 이 보기 흉해진 몸! 이건 예언자에게 살찔 거라는 말을 들었기 때문── 뭐? 그건 내 식생활에 문제가 있어서라고? 시끄러워!"

과연.

매일 뻔질나게 탐문 조사를 실시했습니다만, 이렇다 할 성과라 부를 만한 것은 없었습니다.

일단, 만난 적 있는 사람이 존재하고 있으니 아마도 실존하는 인물일 테지만⋯⋯ 마치 안개처럼, 소문만이 혼자 멋대로 부풀어 예언자의 됨됨이는 파악할 수 없었습니다.

그런 중에도 당연하게 아네모네 씨에게 일기를 읽어주는 성실한 저였습니다.

"저기── 그 나라에는 신기하게도 제가 잔뜩 있었고, 전부 합해서 열여섯 명의 제가 한 공간에 있었습니다. 네. 어마어마한 카오스였죠. 그래서──."

그날 이야기한 것은 분명 온갖 가능성의 저와 제가 만난 날의 이야기였습니다.

참고로 아네모네 씨에게는 호평을 받았습니다.

"재밌어! 그런데, 다른 이야기지만 일레이나 씨는 여자아이를 좋아하는 거야?"

"네? 무슨 말을 하는 건지 의미를 전혀 모르겠는데요."

"아니, 그게, 일레이나 씨들 중에 분명하게 여자를 좋아하는 일레이나 씨가 섞여——."

"의미를 전혀 모르겠는데요."

그날, 저는 베개를 침대에 퍽퍽 내동댕이쳤습니다.

그다음 날의 일이었을까요?

아무리 탐문 조사를 해본들 역시나 성과는 얻을 수 없으리라 깨달은 저는 모든 것을 하늘의 뜻에 맡기고 도시의 높으신 분에게 이야기를 들으러 가기로 했습니다.

의외로 제가 예언자를 조사하고 있다고 이야기하자 영주님(도시를 다스리는 분치고는 꽤 젊은 여성분이었습니다)은 간단히 저를 만나주었습니다.

"하지만 안타깝네…… 그녀에 관해 자세히 하는 사람은 아무도 없어. 분명, 미래가 보이니까, 누구의 눈에도 띄지 않게 사라지는 방법도 알고 있는 걸 테지—— 우리도 지금까지 몇 번이나 그녀의 정체를 알아내기 위해 미행을 해보려고 했어. 하지만 그녀가 어디의 누구인지는 전혀 알지 못했지."

결과부터 말씀드리자면 영주님에게 의지해도 헛수고였습니다.

"일단 치안 유지국 직원들에게 도시 안을 돌아보게 하고, 그럴듯한 인물이 없는지 어떤지를 찾게 하고는 있는데—— 뭐, 예상하는 대로 결과는 좋지 않아."

"호오오."

그 말은, 그 탓에 제가 수상한 점술사로 오해를 받고 말았다는 것이로군요. 예언자, 용서할 수 없다.

"어쩌면 예언자를 특정하는 건 불가능할지도 모르겠어——."

영주님은 이미 포기한 듯한 표정을 짓고 계셨습니다.

"차라리 예언자가 발견되지 않는 미래가 보였다면, 나도 치안 유지국도 쓸데없는 마음고생은 하지 않아도 될 텐데."

"…………."

혹시 제 조사, 암초에 걸린 겁니까?

그날도 당연히 집에 돌아가 그녀에게 일기를 읽어주었습니다.

"……저기, 그래서, 그 나라에서 재회한 사야 씨에게 받은 목걸이가 이겁니다만."

"아. 하고 있구나."

"……네, 뭐. 받았으니까요."

"저기, 일레이나 씨는 역시——."

"아닙니다."

이 무렵, 제 방의 베개는 너무 두들겨댄 탓에 베갯속이 튀어나와 그런 상태가 되어 있었고 저는 그걸 아네모네 씨의 것과 몰래 바꿔치기 해두었습니다.

엄청나게 혼났습니다.

후일, 예의 그 예언자 조사는 새로운 전개를 맞이하게 되었습니다.

"예언자가 나타난 모양이야."

무언가 정보가 없을까 싶어 영주님을 찾아간 저를 기다리고 있던 것은 사후 보고였습니다.

"예언을 받은 건 이 도시에 사는 관리의 딸이야. 낮에 갑자기 나타난 예언자는 딸에게 『너는 오늘 강도단의 인질이 될 거다』라는 예언을 남기고 사라졌다고 하더군."

"인질, 인가요……."

오늘 어느 때인지는 알지 못하는 거로군요…… 성가시게.

"그 여자아이는 지금 어디에 있나요?"

"자택에서 대기하게 했어. 그런데 마녀님. 혹시 괜찮다면 부탁하고 싶은 게 있는데."

"…………."

말하려는 바는 알고 있습니다.

"강도단에게서 여자아이를 지키라는 말이겠죠."

"잘 아네──라고 해도, 예언자의 말은 피할 수 없지만."

영주님은 미간에 주름을 잡으면서 한숨을 내쉬었습니다.

예언자의 힘을 확인할 수 있는 좋은 기회입니다.

──그렇게 생각했습니다만.

"…………."

그런 느긋한 생각을 하고 있을 상황이 아니었습니다. 안타깝게도.

제가 관리님 집에 도착했을 때는 이미 강도단이 들이닥친 후였고, 여자아이는 인질이 되어 목덜미에 나이프를 들이대진 채 위협받고 있었습니다.

주변을 치안 유지국이 둘러싸고 있었고, 강도단 중 한 사람은 목소리를 높였습니다.

"젠장……! 어째서 우리 계획이 들킨 거야! 완벽했을 텐데——."

그 남자는 매우 당황한 모양이었습니다. 그러나 여자아이를 인질로 삼고 있는 이상 치안 유지국도 함부로 손을 댈 수 없는 상황인 것은 명백했고, 사태는 완전히 교착 상태에 빠져 있었습니다.

"……에잇."

그것도 제가 뒤에서 몰래 마법을 날려서 남자의 손을 얼어붙게 할 때까지였지만 말이죠.

나중에야 알았습니다. 아무래도 관리의 집에는 꽤 오래전부터 강도단이 집사와 메이드로 위장해서 잠입해 있었고, 관리의 목숨을 노리고 있었다고 합니다.

사태는 무사히 해결되었지만 무언가 납득이 되지 않은 상태로, 저는 집으로 돌아갔습니다.

"……그래서 결국, 비롱 씨와 숙소 언니가 맺어지면서 해피엔딩이 되었습니다. 이상입니다."

"일레이나 씨는 여자라면 누구라도 좋은 거야?"

"…………."

이쪽 이야기에 관해서도 어쩐지 납득이 되지 않았습니다.

관리의 집에 강도가 들이닥친 이후로, 예언자는 그때까지 몸을 숨기고 있었던 것이 마치 거짓이었다고 말하듯이 매일 어딘가에 모습을 드러내게 되었습니다.

"오늘은 혼자 사는 남성 앞에 나타났어."

당신은 심장병에 걸렸다고 말하기 위해서.

"오늘은 가수를 꿈꾸는 소녀 앞에 나타났어."

당신의 꿈은 이뤄지지 않는다고 가르쳐주기 위해서.

"오늘은 회사 사장 앞에 나타났어."

당신 회사는 몇 개월 후에 도산한다고 이야기하기 위해서.

"오늘은――."

영주님과 얼굴을 마주할 때마다 그러한 이야기를 듣고는 현장으로 달려갔습니다.

예언자에게 지명 당한 그들은 그 예언이 틀림없이 맞으리라는 것을 잘 이해하고 있었습니다.

그들에게 이야기를 들어본 바에 따르면, 혼자 사는 남성은 "병원에 갔더니 정말로 심장에 병이 있었대. 앞으로 투병 생활을 해야 하게 됐어"라며 낙담하고 있었습니다.

가수를 꿈꾸던 소녀는 "이제 가수는 포기할래요. 다른 길을 가기로 했어요"라며 고개를 저었습니다.

회사의 사장님은 "도산하기 전에 종업원의 새로운 일자리를 찾아줘야지"라며 열심히 뛰어다녔습니다.

그들은 이미 예언이 적중하리라는 것을 전제로 생각하고 있었습니다.

그렇게 하지 않으면 더욱 불행해지리라는 것을 이해하고 있었기 때문입니다.

"…………."

역시 무언가가 납득이 되지 않았습니다.

남을 불행에 빠뜨리는 예언자라는 사람의 본성에, 뭔가가 걸렸습니다.

"죄송합니다. 예언자의 과거 언동에 관해서도 이것저것 좀 조사해보고 싶습니다만——."

어느 날, 저는 영주님에게 자료를 요청했습니다.

그녀는 흔쾌히 그 부탁을 받아들여 주었습니다. 그러나 동시에 고개를 저었습니다.

"그건 물론 상관없지만, 상세한 자료는 치안 유지국에 있어. 이 야기는 해둘 테니까, 그쪽까지 가주지 않겠어?"

영주님은 매우 친절한 분이라 "미안해" 하고 사과하면서 소개장을 써주었습니다.

제가 치안 유지국을 찾은 것은 그날 오후의 일이었습니다. 영주님의 소개장을 살펴본 직원분은 처음으로 예언자가 나타났던 때의 조사 자료부터 지금에 이르기까지, 모든 것을 전부 보여주었습니다.

"이걸로 전부입니다! 보시죠."

그 양은 어마어마했습니다. 위로 쌓으면 거의 제 키와 비슷하지 않을까 싶을 정도였습니다.

그렇게까지 자세하게 조사할 마음은 없었는데요…….

"영주님께 이야기는 들었습니다. 예언자를 특정하는 데 협력해주고 계시다고요? 저는 접수처에 있을 테니, 뭔가 궁금한 게 있으시면 편하게 질문해주십시오!"

명랑하게 경례를 하면서 직원분은 저를 자료실에 가둬두었습니다. 매우 높게 평가해주고 있는 모양입니다.

"……으음."

그러나 수확이 없었던 것은 아닙니다. 자료 찾기를 몇 시간. 해가 저물 무렵에, 저는 접수처에 얼굴을 비쳤습니다.

"자료, 감사했습니다."

제가 꾸벅 고개를 숙이자 직원분은 "네! 뭔가 알아내셨습니까?"라며 고개를 갸웃거렸습니다.

"네. 뭐, 나름대로는요."

말꼬리를 흐리는 것은 제가 얻은 정보의 확증이 아직 없기 때문이었습니다.

"그나저나, 아네모네 씨는 있나요? 온 김에 만나고 싶은데요."

이제 곧 저녁이고, 어차피 저는 치안 유지국에 있으니, 그녀가 여기에서 일하고 있다면 함께 돌아가는 것도 괜찮겠다고 생각했던 것입니다.

그러나, 직원분은 "아네모네?"라며 미간을 모으더니 "……잠깐 기다려주세요. 죄송합니다. 저도 직원들 이름을 전부 외우고 있는 것은 아니라서요"라며 명부를 팔락팔락 넘기기 시작했습니다.

잠시 기다려야 했습니다.

창밖에서는 이미 기운 태양이 어둠에 삼켜지려 하는 중이었습니다.

곧 밤이 될 테지요.

분명 아네모네 씨의 집으로 돌아갈 때쯤에는, 숲길을 걸을 때쯤에는 깜깜해져 있을 테지요.

"일레이나 님."

잠시 후 직원분이 제 앞에 나타났습니다.

명랑한 모습 같은 건 그 얼굴빛 어디에도 없었고, 이윽고 찾아올 밤처럼 어둡게 그늘져 있는 듯 보였습니다.

혹은, 당황하고 있는 듯도.

"⋯⋯그분은 정말로 치안 유지국 직원이 맞습니까?"

직원분은, 그리고 말했습니다.

"아네모네라는 이름의 사람은 존재하지 않습니다만⋯⋯."

○

그날 밤의 일입니다.

평소처럼 저녁을 먹은 다음, 아네모네 씨는 제게 여행 이야기를 들려달라고 졸랐습니다.

"일레이나 씨. 오늘은 어떤 이야기를 들려줄 거야?"

털썩, 제 반대편에 앉은 아네모네 씨의 손에는 커피잔이 두 개 들려 있었습니다. 오늘도 밤늦게까지 제게 이야기를 하게 할 셈인가 봅니다.

그러나.

"⋯⋯으음."

일기장을 넘기며 확인해보았지만, 제 여행 이야기는 이제 그녀에게 거의 다 들려주고 말았습니다.

우리는 아무래도 너무 오래 함께했는지도 모릅니다.

"뭔가 재밌는 얘기, 있어?"

저에게 그렇게 물으면서 그녀는 고개를 갸웃거렸습니다. 제가 어째서 고민하고 있는지── 아무런 의문도 품지 않은 듯이 보였습니다.

"뭐, 있습니다."

제 여행 이야기는 일기장에 쓰인 것 전부가 아닙니다.

일기 외의 부분에도 저의 여행 이야기가 재미있다고 생각될 법한 이야기가 있습니다.

그러나 그 이야기를 그녀에게 들려주는 것이 아주 조금 망설여졌습니다.

"그럼 들려줘."

"…………."

그녀가 그러기를 바란다면, 하고 저는 이야기를 시작했습니다.

저는 일기장을 덮고서 그녀를 똑바로 바라보았습니다. 짙은 파란색 눈동자가 저를 들여다보고 있었습니다. 마치 심연처럼.

그리고 저는 이야기를 시작했습니다.

"어느 곳에, 신기한 힘을 가진 한 명의 여성이 있었습니다──."

불행한 미래를 말하는 예언자 이야기를.

○

저는 예언자를 조사하던 중에 한 가지 진실에 이르렀습니다.

애초에 그 예언자에 관해서는 여러 가지로 의심스러운 점이 보였습니다.

예언자가 분명하고도 의심할 여지 없는 사람의, 나라의 미래를 예지할 수 있다고 가정하고 생각해보죠. 어째서 예언자는 불행한 미래만 예언하는 것일까요?

어째서 일부러 사람들에게 원망을 살 법한 일만 하는 것일까요?

미래가 보인다면, 예언자는 처음부터 원망을 받은 끝에 무엇이 기다리고 있을지 알았을 텐데. 저는 그렇게 생각했습니다.

언젠가 분명 정체가 들통나서, 사람들을 불행에 빠뜨린 대가를 치르는 결말이 기다리고 있으리라는 것쯤 모를 리 없습니다. 아무리 바보라도 미래를 볼 수 있다면 당연히 알 수 있는 일일 테죠.

그러나 예언자는 그 특별한 힘을 사람들을 절망에 빠뜨리는 데에만 사용했습니다.

대체 어째서일까요?

저는 과거의 자료를 뒤지며 생각했습니다.

과거에 예언자가 행해왔던 일을 나열하자면 끝이 없었습니다. 그러나 단언할 수 있는 것은, 예언이 틀림없이 적중해왔다는 것과 그와 동시에 예언된 사람들은 불행에 빠졌고, 결과적으로는 예언자를 원망했다는 사실입니다.

언뜻 보면 예언자가 악랄하기 그지없는 짓을 한 것처럼 생각됩니다.

그러나 이 상황은, 어쩌면 다른 관점에서도 볼 수 있지 않을까요?

예를 들면, 예언을 하지 않았더라면 훨씬 더 나쁜 일이 일어났을 거라든가.

"당신들은 사흘 이내에 파국을 맞는다."

그런 예언을 받은 커플은 그 후 서로 다른 사람과 부부가 되었다고 합니다.

"네 고양이는 이 마을에 숨어든 늑대에게 잡아먹혔다."

만약 마을의 어른들이 늑대를 찾지 않았다면 피해자는 더욱 많아졌을지도 모릅니다.

"당신 남편은 앞으로 한 달밖에 못 산다."

예언을 받은 부부는 마지막 남은 시간을 소중히 했을 테지요.

"당신이 새로 시작하려 하는 사업은 틀림없이 실패한다." "당신 집에 빈집털이가 들어온다." "당신은 곧 오른쪽 다리를 다친다."

그렇게 예언자가 해온 말들은 신기하게도 불행이 찾아오리라는 것을 몰랐다면 피해가 더욱 커졌으리라 예상되는 것들뿐이었습니다.

즉, 예언자는 최악의 사태를 피하기 위해 일부러 원망받을 만한 말을 해온 것뿐이었습니다.

저는 그렇게 추측했습니다.

"……요컨대 예언자는 나쁜 사람이 아니라고 말하고 싶은 거야?"

아네모네 씨가 제 이야기에 끼어든 것은 이번이 처음이었습니다.

저는 긍정으로 답했습니다.

"그렇게 되겠네요. 대체 어째서 그런 일을 하고 있는지는 알 수 없지만요."

"…………."

결국 제가 자료를 찾거나, 지난 며칠 동안 이 도시에서 지내면서 밝힐 수 있었던 점이라고는 그것이 전부였습니다. 그 이상의 일은 전혀 모른다는 것이 현재 상황이었습니다.

그러나 그래도 문제없다는 생각이 들었습니다.

"하지만 나쁜 사람은 아니라고 해도, 결코 단 한 번도 나쁜 짓을 한 적 없는 훌륭한 사람인 건 아닌 모양이더군요."

"……무슨 뜻이지?"

그녀는 의아하다는 표정을 지었습니다.

제가 지금부터 하려는 말을 모르는 것일까요?

아니면 보이지 않는 것일까요?

저는 어두운 낯빛을 한 그녀에게 힘껏 웃어 보이며 말했습니다.

"제게 치안 유지국 사람이라고 자신의 신분을 속이고, 여행자를 마구 부려먹은걸요."

이것이 나쁜 짓이 아니면 뭐란 말인가요? 하고.

○

"……미안. 일레이나 씨가 무슨 말을 하는 건지 잘 이해가 안 될지도."

"그렇다면 조금 더 알기 쉽게 이야기할까요? 당신이 예언자입니다."

더는 불가능할 만큼 알기 쉽게 이야기했습니다. 이거라면 이해하실 수 있겠습니까?

저는 말했습니다.

"예언자인 당신은 제게 여행 이야기를 시키기 위해 치안 유지국 사람인 척을 했을 테죠? 대체 어째서 그런 걸 듣고 싶어 하는 건지는 모르겠지만 말이죠."

"…………."

"분명한 증거가 있는 것은 아닙니다. 그러나 저에게는, 당신 이외의 인간이 예언자일 거라고는 생각되지 않네요. 당신에게는 그만큼 수상한 점이 많답니다."

치안 유지국에 존재하지 않을 터인 아네모네 씨. 그럼에도 저에게 접근해 예언자를 찾아 체포하라고 명령한 그녀.

이것만으로도 충분하고도 남을 만큼 수상합니다.

"……그런가."

반쯤은 어림짐작인 제 추리는 적어도 틀리지는 않았던 모양입니다.

"이상하네. 나 꽤 잘 속였다고 생각했는데. ……들켰구나."

"치안 유지국에 접촉하면 바로 들킬 만한 거짓말은 거짓말이라고 할 수 없죠."

그렇다고는 하나, 아네모네 씨에게는 분명 이 전개도 보였을 테지요.

미래가 보이니 언젠가 거짓말이 들통나리라는 것도 처음부터 알고 있었을 겁니다.

"당신에 관해 가르쳐주시겠어요?"

"…………."

침묵으로 답한 아네모네 씨의 표정은 그러나 어둡지는 않았습니다. 속 시원한 것처럼 보일 정도였습니다.

"지금까지 제 이야기를 실컷 들어왔잖아요. 답례로 당신에 관해 실컷 들어드릴게요."

그리고 당신에 관해서도 일기에 쓸 테니 각오해두세요—라고, 저는 그렇게 말했습니다.

이윽고 길고 긴 침묵 끝에 아네모네 씨는 입을 열었습니다.

"……그럼, 일레이나 씨도 각오하고 들어줘."

그렇게 말하면서도 가슴에 손을 얹고 깊게 숨을 쉬었습니다.

그것은 마치 심장의 고동을 필사적으로 억누르고 있는 듯도 보였습니다. 마치 사랑 고백이라도 하려는 듯도 보였습니다.

이윽고 그녀는 저를 바라보았습니다.

언제나 제게 이야기를 조르던 때처럼, 아름다운 눈동자로.

"나는, 당신과 만나기 훨씬 전부터, 동경하고 있었—을지도."

그리고 아네모네 씨가 들려준 것은 그녀의 지금까지의 이야기였습니다.

빗자루를 예로 들어 시간을 풀어보도록 하죠.

하나의 자루를 과거라고 한다면 비 부분과 자루를 묶는 끈이 현재. 그리고 그 끝에서 갈라져 나와 몇 겹으로 나뉘는 비 부분이 미래입니다.

그녀는 어릴 때부터 희미하게 미래가 보였다고 합니다.

과거의 정경이 갑자기 머릿속에 떠오르듯이, 미래가 그렇게 보였다고 했습니다.

대체 어째서 그렇게 되었는지는 그녀 자신도 잘 모르는 모양이었습니다. 그저, 미래가 보였던 그녀는 다른 사람들과는 조금 다른 인생을 걷게 되었습니다.

어릴 때의 그녀에게는 부모님이 몇 년 후에 각자의 길을 걷게 된다는 것도 보였습니다. 어떻게든 피해보려 했지만, 계속해서 어머니도 아버지도 서로 다른 집에서 사는 광경이 보였다고 합니다.

그녀는 무척 슬퍼했습니다.

이런 미래가 보이지 않게 된다면 슬퍼하지 않아도 될 텐데──그렇게 생각한 그녀는 집에서 뛰쳐나와 버렸습니다.

그 후로 그녀는 이런저런 나라들을 전전했다고 합니다.

때로는 점술사 흉내를 내며 길을 오가는 사람의 미래를 맞춰 돈을 벌었습니다. 때로는 한 나라의 왕에게 조언을 해보기도 했습니다.

저와는 달리 진짜 힘을 가진 그녀를 여러 나라의 사람들은 공경했습니다.

그러나 그녀는 하나의 나라에 오래 머물지 않았고, 누군가와 사이좋게 지내지도 않았습니다.

하나의 나라에 오랫동안 머물면서 계속해서 미래를 예언하다 보면 언젠가 인간이 아닌 신과 같은 취급을 받으리라는 사실을 알고 있었던 것입니다.

사람과 인연을 맺은들 언젠가 사이가 틀어져서 소원해지는 미래가 찾아오리라는 것도 알고 있었습니다.

미래가 보이는 탓에 그녀는 극단적일 만큼 겁쟁이가 되었습니다.

사람과 관계를 쌓는 것을 두려워하면서도, 그러나 타인의 불행을 보고도 못 본 척할 수 없었던 그녀는 나라들을 전전하는 중에 어떤 방법을 찾아냈습니다.

타인에게 감사받지 않는 예언자가 되면 된다.

그것은 매우 단순한 일이었습니다. 도시에 불쑥 나타나 불행해질 예언을 하고 떠나버리면 되는 것입니다.

그렇게 하면 자연스럽게 최악의 사태를 회피할 수 있으리라는 것을 그녀는 알고 있었습니다.

동시에 그녀 자신이 원망을 받으리라는 것도 알고 있었습니다.

이리하여 그녀는 타인과의 관계성을 근간부터 잘라냈던 것입니다.

"이 앞의 미래도 보일지도. 나는 지금까지 그대로 타인을 불행에 빠뜨리는 예언을 하고, 모두에게 원망을 받으며 살아간다. 그런 미래가 확실하게 보일, 지도."

그녀는 담담한 모습으로 있는 그대로를 이야기했습니다.

"…………."

미래가 보이기 때문에 안 좋은 것만이 눈에 비치는 것일까요? 미래가 보이기 때문에 비관적이 되어버리는 것일까요?

"……나는 줄곧 이대로여도 좋았어. 하지만 일레이나 씨만은, 꼭 만나고 싶었어. 한 번이라도 좋으니까, 많은 이야기를 듣고 싶었던 걸지도 몰라."

"……어째서인가요? 당신에게 미래가 보인다면, 저에게 직접 이야기를 듣지 않아도 되는 거 아닌가요?"

제 말에 그녀는 고개를 저었습니다. 머리 뒤에서 하나로 묶은 푸른 머리카락이 물결쳤습니다.

"나에게 보이는 건 미래의 광경뿐일지도. 거기서 어떤 이야기를 나누는지까지는 모를지도."

새삼스럽지만, 미래가 보이는 것치고는 꽤나 자신 없는 말투로군요.

눈을 가늘게 뜨는 제게 그녀는 부끄러운 듯이 웃어 보였습니다.

"어떤 이야기를 하고 있는지까지는 알 수 없었지만, 옛날부터 내 앞에 있는 일레이나 씨는 언제나 즐겁게 이런저런 이야기를 해주었어── 나는 훨씬 전부터 그걸 알고 있었을지도. 어두운 길만 걸어온 나에게 있어서, 당신의 이야기는 너무나도 눈부셔서 현기증이 날 정도야. 하지만, 무척이나 즐거웠을……지도."

"…………."

"당신과 만나기 위해 이런저런 준비를 했을지도. 이 도시에 오랫동안 머물러서 지명수배까지 당하게 되었고, 치안 유지국의 제복을 몰래 훔쳐서 당신과 만났어."

"……그리고 저를 협박해서, 여행 이야기를 하게 했다는 건가요?"

끄덕, 아네모네 씨는 고개를 끄덕였습니다.

그게 뭔가요──라고 생각했습니다. 제 여행 이야기는 그렇게 대단한 것이 아닙니다. 정말이지 별것 없는, 단순한 심심풀이 정도밖에 안 되는 시시한 이야기들뿐입니다.

"……당신은 바보예요. 엄청난 바보예요."

제 안에 맺혀 있던 온갖 감정을 담아서, 저는 있는 힘껏 그렇게 말했습니다.

"바보라도 좋을지도. 당신과 만났으니까."

"……그런가요?"

위로하거나 하지는 않았습니다.

그런 잘난 듯한 말을 할 이유도 없었고, 애초에 그럴 만한 입장조차 아닙니다. 저는 일어난 일을 그저 있는 그대로 이야기할 뿐인 여행자입니다.

가끔 거짓말은 하지만 말이죠.

"아네모네 씨."

저는 말했습니다.

"당신에게 미래가 보인다고 한다면── 지금부터 무슨 일이 일어날지도 당연히 알겠지요?"

망설이지도 않고, 그녀는 제가 그러한 말을 하리라는 것도 알고 있었던 것처럼 딱 한 번 고개를 끄덕였습니다.

"당신은 나한테 정나미가 떨어져서, 오늘 여길 나갈──지도."

나는 그걸 울면서 배웅하고, 그 후에도 나는 이 도시에서 계속해서 타인에게 불행을 예언할, 지도.

그렇게 말하면서.

과연 그 미래는 현실이 되었을까요?

"……당신은 정말 바보예요. 엄청난 바보예요."

그러나 분명, 저는 그날 그녀의 집을 나왔습니다.

○

어떤 곳에 신기한 힘을 가진 한 명의 여성이 있었습니다.

후드를 깊게 눌러쓰고 누구에게도 얼굴을 보이지 않는 기분 나쁜 그녀에게는 간단명료하게 말하자면, 미래가 전부 보였습니다.

대체 언제부터 그녀에게 그러한 힘이 있었는지는 남들이 알 바 아니었습니다. 하지만 보였습니다.

나라의 미래가, 사람의 미래가, 그녀에게는 아무래도 보였던 모양입니다.

그러나 신기한 힘을 가진 그녀는 그 힘을 유효하게 활용하려고는 생각하지 않았던 모양입니다.

심술궂은 것일까요? 아니면 그저 사람이 싫은 것일까요?

"당신은 내일——."

여행자가 떠난 날 아침에도 그녀는 나타났습니다.

도시의 사람들은 그런 그녀를 멀리서 바라보면서—— 피하면서 일상을 자아갔습니다.

그러나 도시 사람들은 알고 있었습니다.

훨씬 전부터 알고 있었습니다.

그 소녀가 사실은 나쁜 사람이 아니라는 것을.

○

"처음에 의심을 하게 된 게 언제였는지는 몰라── 하지만 훨씬 전부터 우리는 의문을 갖고 있었어."

그것은 영주님이 소개장을 써주었을 때, 조용히 읊조린 말이었습니다.

그녀는 한숨을 섞어가면서 제가 줄곧 느끼고 있었던 위화감을 풀어주었습니다.

"그녀는 분명 나쁜 사람이 아닐 거라고 생각해. 거짓말을 무척 능숙하게 하는 것 같지만."

그러나 단순히 생각해보면 반드시 맞는 예언이라는 것은 불길한 것이든 불온한 것이든 결코 나쁜 것이 아닙니다.

"예언의 결과가 나쁘면 그 시점에서 미래에 일어날 수 있는 나쁜 일들에 대한 대책을 세울 수 있기 때문, 인가요?"

제 말에 그녀는 고개를 끄덕였습니다.

"그녀가 이 나라에 오고 얼마 지나지 않아서 많은 사람들이 그렇게 해왔어. 그녀와 마주했던 사람들은 모두 그녀의 예언을 완전히 믿는 척을 하면서, 그 탓에 불행에 빠진 척을 하면서, 최악의 사태를 피해왔어."

그러고 보니 이 나라 사람들은 점에 매우 잘 속아 넘어가는 사람들뿐이었지요——하고, 저는 이 나라에 처음 왔던 날의 일을 머릿속으로 떠올렸습니다.

"그게 나쁜 미래든 뭐든, 모르는 것보다는 훨씬 낫다……라는 건가요?"

"그런 거지."

그리고 영주님은 고개를 끄덕이면서 "분명 그녀는 미래만 보고 있는 탓에 눈앞의 일이 보이지 않는 걸 거야"라고 답했습니다.

분명 그렇게 생각하고 있는 것은 영주님만이 아닐 테지요.

이 도시에 사는 많은 사람들이 같은 생각을 하고 있을 겁니다.

"만약 그녀를 만난다면—— 발밑을 보지 않으면 넘어지고 만다고 가르쳐주고 싶어."

영주님은 말하면서 창밖을 바라보았습니다.

언제나와 다름없는 평온한 도시가 그 너머에 펼쳐져 있었습니다.

로렌트시의 사람들이 그녀를—— 예언자를 찾고 있는 이유는 단순히 최악의 사태를 회피하게 해주는 그녀에게 감사 인사를 하고 싶었기 때문이었습니다.

그녀가 예언을 해줌으로써, 그 예언을 들은 사람들은 분명 불행에 빠졌습니다. 그러나 동시에 그녀에게 예언을 듣지 않았다면 훨씬 나쁜 일이 일어났으리라는 사실도 알고 있었던 것입니다.

제가 조사를 하던 때 느꼈던 위화감의 정체는 바로 그것이었습니다. 관리의 집에 들이닥친 강도를 잡았을 때, 관리는 범인의 손을 얼린 제가 아니라 예언자에게 감사를 했었습니다.

영주님이 치안 유지국을 이용하여 예언자의 정체를 밝히려 하고 있던 것도 그저 감사장을 보내고 싶었기 때문이었습니다.

단순히 그것뿐, 그 이외의 이유 같은 건 없었습니다.

○

이 이야기는 정말로 단순한 단 한마디의 말로 마무리할 수 있습니다.

"요컨대, 사람의 불행을 예언해온 예언자가 실은 그 누구보다도 불행했다고 하는 이야기입니다."

소극적인 마음으로 비관해버리기 때문에 미래가 퇴색되어 보이고 마는 것입니다.

그저 그뿐인 이야기입니다.

"……아니야. 일레이나 씨. 나, 나는…….."

아네모네 씨는 명백하게 낭패스러워하는 듯 보였습니다.

"아뇨. 이게 사실입니다. 아니, 정말로. 그보다, 보이지 않는 건가요? 당신이 진실을 밝히고 도시 사람들과 함께 사는 미래가."

그녀는 천천히 고개를 저었습니다.

아뇨 아뇨, 거짓말을 하고 계시는군요.

"외면하고 있을 뿐입니다. 그런 미래는 거짓이라고 단정 짓고 있을 뿐이에요. 사실은 보일 겁니다. 그저 당신에게는 그 미래를 걸어갈 용기가 부족할 뿐입니다."

"……틀릴지도."

"틀리지 않을지도입니다."

미래가 보이는 예언자란 대체 어떤 인간일까 조금 기대하며 정보를 수집하러 다녔던 저였지만, 실제로는 별것 없었습니다.

평범한 여자아이입니다.

아주 조금 남들보다 소극적으로 여러 가지를 생각해버리지만, 나이에 걸맞은 사람이지 않습니까?

"이제 무리할 필요는 없습니다. 도시 사람들은 당신을 아주 잘 알고 있고, 당신의 괴로움을 이해하면서 당신과 마주하고 있었어요."

"…………윽."

그녀의 입술이 희미하게 떨렸습니다.

제 쪽으로 뻗어 오던 손끝은 그 입술을 덮고 감추었습니다. 저에게 다가오는 것을 망설이던 다리는 그 자리에서 천천히 무너졌습니다.

"분명 계속해서 다른 사람의 불행을 예언하는 것은 괴로웠을 테죠. 분명 뒤만 바라보는 건 매우 지치는 일일 테죠."

하지만 이제 앞을 바라봐도 괜찮답니다―― 저는 그렇게 말했습니다.

한동안 우리 사이에는 아무런 소리도 울리지 않았습니다.

잠시 후, 가느다란 오열이 흘러나오기 시작했습니다.

"그랬, 구나…… 나…… 정말로…… 바보, 였을, 지도……."

지도, 가 아닙니다.

"엄청난 바보입니다."

눈앞에서 들었던 그녀의 예언은 분명히 적중했습니다.

그녀는 울었고, 저는 그 집을 뒤로했습니다. 완벽하게 맞았습니다.

유일하게 달랐던 점을 들자면, 그것을 보는 방식이 정반대 방향을 향하고 있었다는 것일 테지요. 이제, 앞으로 이런 착각을 하는 일은 없으리라 생각합니다만.

"……지금은 어떤 미래가 보이나요?"

제 말에 그녀는 고개를 들고 희미하게 웃었습니다.

"일레이나 씨, 탓에—— 아무것도 보이지 않을, 지도."

감긴 눈에서는 한줄기 눈물이 넘쳐 흘렀습니다.

©Azure

"여기서 서쪽으로 쭉 나아간 곳에 자유의 도시 크노츠라는 곳이 있는데 말이지. 오늘은 그곳에서 직접 한 의뢰야. 이걸 그곳 항구에 운반해줘."

어느 나라의 마법 총괄 협회 지부로 불려간 흑발의 마녀는 스승님에게 자그마한 상자와 함께 그런 지시를 받았습니다.

"……뭔가요? 이거."

건네받은 상자는 무척이나 오래되고, 무척이나 비싸 보였습니다. 이음매가 전혀 보이지 않는 공들여 만든 물건이었고, 만져보면 매끈매끈했습니다. 뚜껑에 열쇠는 달려 있지 않았고, 힘을 주면 바로 열릴 것 같았습니다. 흔들어 보아도 안에서 소리는 들리지 않았습니다. 아마도 매우 공을 들인 외관과 마찬가지로 내부도 정성 들여 만든 것일 테지요.

스승님은 담뱃대를 입에서 떼고 한숨을 섞어가며 상자를 찬찬히 살펴보는 마녀를 향해 담배 연기를 뿜었습니다. 실로 몸에 안 좋을 듯한 냄새에 마녀가 눈을 가늘게 뜨자 스승님은 "나는 어디 좀 들렀다가 크노츠로 가마. 너는 먼저 가서 그걸 마법 총괄 협회 지부에 넘겨줘. 부디 도중에 열어보거나 하지 마라? 뭔가 꽤 위험한 물건인 것 같으니까"라고 말했습니다.

"알겠습니다!"

안에 무엇이 들어 있는지는 전혀 모르지만, 그녀에게 주어진 일은 요컨대 그런 느낌의 상자를 그저 운반할 뿐인 실로 단순명

쾌한 것인 모양입니다. 게다가 그것만으로 돈을 받을 수 있다고
합니다.

식은 죽 먹기네.

……마음속으로 그런 생각을 하며 의기양양한 미소를 짓는 마
녀는 대체 누구인가.

그렇습니다. 나입니다. 사야입니다.

"……아, 그렇지."

마법 총괄 협회를 나서려 하던 나의 등 뒤로 스승님은 말을 던
졌습니다.

"지금 현지에서 네 여동생이 그 조직의 잠입 임무를 맡고 있어.
……뭐, 그쪽에 도착하면 몰래 말을 한번 걸어주는 것도 괜찮을
지도. 서로 얼굴을 마주하는 건 오랜만이잖아?"

○

그날 제가 방문한 자유의 도시 크노츠라는 나라는 바닷가에 오
도카니 존재하고 있었습니다.

주변에는 아무것도 없었고, 그저 화초가 바람에 넘실거릴 뿐이
었습니다. 옅은 녹색이 가을 하늘 아래에 펼쳐져 있었고, 그 너머
에는 새파란 바다와 하늘이 펼쳐져 있었습니다. 그 정경은 너무
나도 아름다웠습니다만, 동시에 어디에나 있는 평범한 광경처럼
도 느껴졌습니다.

나라 그 자체가 어디에나 있는 흔한 것인지 어떤지는 잘 모르

겠습니다만.

적어도 거리 그 자체에 특별한 점은 없었습니다. 문을 빠져나간 그 앞에 있던 것은 옅은 색조의 건물에 네모난 창이 일정한 간격으로 난 것으로, 적어도 외관 그 자체에 특별한 점은 그다지 없었습니다.

그러나 도시의 분위기는 약간 뒤숭숭해 보였습니다.

『마법사의 목숨이 위험해? 골동당의 악행, 재개』

예를 들어 서점을 들여다보면 그러한 내용이 1면을 장식한 신문이 죽 진열되어 있었고, 치정에 얽힌 이야기에 하이에나와 같은 후각을 자랑하는 아주머님들조차도.

"어머나…… 골동당이 또 마법사를 습격하고 있대요."

"세상에. 우리 남편도 마법사인데?"

"무섭네."

그렇게 마법사들에게 벌어진 일대사를 걱정하는 지경이었습니다.

과연, 이 나라에서 수상한 조직이 암약하고 있다는 것만은 아주 잘 알겠습니다. 그렇다면 아마도 마법사로서 이 나라를 관광하는 것은 그 골동당이라는 놈들을 어설프게 자극해버리는 일이 될지도 모르겠군요.

"…………."

그런고로.

곧장 숙소를 잡은 저는 로브와 삼각 모자를 벗고 대신에 플레어스커트에 스웨터라고 하는 매우 평범하면서도, 동시에 가을에 어울리는 옷으로 갈아입었습니다.

이거라면 마법사라고는 생각되지 않을 테죠.

그렇게 저는 잿빛 머리카락을 살랑거리면서 거리를 그저 걸어 다녔습니다.

원컨대 이 나라에서도 재미있는 무언가와 만날 수 있기를 바라면서.

크노츠에서의 관광은 조용하고 긴장된 시간이었습니다.

노점에서 빵을 사고 적당히 거리를 구경했습니다. 이렇다 할 특별한 점도 재미있어 보이는 것도 딱히 없었고, 거리를 오가는 사람들은 그저 모습이 보이지 않는 무언가에 겁을 먹고 있는 것 같았습니다.

"꽤나 뒤숭숭하네요……."

그 골동당이라는 곳이 어느 정도의 힘을 갖고 있는지 저로서는 알 수 없었습니다만, 적어도 이 나라의 마법사들은 그들에게 애를 먹고 있는 모양이었습니다.

길 곳곳에, 혹은 어느 가게 창문에 『마법사 반대!』 『마법을 쓸 수 있다는 것만으로 잘난 척하는 마법사, 진짜 짜증』 『뒈져버려 마법사』 같은 다소 과격한 문구가 쓰인 벽보와 간판이 딱 붙어 있었습니다.

그것을 떼어내고 다니지 않는다는 점에서 골동당이라는 것이 묘하게 우쭐대고 있는 듯한 경향을 느꼈습니다.

그다지 좋은 기분은 안 드는군요…….

"여어, 아가씨── 못 보던 얼굴이구먼. 여행자인가?"

잠시 걷고 있을 때, 한 노점의 주인장이 제게 말을 걸어왔습니다. 모자를 깊게 눌러쓴 수상한 여자는 입가에 보이는 덧니가 묘하게 눈에 띄었고, 그 탓인지 얼마쯤 어리게 보였습니다.

"네."

제가 걸음을 멈추자 그녀는 "호오호오…… 이런 뒤숭숭한 시기에 이곳을 방문하다니, 자네 꽤나 멍청이로구먼" 같은 말을 하면서 웃었습니다. 호오오, 이 가게는 시비를 파는 겁니까? 살까요?

"이 도시, 골동당인가 하는 조직이 꽤나 날뛰고 있는 모양이네요."

"맞아. 정말이지, 나도 그 탓에 장사를 접는 중이라네. 최근 들어 관광객도 줄고, 노점을 열어도 사는 손님도 없어. 곤란한 일이야."

"……이 가게에서는 뭘 팔고 있나요?"

"흠? 보면 모르는 겐가? 상당한 멍청이로구먼."

아아, 과연. 취급하는 건 역시 시비입니까? 그런 말이 목구멍까지 차올랐지만, 저는 헛기침으로 그것을 진정시키고 시선을 떨구었습니다.

노점에 진열되어 있는 것은 검과 총 같은 무기, 인가 했더니 메모장과 펜 같은 문방구로 분류할 수 있을 법한 물건과 티슈, 거울 같은 생활용품이라고 부를 수 있는 것도 있었습니다.

요컨대 이것저것이 진열되어 있었고, 보기에 따라서는.

"폐품 회수업자인가요?"

그렇게도 말할 수 있었습니다.

"바보 취급 하는 겐가? 자네."

"아뇨 딱히 진심으로 묻고 있는 건데요."

"…………."

덧니 씨는 크게 한숨을 내쉬더니 "이것들은 호신용품이라네. 요즘 들어 이 나라는 뒤숭숭하니 말일세, 그래서 이렇게 몸을 지키기 위한 도구를 팔고 있는 게지. 어떤가? 필요한가?"

"아뇨 딱히 필요 없습니다만."

"자네, 그렇게 말하지 말고, 하나 사 가게. 안 사면 언제 위험한 녀석들에게 습격을 당할지 모를걸?"

아뇨. 딱히 이런 걸 사지 않아도 제 몸 정도는 스스로 지킬 수 있는지라. 그보다.

"저는 마법사도 뭣도 아니니까, 몸을 지킬 필요를 못 느낍니다."

이 나라에서 날뛰는 골동당이라는 조직은 마법사를 노리고 있는 거잖아요? 지금의 저는 안타깝게도 마법사가 아니다── 라는 모습을 하고 있으니까요. 필요 없습니다.

"그런고로 됐습니다. 그럼 저는 이만 가보겠습니다──."

그리고 저는 노점에서 등을 돌렸습니다.

"아아, 기다리게."

주인장은 제 등을 향해서 말을 던졌습니다.

"자, 이건 서비스일세. 주지."

들려온 목소리에 제가 돌아선 것과 그것이 던져진 것은 거의 동시였습니다.

자그마한 사탕 하나가 휙 하늘을 날아서 제 손안에 떨어졌습니다. 손가락으로 잡아 그것을 들어보자 『몸을 지키고 싶다면 저희 가게로!』같은 발랄한 글자체가 포장에 적혀 있었습니다.

"방문해준 서비스라네. 만약 뭔가 곤란한 일이 생기면 우리 가게로 오게나. 좋은 도구를 하사해주지."

"……감사합니다."

저는 포장을 펼치고 사탕을 휙 입에 던져 넣었습니다.

●

크노츠에 도착한 직후에, 나는 묘한 감각에 휩싸였습니다.

"……마법사다." "……뭐 하러 온 거지……."

소곤소곤, 낮은 목소리가 내 귀에 희미하게 흘러들어 왔습니다. 혹시 일부러 들리게 말하고 있는 것일까요? 으으음…….

마음 불편함을 느끼면서 나는 길을 총총히 걸었습니다.

서둘러 항구까지 가서 일을 마치기로 하죠──.

"아아, 거기 자네. 잠깐. 자네 말일세 자네. 뭘 그리 서두르는 겐가?"

그러나 이런 때일수록 발목을 잡히는 법이지요. 길을 빠르게 걸어 나아가던 나를 대각선 뒤에서 불러 세우는 목소리가 있었습니다.

무시하죠. 무시. 상대하고 있을 시간 같은 건 없습니다.

"어이. 거기 귀여운 마녀 아가씨한테 말하고 있는 것이네만."

"네? 혹시 나 말인가요?"

255

저질렀다.

뒤돌아보고 말았습니다.

"그렇지 그렇지. 자네, 그렇게 급히 어디를 가는 겐가? 이 도시는 요즘 뒤숭숭하거든. 특히 그런 차림을 하고 있으면 말이지── 언제 누가 덮쳐들지 모른다네."

노점 안에서 나를 부른 그 여성은── 형용하기 어려운 용모를 하고 있었습니다. 머리카락은 붉고 길었습니다만, 한눈에 알 수 있는 특징이라고 한다면 그 정도뿐이었습니다. 모자를 깊게 눌러 쓰고 있는 탓에 눈가는 보이지 않았고, 천 조각으로 코부터 아래를 덮고 있는 탓에 입가도 잘 알아볼 수 없었습니다.

분명 자신의 외모에 매우 부정적인 생각을 갖고 있는 사람일 테지요. 불쌍해라…….

"자네, 그 시선은 뭔가? 실례로구먼."

흥 하고 그녀는 재미있다는 듯이 코를 울렸습니다.

"그보다 자네, 이 도시에 뭘 하러 온 겐가? 여기서 마법사 같은 차림을 하고 있다니, 덮쳐주세요 하고 말하는 것이나 다름없다네."

"……여기는 그렇게 위험한가요?"

"되게 위험하지."

"되게 위험한가요?"

그거 큰일이로군요.

"그래. 그러니, 여기서 살려면 호신용 도구를──."

"아, 강매는 거절하겠습니다."

나는 빙글 발걸음을 돌렸습니다.

"어이쿠, 잠깐 기다리게!"

노점 가판대를 탕탕 두드리면서 그녀는 목소리를 높였습니다.

뒤돌아보자 그녀는 팔을 휘두르면서 이쪽으로 무언가를 던졌습니다.

휙 하늘을 날아, 내 가슴께에 맞고 떨어진 것은 사탕 하나.

"……내 가게에서는 호신용 도구를 팔고 있지. 마음 내키면 언제든 오게나."

나는 그것을 주워들고서 "……감사합니다" 하고 말하면서 주머니에 찔러넣었습니다. 어쩐지 그녀의 눈앞에서 그것을 먹으면 "우와, 이 자식 땅에 떨어진 걸 주워 먹었어 더러워. 쓰레기야"라고 생각할 것 같았기 때문입니다.

그리고 나는 그녀의 가게에서 등을 돌리고 다시 걸음을 옮겼습니다.

"──조심하게. 이 도시에서 살고 싶으면, 자네들 마법사는 아무도 신용하지 않는 게 좋아."

그런 참으로 의미심장한 말을 날릴 만큼 날리고, 그녀는 "히히히" 하고 참으로 피라미 같은 웃음소리를 냈습니다.

나는 다시 마을의 큰길을 걸었습니다.

역시 주민들이 보내오는 시선은 마음 불편했고, 당장 마법사 같은 복장 말고 다른 옷으로 갈아입는 편이 좋을 것 같다는 생각까지 들었습니다.

“…………”

그러나 마을 주민들의 차가운 시선 외에 또 다른 시선이 섞여 있다는 것을 나는 눈치채고 있었습니다.

깨닫고 보니 나는 인적 없는 골목에 잘못 들어와 있었습니다. 눈앞의 길에는 사람 한 명 보이지 않았습니다.

그저 등 뒤에서 시선을 느낄 뿐이었습니다.

뭘까요? 그것은 사냥꾼이 사냥감에게 보내는 듯한 맹렬하고도 사나운 시선처럼 느껴졌습니다.

한기가 나를 덮쳤습니다. 누군가가 나를 노리고 있다―그렇게 확신했을 무렵에, 나는 지팡이를 꺼낼 준비를 시작했습니다.

“…………”

나는, 천천히, 뒤를 돌아――.

“――.”

그리고 보았습니다. 입가를 천 조각으로 감춘 기분 나쁜 누군가를.

나는 그 사람에게 입을 막혔고, 꾸욱 하고 목에 팔이 감겼고, 끌려갔습니다.

“……윽! 으읍! 우으으읍――!”

아, 위험해. 나 죽는 걸지도――.

생명의 위기에 심장이 경고를 울리듯이 두근두근 시끄럽게 고동쳤고, 내가 버둥버둥 날뛰는 중에 귓가에서 목소리가 들렸습니다.

“가만히 있어, 언니―― 여기는 위험해. 벗어날게.”

부드럽고, 따뜻하고, 잘못 들을 리 없는 목소리가.

"……미나?"

거기에는 오랜만에 보는 내 여동생의 얼굴이 있었습니다.

……뭔가 천 때문에 잘 보이지 않았습니다만.

"이렇게 어수선한 시기에 그런 차림으로 어슬렁거리다니, 언니는 자살이라도 하고 싶은 거야? 몰랐네."

인적 없는 좁은 골목에서 더욱 안쪽으로.

여동생 미나에게 끌려서, 나는 어두컴컴한 뒷골목을 지나 그 너머에 오도카니 서 있는 문 안—— 자그마한 집 안으로 밀어 넣어졌습니다. 보기에 따라서는 독에 갇힌 쥐.

차갑게 말한 미나는 "하아——" 하고 한숨을 내쉬고는 입가를 가리고 있던 천을 벗었습니다.

옅은 복숭앗빛의 묘하게 섹시한 입술이 드러났습니다. 모자를 벗자 묶어두었던 머리카락이 사르르 풀어졌고, 긴 머리카락이 부드럽게 나풀거렸습니다.

번거롭다는 듯이 머리를 흔드는 그 동작도 섹시해 보였습니다. 내 여동생은 꼬마인 나와 달리 페로몬 같은 무언가가 넘쳐흐르는지라 참으로 곤란합니다.

오랜만에 만났는데, 어른스러움이 한층 더해진 것도 곤란합니다.

"아, 미나, 오랜만——" 일단 오랜만이니 인사라도 할까 하며 나는 손을 들어 보였습니다.

그러나.

"…………."

차가운 시선이 돌아왔습니다. 내 여동생은 엄청 차갑습니다.

"……뭐 하러 왔어?"

덤으로 바로 방해꾼 취급을 받는 지경이기까지 합니다.

"일이야. 일."

나는 가방에서 상자를 슬쩍 꺼내 보였습니다.

여동생 미나와 나는 같은 마법 총괄 협회에서 일하고 있는데, 아쉽게도 만날 수 있는 기회는 그다지 없었습니다. 나는 혼자서 이리저리 여행하면서 지내고 있고, 미나도 미나대로 잠입 수사니 뭐니 하며 바쁜 탓에 만나려 해도 만날 수 없었습니다.

"……하아. 예의 그 상자를 갖고 오는 마법사가 언니였구나……."

과장되게 한숨을 내쉬는 미나.

"하필이면……."

음. 뭐야 그 말투는!

"미나는 지금 잠입 수사 중이잖아? 이런 데 있어도 되는 거야?"

뾰족하게 찌르는 반응에 나도 뾰족하게 비꼬아주었습니다.

"될 리 없지. 언니가 곤란한 짓을 하고 있으니까 일부러 위험을 무릅쓰고 막으러 온 거라고."

"…………."

로브 차림으로 거리를 돌아다닌 걸 책망하고 있는 모양입니다.

"딱히, 상자를 항구에 전달하면 사복으로 갈아입을 셈이었어."

"그럼 늦어."

뭐라고?

고개를 갸웃거리는 나에게 미나는 차가운 시선을 보냈습니다.

"이 도시에 뿌리를 내리고 있는 골동당은 특수한 도구를 갖고 있을 뿐인 더러운 좀도둑 집단. 마법사를 혐오하고 있다고는 하나 그들은 강도질을 하고 상인을 습격하는 지극히 평범한 도둑과 다를 바 없어."

"흐음흐음."

그나저나 좀 덥습니다만, 물은 없는 겁니까? 없습니까? 그렇습니까.

"최근 들어 골동당은 이 도시의 마법사를 일소하기 위한 계획을 세우고 있어. 오늘 언니가 가져온 것도 그걸 위한 도구 중 하나고."

"무슨 말이야……?"

내가 고개를 갸웃거리자 미나는 열어둔 채인 가방 안을 들여다보았습니다.

"즉, 그 상자의 존재는 이미 골동당에게 알려졌다는 말이야. 아니, 어쩌면 골동당이 그걸 이 나라에 가져오도록 손 썼을 가능성도 있어."

"…………."

"……대체 그 상자에 어떤 효과가 있는지는 모르겠지만, 아마도 변변찮은 힘을 갖고 있을 게 틀림없어. 『마법 총괄 협회의 부하가 태평하게 갖고 올 상자가 다음 작전에 반드시 필요한 게다!』하고 말했었으니까."

"…………."

어라어라? 그 말투는 어디선가 들은 적이 있는 듯한…….

"저기, 혹시 나 이대로 항구에 가면 습격당하는 거였어?"

"내가 돕지 않았다면, 그랬을 가능성이 있지."

손이 가는 언니라니까——라고 말하듯 미나는 어깨를 으쓱였습니다. 건방진 동생 같으니!

"……그래서, 지금부터 어떻게 하면 되는데?"

"우선 그 상자는 언니가 갖고 있어. 나는 아직 잠입 수사가 남아 있으니까. 조직 구성원을 전부 파악하면 녀석들을 일망타진할 수 있어."

"……그때까지는 마을에서 기다리라는 거지?"

"그런 거야."

미나는 말했습니다.

"……그런데 언니, 머물 곳은 있어? 괜찮으면 이 집에서 함께 지내도 되는데."

"아, 나는 숙소에서 묵으면 돼. 신경 쓰지 마."

일하는 중인 동생을 방해하고 싶지 않으니까. 어쩐지 먼지 냄새도 나니까. 여기 미묘하게 더우니까.

그보다 잠입 조사 중인 사람의 집에 묵으면 여러 가지로 안 좋을 테죠.

"…………."

내 말의 무언가가 마음에 안 들었는지, 미나는 눈썹을 찡그리고 "……그래" 하고 크게 한숨을 내쉬었습니다.

미나는 말수가 적어서 언제나 무얼 생각하고 있는지 잘 모르겠습니다. 그래도 옛날부터 나보다 어른스럽고, 의지가 되는 아이였기 때문에 옛날에는── 그러니까 일레이나 씨와 만나기 전에는 언제나 미나에게 딱 달라붙어 있었지만요.

지금에 이르러서는 서로에게 일이 있고 좀처럼 만날 기회도 없어서 완전히 거리가 멀어지고 만 것처럼 느껴졌습니다.

"…………."

"…………."

우리 사이에 침묵이 자리 잡았을 무렵, 나는 말을 고르면서 자신의 주머니를 뒤적였습니다.

아까 사탕을 받았던 것을 떠올렸습니다. 일단 사탕이라도 먹어서 목을 축여야겠다고 생각했던 것입니다. 포장을 벗기고 나는 사탕을 입에 던져 넣었습니다──.

그리고 데굴, 입안에서 사탕이 굴렀습니다.

그 순간 내 입에서 무언가가 튀었습니다.

○

……?

여기는 어디일까요? 머리가 멍합니다.

"……아무튼 골동당의 폭동을 저지할 때까지, 언니는 아무것도 하지 마."

언니……?

누구를 말하는 것일까요? 저는 형제자매 같은 건 없습니다——
그보다 눈앞에 있는 그녀는 어디를 어떻게 보아도 처음 보는 분
이었습니다.

누구?

⋯⋯저는 어째서 이런 곳에⋯⋯?

"녀석들이 지금 꾸미고 있는 계획으로는, 아마도 이 도시의 보
석점부터 무기 가게, 잡화점, 거기에 레스토랑과 숙소까지. 가게
라는 가게는 모조리 덮칠 예정인 모양이야. 저지하지 않으면 피
해는 막대해질 거야."

진지한 이야기를 하는 소녀 옆에서, 저는 상황 파악을 하느라
정신없이 바빴습니다.

더듬더듬 자신의 몸을 만져보았습니다. 꼬집어보았습니다. 백
일몽은 아닌 모양입니다. 입안에는 사탕이 데굴데굴 굴러다니고
있었습니다.

어라? 꽤 오래전에 다 먹어서 녹아 사라졌을 텐데요?

으으음⋯⋯?

"저지하면 그때 상자는 항구의 마법 총괄 협회를 경유해서 섬
나라로 보내질 거야. 그게 제일 안전."

"⋯⋯⋯⋯⋯?"

이제 뭐가 뭔지.

마치 꿈속인 것처럼, 멍한 감각입니다.

손가에는 **그 상자**라고 불린 물건이 있었습니다. 가방 안에서
아무렇게나 굴러다니고 있었습니다.

"······언니, 그나저나 물어볼 게 있는데. 이 도시에 들어와서 뭔가 이상한 점은 없었어?"

"······저기, 죄송합니다. 당신은 누구죠? 저는——."

"그런 농담은 됐어."

농담이 아닙니다만······.

저는 상자를 가방에서 꺼냈습니다.

크기는 양손으로 감쌀 수 있을 정도. 그다지 크지는 않습니다. 멍한 머리로 그때 생각했던 것은, 이 상자의 내용물이 무엇일까 하는 의문뿐이었습니다.

그 이상으로 신경 쓰이는 일이 너무 많아서, 무엇부터 손을 대면 좋을지 알 수 없었다고도 말할 수 있겠습니다.

"알았어? 골동당 녀석들이 언니한테 무슨 짓을 할지 몰라. 경계를 게을리하지 마——."

저는 처음 보는 어떤 분의 말을 흘려들으면서 상자를 손에 들고.

그리고 열었습니다.

"······앗! 언니! 뭐 하는——."

그 상자가 열어서는 안 되는 물건이었다는 것을 알게 된 건 상자의 내용물이 안개가 된 다음이었습니다.

그렇다고는 하나, 안에 무엇이 있었는지를 저는 볼 수 없었습니다.

상자에 있던 것은 물건이 아니라, 그저 연기—— 뭉게뭉게, 상자 안에 눌러 담겨 있던 연기가 일제히 뿜어져 나와 제 주변을 전부 하얗게 물들여버렸던 것입니다.

상자 안에 있던 그것이 무엇이었는지를 그때의 저는 몰랐습니다.

그리고 자신의 몸에 무슨 일이 일어났는지도 몰랐습니다.

주변 전부가 부옇게 보이는 중에 "쿨럭" 하는 기침 소리가 울렸습니다.

시간이 조금 지나자 상자에서 흘러나오던 연기는 서서히 약해졌고, 시야도 원래대로 돌아왔습니다. 제 사고력이 원래대로 돌아온 것도 대충 그쯤이었다고 기억하고 있습니다.

제 이름은 일레이나고, 노점에서 사탕을 받은 다음에 거리를 어슬렁어슬렁 구경하던 중이었습니다.

하지만 지금의 저는 다른 누군가이고, 사탕을 먹으면서 처음 보는 여동생과 대화를 하고 있던 모양이었습니다.

과연, 의미를 모르겠습니다…….

"……언, 니."

안개가 완전히 사라졌을 때 처음으로 눈에 들어온 것은 방금 전까지 진지한 표정으로 무언가 중요한 이야기를 하던 처음 보는 여동생이었습니다.

그녀는 바닥에 몸을 웅크리고, 거친 숨을 몰아쉬며 이쪽을 올려다보았습니다.

"괜찮은가요……?"

몸 상태가 좋지 않은 모양입니다. 얼굴은 귀까지 빨갛게 물들었고, 거친 숨결 사이로 고열로 괴로워하는 것처럼 숨을 헐떡였습니다.

설마 방금 그건 건강을 해치는 독가스 같은 것이었던 겁니까……?

아뇨, 하지만 저는 아무렇지 않은데…… 아, 정말 뭐가 뭔지 모르겠습니다.

아무튼 눈앞에서 괴로워하고 있는 그녀를 도와주는 것이 우선이라고 생각했습니다.

"어디가 안 좋은가요? 배가 아파요? 열은? 속이 울렁거리나요?"

저는 그녀의 옆으로 다가가 이마에 손을 대고 등을 문질러주었습니다.

"만지지 마!"

그러나 이름도 모르는 여동생은 저를 거부하고 밀쳐냈습니다. 저는 비틀거리다 바닥에 쓰러졌고, 저를 밀친 그녀도 역시 저를 덮치듯이 쓰러지고 말았습니다.

"저기."

무거운데요.

"하아, 하아……."

누군가의 여동생분은 제 얼굴 좌우에 손을 대고, 천천히 몸을 일으켰습니다.

"저기."

어쩐지 덮쳐 쓰러진 듯한 형태가 되었는데요.

"언, 니……."

참으로 상태가 안 좋아 보이는 그녀의 눈동자는 뭐랄까, 상태가 안 좋다기보다는 게슴츠레하게 풀려 있는 듯도 보였습니다.

"…………저기이."

어쩐지 안 좋은 예감이 드는데요.

"언니…… 언니……."

그녀는 잠꼬대처럼 중얼거렸습니다.

"…………………………귀여워."

"…………."

아아, 이건 뭔가 매우 안 좋은 분위기 같습니다.

"하아아아아아아…… 좋아해♥"

"……으아."

그리고 그녀는 서서히 저에게로 얼굴을 가까이 가져왔습니다.

"언니…… 나, 오래전부터 언니를…… 그게, 자매인데 이상하다고 생각할 테지만, 그게, 좋아했어. 이상하지? 옛날부터 내 머리에는 언니에 관한 것밖에 없었어 언니면서 강아지처럼 여동생인 내 뒤를 따라다니고 나를 의지하기만 하던 한심하고 불안한 언니가 정말 너무 귀엽고 귀엽고 귀엽고 귀엽고 귀엽고 귀여워서 참을 수가 없었어 아아 정말 내 인생에 언니 말고는 아무것도 필요 없어 그러면서 언제나 차갑게 대해서 미안해 사실은 언니를 정말 좋아하는데 솔직해지지 못해서 미안해 정말은 깨물어주고 싶을 만큼 언니를 정말 정말 정말 정말 정말 정말 정말 정말 정말 정말 좋아하니까 부탁이야 나랑."

"NO."

멈칫. 제가 꺼낸 지팡이에 의해 물리적으로 주저앉혀진 그녀는

©Azure

"끄으" 하고 신음하면서 제 위로 풀썩 쓰러졌습니다.

이번에는 핏발 선 눈을 하고서 다시 일어나는 일은 없었습니다.

기절해준 모양입니다.

"……하아."

그녀를 밀쳐내고 몸을 일으켰습니다.

흐트러진 매무새를 정돈하면서 저는 삼각 모자를 쓰고 일단은! 이라는 느낌으로 그 자리를 벗어났습니다— 무슨 일이 일어난 것인지를 진정한 의미에서 이해한 것은 그 후의 일이었습니다.

○

거리의 모습은 혼돈 그 자체라는 한마디로 표현할 수 있을 정도의 상황이었습니다.

"아아아! 좋아해요! 저랑 사귀어 주세요오오오오!" "헤헤헤헤…… 기다려……" "사모하고 있었습니다아아아!" "사랑해! 사랑해!" "아아! 기다려! 가지 말아줘!" "하하하하! 나의 몸은 당신의 것!" "웃기지 마! 나한테는 마음에 둔 여자아이가 있다고!" "그만둬 다가오지 마!" "하하하하하하!" "기분 나빠! 죽어!"

제가 못 본 사이에 백성들이 총동원되어 술래잡기라도 시작한 것일까요? 그렇게밖에 생각되지 않을 만큼, 모두가 누군가를 뒤쫓으며 그저 한결같이 뛰어다니고 있었습니다.

누군가가 도망가고, 누군가가 그 뒤를 쫓고, 또 다른 곳에서도 그러한 광경이 펼쳐지고 있었고, 멈춰 서 있는 사람은 한 사람도 없었습니다.

"……이건."

글쎄요. 뭐가 어떻게 된 걸까요.

거리가 매우 무척이나 크레이지합니다.

결국 제 머리의 처리 능력이 이즈음에서 한계에 달했습니다. 뭐가 뭔지 도무지 알 수 없어서 울고 싶어졌습니다.

이상한 것은, 마을 사람들이 이렇게나 이상해진 와중에도 저는 나름대로 평정심을 유지하고 있다는 점이었습니다.

딱히 저렇게 되고 싶은 것은 아니지만, 어쩐지 소외감과도 닮은 기분을 느끼고 말았습니다.

어쩐지 이 자리에서 저 혼자만이 제정신으로 있는 탓에, 이 사태를 해결할 수 있는 건 저 한 명밖에 없다고 하는 감각에도 빠지고 말았습니다.

으음 귀찮아라.

"…………."

저는 일단 사람들이 뛰어다니는 거리를 적당히 걸었습니다.

비명과 교성이 뒤섞인 속에서 저는 조용히 사태 관찰에 애썼습니다.

그러고 보니 항구에 마법 총괄 협회 지부가 있었던 것 같은데요. 그곳에 가보는 게 좋을지도 모르겠습니다.

틀림없이 제가 상자를 연 탓에 이러한 사태가 되어버렸을 테지만── 저는 지금 저 자신에게 무슨 일이 일어났는지도 전혀 이해하지 못하고 있었습니다.

"…………."

그리고 제가 한동안 길을 걸었을 때였습니다. 저는 무사히 항구에 도착했습니다만, 마법 총괄 협회 지부까지 왔습니다만.

"아앗! 아, 아아아…… 이건…… 진짭니까……. 우와 위험해."

그러나 이상한 사람의 모습은 당연하다는 것처럼 여기에도 있었습니다. 지부 옆에 위치한 찻집 유리창을 바라보면서 우와우와 하고 소리를 지르고 있는 이상한 여자아이의 모습이 있었던 것입니다. 어디를 어떻게 보아도 수상한 사람.

온 도시가 이상해진 지금, 찻집 유리창을 바라보면서 "하아아…… 좋아……♥" 같은 말을 속삭이는 사람 같은 건, 솔직히 말씀드려서 딱히 특별할 것도 뭣도 없습니다. 그러나 왠지 모르게 저것과 얽히면 좋은 꼴을 못 볼 것 같은 예감이 들었습니다.

"…………."

저는 몰래 그 모습을 바라보고 있었습니다. 보기에 따라서는 저도 수상한 사람이겠군요.

"역시 귀여워…… 어디를 어떻게 봐도 엄청 귀여워……."

"…………."

신기하게도 그 소녀의 모습은 제 눈에 익었습니다.

복장은 지극히 단순한 스웨터와 플레어스커트. 머리카락은 잿빛. 부드럽게 뻗은 머리카락은 반 묶음으로 정리되어 있었습니다. 유리색 눈동자는 거울에 비친 자신의 모습을 사랑스럽다는 듯이 바라보고 있었고, 심지어는 눈동자에 하트가 떠 있는 것처럼 보일

지경이었습니다. 입은 칠칠치 못하게 떡 벌리고 "쪼아······♥" 하고 중얼거리는 말의 끄트머리에도 하트가 보였습니다.

자꾸 몸을 배배 꼬면서, 허리니 어깨를 더듬거리고 있는 그 소녀는 아마도 마녀이자 여행자.

그런데, 그 소녀란── 그것은, 대체, 누구인가.

······저입니다.

"············."

어째서? 어째서 제가 둘 있는 거죠?

제가 고개를 갸웃거리며 그 여성에게 접근했을 때, 저는 자신의 모습이 다른 것으로 뒤바뀌고 말았다는 사실을 깨달았습니다.

거울에 비친 **저**의 모습은 검은 삼각 모자, 검은 로브를 차려입은 마녀 총괄 협회의 마녀.

숯 같은 검은 머리카락을 어깨까지 길렀고, 눈동자고 검정. 아마도 동양 출신일 테지요.

"사야, 씨······?"

그랬습니다. 전에 만났을 때보다도 머리는 더 자라 있었지만, 그것은 틀림없이 분명 사야 씨, 그 사람이었습니다.

"일레이나, 씨······?"

제 목소리에 돌아본 **제** 모습을 따라 한 누군가가 누구인지도 그때 이해했습니다.

"············."

그리고 우리는 찻집 바로 앞에서 얼굴을 마주했습니다. 마치 거울처럼 서로의 얼굴을 바라보는 그 얼굴은 너무나도 멍했고,

지금 우리에게 무슨 일이 일어난 것인가를 명확하게 이해하기까지는 잠시 시간이 필요했습니다.

우리에게 찾아든 의미 불명의 사태는 요약하자면 이렇습니다.

혹시.

우리.

뒤바뀐 거야……?

○

우선은 일단 진정하기로 하죠.

그런고로 찻집으로 도망쳐 들어간 우리는 "어서 오세…… 아앙! 점장님 좋아요!"라며 어딘가로 달려가 버린 웨이트리스를 무시하고서 창가 자리에 앉았습니다.

"네? 어떻게 된 건가요? 뭐가 뭔지 의미를 모르겠군요. 설명해 주세요."

사야 씨 모습을 한 저는 맞은편 자리에 앉은 제 모습을 한 사야 씨의 어깨를 획획 잡아 흔들었습니다.

"나한테 물은들 몰라요! 뭔가 사탕을 먹었더니, 나, 일레이나 씨가 되어버려서……. 하지만 온 도시가 이렇게 된 이유는 나도 몰라요."

이런.

"아, 그건 딱히 상관없습니다. 대강 이유는 알고 있습니다."

"네?"

"……그나저나 우리가 뒤바뀐 이유 말인데요."

그렇군요. 사탕 때문입니까. 분명 저는 먹었습니다. 사야 씨 입 안에도 있었습니다만…….

"아니, 그것보다 도시가 이렇게 된 이유를 안다는 건 무슨 뜻인 가요?"

"……뭐, 일단 그건 제쳐두죠."

저는 양손을 옆으로 홱 움직였습니다.

"아! 그러고 보니 나, 상자를 갖고 있었을 텐데요……. 어라? 어디 갔죠? 절대로 열면 안 되는 위험한 물건이랬는데."

이번에는 두 눈을 옆으로 돌렸습니다.

"어? 뭔가요? 그 반응은."

"…………."

"……혹시 연 건가요?"

휙 몸을 앞으로 내미는 그녀.

"…………."

더는 피할 수 없다는 것을 깨달았습니다.

"……그게, 살짝?"

"살짝? 무슨 짓을 한 건가요?! 정말이지!"

토닥토닥 귀엽게 저를 때리는 사야 씨. 모습이 저인 탓에 몸보 다 정신 쪽에 더 많은 대미지를 받았습니다.

"그런 걸 열면 변변찮은 일밖에 없을 게 당연하잖아요!"

"아뇨, 열면 안 된다는 말은 한마디도 못 들었으니까요."

"내 여동생이 말리지 않았나요?"

"여동생?"

"나랑 일레이나 씨가 서로 뒤바뀌었다면, 내가 있던 곳에는 내 여동생이 있었을 거예요. 없었나요? 검은 머리카락에 묘하게 섹시한 여자아이."

"…………."

──하아아아아아아아……좋아해♥

──언니…… 나, 오래전부터 언니를…….

"아………… 있었네요……………………."

"일레이나 씨 눈이 맛이 갔어?"

"……당신들 자매는, 그, 닮았네요……."

"네? 그런가요?"

그리 싫지 않은 듯 그녀는 "에헤헤" 하고 칠칠치 못하게 표정을 풀었습니다.

"제 얼굴로 그런 표정 짓는 건 그만둬 주시겠어요?"

어이없어하며 창밖으로 시선을 돌렸습니다.

도시는 여전히 혼돈 속. 누군가가 누군가를 계속해서 쫓고 있습니다.

"일레이나 씨 뭘 보고── 아앗! 좋아!"

한편 사야 씨는 사야 씨대로, 제 시선을 뒤쫓은 직후에 가게의 유리창에 비친 자기 자신(저입니다만)의 모습에 찰싹 달라붙어 버렸습니다. 정말 뭐가 뭔지 모르겠습니다.

뭐 하는 겁니까? 머리가 어떻게 된 겁니까?

"일단 유리창에서 떨어져주세요."

"싫어요! 나는 이제 평생 일레이나 씨한테서 떨어지지 않을 거예요!"

저는 한숨을 내쉬었습니다.

"……일단 지금, 우리가 가장 우선적으로 해야 할 일은, 이 도시를 원래대로 되돌리는 것일 테죠── 아니, 우리가, 라기보다는 제가 해야 할 일이지만요."

원인은 제가 만들었으니까요.

"그럼 지금의 나는 일레이나 씨니까. 실질적으로는 나도 해야 한다는 방향이면 되는 거겠죠?"

헷갈리는 상황에 헷갈리는 말투지만 협력해주겠다고 말하고 있는 모양입니다. 감사합니다만 유리창에서 떨어져!

"……하지만, 그 상자의 내용물은 뭐였던 걸까요? 도시에 연기가 가득 차더니, 모두 이상해지던데──."

사야 씨는 응응 하고 고개를 끄덕이며 그렇게 말한 다음 고개를 모로 꼬았습니다. 떨어져! 유리창에서.

"…………."

짚이는 바가 없는 것도 아닙니다. 상자를 섬나라로 운반한다는 여동생분의 말과 그 상자를 연 순간 모습이 달라진 도시 사람들.

이것은 마법이라기보다 저주입니다.

사야 씨가 창문 유리에 비친 저를 보고서 제정신을 되찾은 것을 보았을 때, 도시에 가득했던 것은 사랑의 묘약 같은 강력하고 성가신 것은 아니었던 모양입니다──.

……아무튼 그걸 안다고 해서 지금 여기서 대처할 수 있는 것

도 아닙니다.

결국 사태가 최악의 상황이라는 점은 달라지지 않았습니다.

"골동당 녀석들이라면 뭔가 알고 있을지도 몰라요."

어찌할 도리가 없어 머리를 움켜쥔 저에게 사야 씨는 손바닥을 주먹으로 통 두드리면서 말했습니다.

"동생에게 들은 이야기인데, 녀석들은 상자의 내용물을 처음부터 알고 있던 것 같았어요. ……어쩌면 대처법도 알고 있을지도 몰라요."

사야 씨는 그렇게, 여동생에게 들었던 이야기를 처음부터 순서대로 말해주었습니다.

이러저러 여차저차.

그 이야기는 요약하면 즉.

"……골동당 녀석들을 찾아서 체포하고, 모조리 불게 하면 이 사태를 해결할 수 있을지도 모른다, 라는 건가요?"

그녀는 제게 고개를 끄덕여 보였습니다.

"게다가, 추측이지만 우리가 뒤바뀐 원인도 골동당이 얽혀 있을 것 같은 느낌이 들어요."

"……뭐, 사탕을 먹으면 뒤바뀌다니. 우연이라고 하기에는 지나치니까요."

그러니까 계획적으로 우리에게 사탕을 먹게 했고, 이렇게 뒤바뀌어버린 것이 아닐까, 라는 말이었습니다.

이치에 들어맞습니다.

상자를 열도록 유도당했다고 가정한다면, 의 이야기지만 말이죠.

"아무튼 골동당이라는 녀석들의 일원을 찾아야만 하겠군요."

이런 때에 형편 좋게 상대 쪽에서 나타나 주면 움직여야 하는 수고가 줄어서 매우 편할 텐데 말이죠—.

그렇게.

제가 한숨을 흘리던 때였습니다.

"움직이지 마아아아아아아아아아아아아앗!"

콰앙, 찻집 문을 차 부수며 얼굴을 천 조각으로 가린 매우 수상쩍은 집단이 줄줄이 모습을 드러냈습니다.

그들은 제각기 이상하게 낡은 검이니 총이니 활이니 창이니, 혹은 평범한 펜이니 프라이팬이니 하는 무기부터 생활잡화까지 뭐든 들고 있었습니다. 보기에 따라서는 폐품 회수업자가 쓰레기를 들고 있는 듯도 보였습니다.

"꾸물대지 마! 연기 효과는 하루도 안 간다! 그때까지 훔칠 수 있을 만큼 훔쳐서 튀어야 해! 너희들! 사양 말고 어서 해치워버려!"

그들은 하나같이 "우홋!" 같은 소리를 지르면서 가게 안을 뒤엎고, 손님 지갑에서 돈을 빼앗고, 계산대에서 돈을 빼앗고, 심지어는 테이블 같은 물건들을 부수기 시작했습니다.

세상에.

이 무슨 비열한 놈들인가요. 애초에 그들은 누구일까요?

우리는 서로 얼굴을 마주 보았습니다.

"…………."

"…………."

"그러고 보니 내 여동생이, 골동당 녀석들은 이 도시의 모든 가게에서 돈을 빼앗을 거라고 했었어요."

"호오오, 마침 잘됐네요."

그리고 저는 일어섰습니다.

○

"⋯⋯⋯⋯⋯⋯⋯⋯⋯⋯저기, 깝죽거려서 죄송합니다."

"아뇨 아뇨, 딱히 상관없습니다. 리더가 있는 곳만 가르쳐주신다면."

밧줄에 묶인 남자들을 걷어차며 "우후후" 하고 웃는 무시무시한 마녀가 그곳에는 있었다고 합니다. 검고 윤기 흐르는 머리카락을 어깨까지 기른 그녀는 검은 로브와 삼각 모자를 착용하고, 남자 놈들을 차고 차고 또 차댔습니다.

정말이지 비열합니다.

그나저나 그 마녀는 누구인가.

그렇습니다. 사야 씨입니다.

"거짓말하지 말아주세요. 일레이나 씨."

"⋯⋯⋯⋯."

제 등 뒤에서 잿빛 머리카락을 가진 소녀가 이쪽을 빤히 바라보고 있었습니다.

내용물이 사야 씨인 제가 그곳에 있었습니다만, 잘 생각해보면 이제 이건 겉모습이 저니까 실질적으로 저라는 것으로 괜찮은 것이 아닐까요?

저는 이제 여러 가지로 강경하게 행동하기로 정했습니다.

"내 몸으로 마구 날뛰지 말아 주세요. 사건이 해결된 후에 내가 여러 사람들에게 혼나잖아요."

그녀는 토라져서 뺨을 부풀려 보이고 있었습니다.

저는 지금 사야 씨의 몸에 들어와 있으니 그것은 즉, 지금의 제가 무슨 짓을 하든 상황이 끝난 다음에 혼나는 것은 사야 씨라는 것이 됩니다.

과연, 그렇군요.

저는 천 조각 남자들 중 한 명 앞에 앉았습니다.

"어서 말해주세요. 아니면 당신 손가락을 하나씩 반대로 뽀각 할 거예요."

반대로 뽀각.

보통은 꺾이지 않는 방향으로 뽀각 하고 꺾어버리는 잔혹하고 무시무시하고 사디스틱 한 행위를 속된 말로 그렇게 표현합니다. 이번에는 마법으로 손가락을 뽀각 해버리도록 하죠.

"흐, 흥······! 나는 골동당의 일원이다! 그런 협박에 굴할 리가──."

"에잇!"

뽀각.

"아아아아아아아아아아아아아아아아아아아아아아아아악!"

단말마가 울려 퍼졌습니다.

"자, 잠깐 잠깐! 잠깐 기──."

"으랏차!"

뽀각.

"아아아아아아아아아아아아아아아아아아아아악!"

단말마가 또다시 울렸습니다.

"잘못했어요 잘못했어요! 말할 테니까! 말──."

"엑?"

뽀각.

"아아아아아아아아아아아아아아아아아아아아아아악!"

남성은 골동당이라는 반사회적 조직에 소속되어 있으면서도 정의감이 넘치는 신사적인 분이었는지, 제 질문에 흔쾌히 답해주었습니다.

"거짓말하지 말아 주세요. 일레이나 씨."

"…………"

제 등 뒤에서 잿빛 머리카락을 한 소녀가 실망한 모습으로 저를 바라보고 있었습니다.

그리하여 우리는 남자가 알려준(불게 한) 리더가 있는 곳으로 향했습니다. 아무래도 리더라는 녀석은 이 도시의 술집 지하에 몸을 숨기고 있는 모양이었습니다.

"……우으…… 나의 일레이나 씨가…… 사람 손가락을 간단히 부러뜨리고 웃는 사디스트였다니…… 너무해……."

그곳으로 향하는 동안, 뒤에서 훌쩍훌쩍하며 눈물을 흘리는 소녀가 있었습니다.

저는 그쪽으로 힐끔 시선을 보냈습니다.

"혹시 정말로 남자의 손가락을 꺾어버렸다고 생각한 건가요? 그리고 나는 딱히 당신의 일레이나가 아니니까, 그 점 유념해주세요."

"엑? 하지만 일레이나 씨, 내가 준 펜던트 하고 있잖아요. 여기, 봐요."

"아, 그건 팔려고 했던 겁니다."

"너무해……."

"…………."

저는 한숨을 내쉬었습니다.

"뭐, 아무리 그래도 그건 농담이지만── 그리고 제가 남자의 손가락을 꺾어버렸다는 건 거짓말입니다."

"…………아니, 하지만 일레이나 씨. 나는 분명히 뒤에서 남자의 손가락이 이상한 방향으로 꺾이는 걸 봤거든요?"

"이런 식으로 말인가요?"

저는 에잇 하고 자신의 손가락에 마법을 걸어서, 손가락을 뽀각 해 보였습니다.

"아아아아아아아아아아아아아악!"

단말마는 그녀의 것이었습니다.

"무, 무무무무무슨 짓을 하는 거예요? 아아아아악! 내, 내 손가락이이이이이이이이이!"

"진정하세요."

그보다, 제 몸으로 그런 얼굴 하지 말아주세요.

"히이이이이이이이이이이이이이이이이이이이이이이이이이이이이이이이이익!"

"진정하라고 말했잖아요."

저는 자신의 손가락에 건 마법을 풀었습니다.

손가락은 곧바로 원래대로 돌아갔습니다. 아무 일도 없었던 것처럼 손을 쥐고 펴는 것도 가능했습니다.

"히이이……어라?"

눈을 크게 부릅뜨면서 그녀는 고개를 갸우뚱거렸습니다.

"어떻게 된 거지……?"

"단순히 마법을 걸어서 손가락의 가동 범위 한계를 최대한으로 넓혔을 뿐이에요."

사람 손가락의 가동 범위는 대략 역방향으로 90도 정도. 한계에 가까울 때까지 손가락을 억지로 넘겨보면, 그것만으로도 꽤 아픕니다. 마법으로 갑작스럽게 손가락을 그 정도로 억지로 벌렸을 경우, 손가락이 간단히 꺾였다고 착각해버리는 것입니다.

실제로는 이 행동에 더해 남자의 통각도 조작했지만, 딱히 이야기할 필요를 느끼지 못했기 때문에 그 부분은 묻어두기로 했습니다.

"……하지만 실제로 꺾인 게 아니라면, 그 이상한 소리는 뭐였던 건가요?"

"셀러리를 부러뜨렸습니다."

"셀러리."

남자는 밧줄에 묶여 있었기 때문에 소리와 통증으로 손가락이 부러졌다고 착각했고, 결국 다른 의미에서 꺾이고 말았던 것입니다.

말로 하면 그저 그뿐인 일입니다.

"뭐, 이런 일이 가능하기 때문에 그들은 마법사를 기피하고 있는 것일 테죠——."

그런 이야기를 담담하게 나누면서, 우리는 소란에 휩싸인 거리를 걸어갔습니다.

술집에 도착한 것은 그때부터 잠시 시간이 흐른 뒤였습니다.

○

술집 지하—— 그곳은 어두컴컴한 방이었습니다. 정체된 공기가 가득한 가운데 천장에 매달린 램프가 오렌지색 빛을 떨구고, 실내에 날아다니는 먼지들을 반짝거리게 하고 있었습니다.

그 안쪽에, 골동당을 지휘하는 인물의 모습은, 분명 있었습니다.

"후후후…… 하하하…… 에헤헤헤헤……."

기분 나쁜 웃음소리를 내는 그녀는 빨간 머리카락을 길게 기른 여성이었습니다. 나이는 알 수 없었습니다. 그러나 그 목소리는 들은 적이 있었습니다.

"후후…… 지금쯤 도시의 소란을 틈타 내 부하들이 돈을 빼앗고 다니겠구먼…… 헤헤헤……."

아무래도 이쪽으로 등을 보인 채 책을 읽고 있는 탓에 우리가 나타났다는 것은 전혀 눈치채지 못한 모양이었습니다. 이 얼마나 어리바리한지.

"마법 총괄 협회 사람이 이 마을에 온 타이밍에 민간인과 영혼을 뒤바꾸고, 짐인 상자를 열게 한다…… 이 얼마나 완벽한 계획인가…… 헤헤헤헤…… 이걸로 이 도시는 내 것이니라!"

혼잣말이 많은 그녀가 한 말은, 바로 지금 우리 몸에 일어난 상황의 전말을 밝혀주기에 충분했습니다.

사복 차림인 저와 로브를 입은 사야 씨.

사야 씨가 이 도시를 경유하여 섬나라에 보낼 예정이었던 짐을 노리고 있던 그녀들은 사야 씨가 이 도시에 온 타이밍에 상자를 열도록 상황을 꾸몄던 것일 테지요.

그러기 위해서는 최면이니 뭐니, 혹은 힘으로 빼앗는다는 방법도 있었을 거라고 생각합니다. 하지만 그들이 선택한 수단은 뒤바꾸는 것이었나 봅니다.

"그 사탕을 먹으면 인간의 영혼이 뒤바뀌지…… 그러면 상자도 열 것이 틀림없느니라! 실로 계획적인 수단이니라! 으하하하하하! 이번에야말로 나의 완벽한 승리니라!"

아니, 작전 너무 엉성하지 않나요?

뭐, 그 엉성한 작전에 감쪽같이 걸려버린 우리는 어찌할 도리도 없을 만큼 얼이 빠진 것이 되겠지만 말이지요…….

"그런데 어째서 마법사와 민간인의 영혼을 뒤바꿔 버린 건가요?"

마법사와 골동당 사람의 영혼을 뒤바꿔 버리는 편이 확실하지 않은가요?

"어째서, 냐고? 그런 건 당연하지 않으냐!"

후하하 하고 소리 높여 웃으면서 그녀는 말했습니다.

"그게, 뒤바뀐다는 건, 마법사의 몸에 들어가야 한다는 말이지 않으냐? 지옥이지 않겠느냐?"

"…………."

과연, 그렇군요.

확실히 자신이 엄청나게 싫어하는 인간이 되어 하루를 보내라는 말을 듣는다면 저도 싫을 겁니다. 구역질을 불러옵니다.

"하지만 그 민간인과 마법사가 우연히 아는 사이일 수도 있다는 가능성을 당신은 고려하지 않은 건가요?"

제가 통 하고 그녀의 어깨에 손을 올리자 그녀는 "으응?" 하고 뒤를 돌아보았습니다.

"그런 일이 있을 리——"라면서.

거기서 그녀의 표정이 굳어졌습니다.

우뚝, 마치 시간이 멈춰버린 것처럼 입을 연 채 이쪽을 바라본 그녀는 희미하게나마 시선을 좌우로 움직이며 이마에 땀을 흘렸습니다.

"…………어?"

그리고 드디어 말을 하기 시작했습니다.

"……너희, 이런 데서 무얼 하는 게냐?"

실로 가느다란 목소리였습니다.

"잠깐 상품을 사러 왔습니다."

저는 단호하게 그녀에게 답했습니다.

"사탕, 있습니까?"

287

○

"·····················후우우."

절망적인 사실이 판명되었습니다.

예비 사탕은 존재하지 않는다.

원래대로 돌아가려면 하루가 지나기를 얌전히 기다려야만 하나 봅니다. 좀처럼 사탕을 내놓지 않았던지라 그녀의 몸에 직접 물어보았더니 그런 말이 돌아왔습니다.

이 무슨 성가신 일인지.

"하루 지나면 원래대로 돌아오는 거죠? 그건 틀림없겠죠?"

제가 묻자 그녀는.

"·····················훌쩍."

눈물을 글썽인 채 고개를 끄덕였습니다.

이 좀도둑 집단에게 있어 마법사는 존재 그 자체가 방해였던 모양입니다. 그 때문에 벌인 일이 온 도시에 예의 그 상자에서 나온 연기를 가득 퍼지게 하는 것. 그들은 상자의 내용물이 어떠한 것인지를 어둠의 루트로 알아냈고, 그것을 손에 넣기 위해 영혼을 뒤바꾸는 계획을 실행했습니다.

그런 사정이었다고 합니다.

"어떡할 겁니까? 당신들 탓에 도시가 엉망진창이지 않습니까?"

조금 전 찻집에 침입했던 녀석들의 이야기에 따르면 하루도 지나지 않아 원래대로 돌아간다는 모양입니다만, 그러나 우리만으로 모든 강도를 제압할 수 있을 리 없었습니다. 게다가 이번 사건 탓에 사람들이 마구 날뛰어, 도시가 이미 엉망진창이 되었다는 점은 변함이 없습니다. 최악의 사태입니다.

"흐, 흥! 너희들은 아무래도 와야 할 곳을 틀린 모양이구나! 내 가 있는 곳에 와본들 도시는 원래대로 돌아가지 않는다만? 내 부 하들은 우수하니라! 훔칠 수 있는 만큼 훔치면 이 도시에서 곧바로 도망치라고 말해두었느니라! 하하하! 내 승리니라!"

"…………."

"…………."

딱히 승부를 벌일 마음은 털끝만큼도 없는 데다, 애초에 우리는 원치 않는 일에 휩쓸렸을 뿐입니다. 어째서 우리에게 의기양양한 얼굴을 하는 걸까요?

"당신, 자신의 처지를 알고 있는 건가요?"

저는 그녀를 벽 쪽으로 몰아붙이고 그대로 벽에 손을 탁 짚었습니다.

"당신은 지금 우리 손안에 있습니다──. 당신을 인질로 삼아서 녀석들을 불러들여 일망타진하는 것도 가능하죠."

"흐, 흥……. 협박이냐? 내 동료는 그런 거로 순순히 나타나거나 하지 않을 게다."

"그럼 나타날 때까지 손가락을 하나씩 정성스럽게 꺾도록 하죠. 그래도 안 나타난다면 이번에는 손톱을 뽑기로 할까요? 그래도 안 된다면 팔을 꺾죠. 그래도 안 된다면 그때는 쓸모없어진 손가락을 하나씩 잘라내겠습니다. 온갖 방법을 다 동원해서, 당신이 목소리가 나오지 않을 만큼 울부짖어도 저는 절대로 손을 멈추지 않을 겁니다. ……녀석들 전원이 나타날 때쯤이면 당신은 어떻게 되어 있을까요?"

다소 협박하는 느낌으로 말해도 그다지 반성하지 않는 것 같기에 저도 그만 그런 식으로 말해버리고 말았습니다.

"…………흐에에."

그녀는 울었습니다.

"일레이나 씨, 어느 쪽이 악역인지 모르겠어요."

사야 씨는 "으아아" 하며 질색하고 있습니다.

그러나 저도 악마는 아닙니다. 가능하면 그러한 거친 행동은 피하고 싶습니다. 가능하다면 원만하게 상황을 해결하고 싶은 마음입니다.

그렇다고는 하나 지금부터 그녀의 수하를 찾으러 다녀본들, 아마도 전원을 다 잡아들이는 것은 불가능할 테지요──.

곤란하네요.

결코 얼굴에는 드러내지 않았지만 저는 엄청나게 곤란해하고 있었습니다.

"──아니, 찾을 필요 없어."

그런 목소리가 지하에 울린 것은 제가 한동안 덧니 씨를 노려보던 무렵이었습니다.

귀에 익은 목소리였습니다.

"…………."

돌아보니 그곳에는 두 사람의 마녀가 있었습니다. 그리고 검과

창과 활과 도끼 같은 무기부터 문방구와 평범한 가재도구와 조리도구 같은 온갖 잡동사니로 보이는 물건의 산이, 있었습니다.

눈에 익은 마녀가 두 사람 있었습니다.

별무리처럼 부드러운 금색 머리카락을 머리 뒤에서 묶은 마녀가 한 명. 로브를 걸치고 가슴에는 별을 본뜬 브로치와 달을 본뜬 브로치가 있었습니다.

"오랜만이에요——."

그리고 어두운 밤처럼 검은 머리카락을 부드럽게 늘어뜨린, 느긋한 분위기가 흘러넘치는 마녀가 한 명. 검은 로브와 삼각 모자를 착용하고, 가슴께에는 별을 본뜬 브로치를 하나 달았습니다.

"밖에서 날뛰던 골동당 녀석들이라면 걱정하지 마. 우리가 전부 처리했으니까."

담뱃대의 연기를 내뱉으면서 금발 마녀는 말했습니다.

"그나저나 어쩌다 이런 일이 벌어진 건가요? 질리지도 않고 또 날뛴 건가요?"

이상하다는 듯이 고개를 갸웃거리면서 검은 머리카락의 마녀는 말했습니다.

설마 이런 곳에서 재회할 줄 누가 알았겠습니까.

설마 이런 곳에 올 줄 누가 알았겠습니다.

만약 조금이라도 알았다면 몸치장 하나라도 했을 텐데—지금의 제 모습은 도저히 남에게 보여줄 것이 못 되었습니다.

애초에 저는 제가 아니고요.

"……스, 스승님."

제 모습을 한 사야 씨는 주르륵 땀을 흘리면서 금색의 마녀를── 실라를 바라보았고.

"……서, 선생님?"

사야 씨의 모습을 한 저로 말하자면, 완전히 넋이 나간 얼굴로 흑발 마녀를── 프랑 선생님을 바라보고 있었습니다.

그리운 얼굴이 둘 있었습니다.

……그보다, 사야 씨. 방금 실라 씨를 스승님이라고 불렀나요?

○

이상해지고 만 도시를 원래대로 되돌리는 방법은 의외로 단순했습니다. 다시 한번 상자를 여는 것이었습니다.

우리 네 사람의 손에 의해 마법 총괄 협회에 넘겨진 덧니 씨는 사실을 있는 그대로 이야기해주었습니다.

사야 씨의 여동생이라는 분이 갑자기 이상한 상태가 되어버린 탓에, 저는 도망치듯이 그녀 앞을 떠났었습니다. 그리고 결과적으로 상자를 그곳에 그대로 두고 와버렸기 때문에 사태 수습이 뒤로 밀린 모양이었습니다. 정말이지 경솔하군요. 아니, 제가 잘못한 거지만요. 아니, 하지만 저는 머리가 멍했거든요?

그럼 어쩔 수 없지요. 저는 잘못하지 않았습니다.

아무튼, 결국 사야 씨의 여동생── 미나 씨의 방으로 돌아온 우리는 상자를 열어서 나라를 원래대로 돌려놓았습니다.

"……아직도 자고 있어."

참고로 미나 씨는 여전히 꿈나라. 바닥 위에서 새근새근 자고 있었습니다.

"어라? 어째서 자고 있는 거죠? 무슨 일이 있었던 건가요?"

빤히 저를 바라보는 사야 씨.

"아무 일도 없었어요."

오히려 당했습니다.

말하지 않을 거지만. 말할 수 없지만.

도시가 정말로 원래대로 돌아갔는지를 확인하기 위해서——그리고 겸사겸사 관광을 하기 위해 우리는 나란히 거리를 걸었습니다.

"우으…… 나는 대체…… 뭘……?"

어째선지 거울 앞에서 반라 상태로 있던 남자가 머리를 감싸 쥐며 일어났습니다.

"어머 세상에. 나도 참……."

어느 가게의 웨이트리스 씨는 예쁘장한 남자 위에서 일어났습니다.

"……어, 어이! 뭐야 너! 착 달라붙어서……."

"다, 당신이야말로! 하지 마요! 나는 딱히 당신 같은 거——."

길거리에서는 새콤달콤한 청춘이 펼쳐지고 있었습니다.

아무래도 모두 원래대로 돌아간 모양입니다.

"……다행이다."

사야 씨가 안도하며 가슴을 쓸어내렸습니다.

"그러게요."

저는 조용히 고개를 끄덕였습니다.

……뭐, 우리는 원래대로 돌아가지 못했지만요!

"그나저나 두 사람이 함께 있다니, 의외네요. 실라의 제자가 이 도시에 와 있다는 건 알고 있었지만, 설마 일레이나까지 있을 줄은……."

우후후, 하고 곁에서 나란히 걸으면서 프랑 선생님은 사야 씨를 다정하게 바라보았습니다.

……아직 사야 씨와 몸이 뒤바뀐 상태이고, 그것을 밝힐 타이밍조차 없었던지라, 묘한 초조함과 묘한 위화감이 가득한 채 이야기는 진행되어갔습니다.

"뭐, 밖에서 날뛴 골동당 녀석들에게 사건의 전말은 들었어. 두 사람 모두 큰일이었던 모양이던데───. 그 상자, 억지로 열게 했던 거지?"

뒤바뀐 것에 관해서는 듣지 못한 모양입니다.

애초에 골동당이 억지로 상자를 열게 한 탓에 그러한 사태가 되었다고 여기고 있는 모양입니다. 설마 제가 스스로의 의지로 열었을 거라고는 생각하지 않나 봅니다.

실라 씨는 "뭐, 이번에는 큰일이었어"라며 제 어깨에 툭 손을 올리고, 동시에 담배 연기를 얼굴에 뿜었습니다. 담배 냄새.

"두 분은 어째서 이런 데 계신 건가요?"

저는 연기를 손으로 휘저으면서 고개를 갸웃거렸습니다.

그러나 지금의 저는 사야 씨인 이상, 제가 그렇게 고개를 갸우뚱거린 것에는 일말의 위화감이 포함되어 있었던 모양입니다.

"……? 어라? 저, 당신과 면식이 있었던가요?"

프랑 선생님은 고개를 갸웃거렸습니다.

"뭐야, 너. 오늘은 무척 기운이 없는데?"

실라 씨는 의아한 기색을 내비쳤습니다.

덤으로 실라 씨는 빤히 제 얼굴을 응시하고서 찬찬히 눈동자 안쪽의 안쪽까지 들여다보며 "으음……?" 하고 무언가를 찾기 시작하는 지경.

감이 날카로운 것인지 코가 민감한 것인지는 알 수 없지만, 실라 씨는 그 후로 잠시 저를 바라보았습니다.

"……너 오늘은 꽤나 분위기가 다른데."

그리고 그런 확신이 담긴 말을 내뱉었습니다.

……이제 이거 정체를 밝히는 편이 좋은 걸까요……? 그러나 우리가 뒤바뀌었다는 사실을 알리면 알린 대로 사태가 성가셔질 것만 같은데요…… 그보다 우리의 실수가 그러한 사태를 불러들였다고 하는 사실을 이야기하기가 조금 망설여졌습니다.

혼날 것 같기도 하고요.

"아, 혹시 너……."

실라 씨는 아무런 대꾸 없이 잠자코 있는 저를 쿡쿡 찔렀습니다. "그거야? 좋아하는 일레이나 앞이라서 내숭 떠는 거냐?"

무슨 말을 하는 건지.

아니 정말로 무슨 말을 하는 건지.

"아, 잠깐……! 스승님! 쓸데없는 말은……!"

우왕좌왕 허둥대는 사야 씨. 다만 겉모습은 저.

…………..

아아, 이거 뭔가 힘들어…….

뒤에서 얼굴을 새빨갛게 붉히면서 수상쩍게 손을 흔들고 있는 사야 씨는 시야에 넣고 있지 않은지, 실라 씨는 싱글벙글 장난스러운 웃음을 지으면서 제 어깨에 팔을 둘렀습니다. 그리고.

"하핫, 뭐야. 이제 와서 순진한 척하기는. 언제나 『나, 다음에 일레이나 씨를 만나면 일레이나 씨의 ××××를 ×××××로, ×××××××××××××××××』라고 말하는 주제에──."

"아아아아아아아아아아아아아아아아아아아아아아아앗!"

"아, 미안. 본인 앞이었지."

당신은 악마입니까?

"어머, 사야 씨……였던가? 괜찮나요? 얼굴이 빨간데요."

"그야 일레이나랑 ×××××××× 같은 걸 본인 앞에서 폭로당하고 빨개지지 않는 녀석은──."

"아아아아아아아아아아아아아아아아아아아아아아아아아아아아아아아아아아앗!"

"일레이나, 시끄럽군요. 발정기인가요?"

프랑 선생님은 화난 듯이 제 모습을 한 사야 씨를 바라보았습니다.

뭐라고 할까요. 이 상황 정말이지 복잡하고 성가시네요.

어서 내일이 되기를 바라면서 저는 그저 한숨을 내쉴 뿐이었습니다.

○

두 사람이 뒤바뀐 것에 관해서는 결국 실라 씨와 프랑 선생님에게는 말하지 않은 채였지만, 우리의 관계에 큰 타격을 준 것은 말할 것도 없었습니다.

"……저기, 아니에요. 일레이나 씨. 저기 말이죠, 그건 말이죠……."

마을을 잠시 산책하고, 일단은 넷이서 식사를 한 다음에 우리는 잠시 해산하게 되었습니다.

모처럼의 재회이고 쌓인 이야기도 있으니 조금 더 함께 있고 싶은 기분도 있었습니다만, 몇 번이고 말했듯이 저는 제가 아니었고, 이런 상황에서 두 사람과 함께 있었다간 죽을 것 같았습니다.

주로 사야 씨가.

뒤바뀐 탓에 우리는 같은 숙소에 묵게 되었습니다. 형식상, 방을 빌린 것은 저── 즉, 지금의 사야 씨였습니다.

그 김에 사야 씨의 여동생(기절 중)도 우리가 묵는 방으로 연행해 왔습니다. 여자아이 한 명을 짊어진 2인조 여자아이를 본 숙소 주인은 놀라 눈을 부릅떴습니다만, 큰돈을 쥐여주고 입을 다물게 했습니다. 돈은 정의일지니.

"……우으으으으으으으으으으으으으으으으…… 아니에요……."

바닥 위에 웅크린 사야 씨에게 저는 미적지근한 시선을 보냈습니다.

"……저, 딱히 신경 쓰지 않으니까요."

딱히 저를 ×××로 ×××해서 ×××하고 싶다든가, 혹은 ×××로 ×××라든가.

아뇨 아뇨, 신경 안 쓰거든요? 네네, 그렇습니까 하고 생각하는 정도입니다. 진짜라니까요?

"거짓말…… 분명히 질렸잖아요."

"그렇지 않다니까요."

"하지만 일레이나 씨 눈이 죽어 있잖아요."

"이건 사야 씨의 눈이 원래부터 죽어 있기 때문이에요."

"너무해."

"뭐 정직하게 말씀드리자면 좀 질렸습니다."

"역시 그것 봐! 이제 싫어! 나 죽어버릴 거예요!"

사야 씨는 눈에서 눈물을 뚝뚝 흘리면서 자신의 머리를 쿵쿵쿵쿵 바닥에 찧기 시작했습니다.

기이하게도 그녀가 전에 저에게 마법을 가르쳐달라고 졸랐을 때 했던 도게자라는 것과도 닮은 자세로 보였습니다.

그런데 그건 일단 제쳐두고, 그거 제 몸인데 알고 계십니까? 상처가 생기면 어쩌려고 그러는 겁니까 뭐야 그만둬.

"저기 말이죠. 사야 씨. 조금 질리기는 했지만, 그래도 저 딱히 신경 쓰지 않거든요?"

저는 침대에서 내려와 그녀의 어깨에 손을 올렸습니다.

"……흐에?"

저를 올려다보는 그녀의 얼굴은 매우 큐트. 누군가 했더니 제 얼굴이었습니다.

그런 농담을 머리 한쪽으로 밀어내면서 저는 그녀에게 힘껏 미소를 지어 보이면서 말했습니다.

"저, 사야 씨는 원래 그런 사람이라고 생각하고 있었으니까요."

그러니까 딱히 신경 쓰지 않는답니다? 라고.

"이제 싫어어어어어어어어어어! 나 죽어버릴 거예요!"

이런, 실수했군요. 마지막 일격을 가해버린 모양입니다.

"죽는 건 그만두세요. 적어도 내일까지는 기다려주세요."

"아아아아아아아아아아아아아아아아앗!"

쾅쾅쾅쾅쾅쾅쾅쾅. 그렇게 제 머리가 격렬하게 바닥에 부딪히고 있었습니다. 무슨 짓이야 그만둬.

아무래도 아래층 방에 묵는 분에게 민폐인 게 아닐지── 그런 생각을 한 저는 그제야 겨우 진지하게 그녀를 말려야겠다고 생각했습니다.

"저기, 사야 씨. 사춘기니까, 그런 망상을 하는 건 흔히 있는 일이에요. 그러니까 딱히 그걸 폭로 당했다고 해서 풀 죽을 건──."

"그만두세요! 이제 와서 다정하게 대하지 말아 주세요!"

"……죄송합니다──."

"임신해버릴 거야!"

"당신 전혀 질리지 않았군요."

깊이 반성하세요.

"이제 싫어!"

"잠깐…… 저기, 정말로 제 몸을 아프게 하는 건 그만둬 주겠어요?"

우리는 그 후로 한동안 서로에게 소리를 질러댄 듯한 기분이 듭니다. 그것이 얼마나 길었는지는 알지 못하고, 그 소동이 얼마나 소란스러웠는지도 알지 못합니다.

그러나 상당히 시끄러웠나 봅니다.

"…………으음."

사야 씨의 여동생분이 정신을 차리고 말았으니까요.

침대에서 일어난 그녀는—— 낯선 천장에 놀라더니 방을 둘러보고, 그리고 이윽고 우리를 바라보았습니다.

………….

격렬한 자해 행위를 시행하려 하는 사야 씨(제 몸)를 멈추기 위해 그녀를 뒤에서 옭아매고 있던 저(사야 씨의 몸)를 그녀는 보고 말았습니다.

"……언, 니……? 그 사람, 누구?"

어째서 이렇게 안 좋은 타이밍에 일어나버린 걸까요…….

"그래……. 언니가 전부 해결했구나. ……뭐, 내 언니인걸. 그 정도는, 해내는 게 당연하지."

정신이 든 그녀에게는 사건의 전말을 전부 이야기했습니다. 우리가 뒤바뀌고 상자를 열었고, 그 탓에 도시에서 터무니없는 일이 벌어졌다는 것부터 이미 전부 해결되었다는 것까지, 전부.

뒤바뀐 것에 관해서는 잠자코 있어도 좋았을 테지만, 가르쳐주지 않으면 이것저것 더 안 좋을 것 같아서 저는 여신과 같은 상냥함을 발휘하여 가르쳐주었습니다.

"뒤바뀌다니…… 간단히 믿기 어렵네요. 하지만, 그렇다는 건 상자를 열었을 때의 언니는 언니가 아니었다, 라는 거로군요."

흐음흐음 하고 고개를 끄덕이는 미나 씨.

"뭐, 그렇게 되는 거지."

끄덕끄덕 고개를 끄덕이는 사야 씨.

"…………."

미나 씨는 저를 빤히 바라보았습니다. 그리고서 "……뭐, 딱히 어찌 되든 상관없지만. 그런 거" 그런 말을 하기에 깜짝 놀랐습니다.

머리카락을 휙 넘기는 미나 씨. 오늘의 예사롭지 않았던 모습을 사야 씨에게 폭로해줄까도 싶어 말을 꺼내려 했지만, 꾹 눌러 참았습니다.

"그나저나 그 연기는 결국 뭐였던 걸까요? 도시 사람들이 다들 이상해졌었는데 말이죠."

사야 씨는 "음?" 하고 고개를 갸웃거렸습니다.

"아아── 그거 말인데요."

저는 그에 관해 아는 바가 있었고, 통, 하고 손바닥을 주먹으로 두드렸습니다.

"프랑 선생님과 실라 씨에게 부탁해서 덧니 씨를 심문해달라고 했는데, 그거, 사람이 사람에게 가지는 성적 욕구를 백배 높이는 거라더군요. 그러니까, 요컨대 그럭저럭 좋아했던 사람을 앞에 두면 정상적으로 있을 수 없게 되고, 진짜로 좋아하는 사람을 앞에 두면 어찌할 수 없게 되는 저주가 담겨 있었다고 해요."

그래서 마을 사람들은 사람을 뒤쫓아 다니고, 혹은 도망 다녔다고.

아무래도 그런 것인 모양입니다.

"……어찌 되든 상관없어."

머리카락을 다시 휙 넘기는 미나 씨.

호오오. 그렇습니까. 그렇습니까. 그런 태도를 취하는 겁니까.

"뭐, 그러니까 어제 사람들의 상태가 이상해졌던 이유는, 그저 사람이 사람에게 갖는 호의를 제어할 수 없게 되었기 때문이죠. 누구 얘기라고는 말할 수 없지만――."

저는 힐끗 미나 씨에게 시선을 보냈습니다.

"당신의 어제 그 망측한 모습, 말해버릴까요? 괜찮은가요?"

그렇게 전할 셈이었습니다.

"아아아아아아아아아아아아아아아아아아아아아아아아아아아아아아아아아아아앗!"

그러나 저의 시선은 기묘하게도 미나 씨의 옆에 있던 사야 씨에게 단말마를 지르게 했습니다. 당신이 아니에요. 아니, 당신도 어지간했습니다만. 자매가 나란히 어지간했습니다만. 정말이지 뭡니까?

"……딱히 어찌 되든 상관없어."

한편 미나 씨는 저와 사야 씨를 번갈아 보면서 조용히 얼굴을 붉게 물들였습니다. 아무래도 솔직해지지 못하는 그녀는 어딘가 모르게 저와 닮은 듯한 느낌도 들었습니다.

과연, 사야 씨가 저를 스승님으로 골라 마법을 배웠던 이유의 일부를 왠지 모르게 알 것만 같습니다.

○

오늘의 사건 뒤에 있는, 섬나라로 보낼 예정이었던 상자와 기묘한 힘이 담긴 물건들은 상황이 전부 정리된 시점에서 섬으로 보내졌습니다.

섬나라는 1년에 한 번만 정기선을 보내는 매우 번거로운 은닉주의를 가진 나라입니다. 본래라면 이쪽 나라에서 시기가 올 때까지 소중하게 보관해두는 것이 규칙입니다만, 마법 총괄 협회가 곧바로 섬나라에 물건을 억지로 보내버렸습니다.

"회수해줬으니까, 답례 정도는 하시겠지요?"라는 취지의 편지를 덧붙여서.

『네네 고생하셨습니다(다음부터는 발견하는 대로 그 자리에서 부숴버리세요. 매번 돈을 요구받는 것도 민폐예요).』라는 내용이 정성스러운 글씨로 쓰인 편지가 돌아온 것은 그 후의 일입니다. 그 무렵에는 저와 사야 씨의 몸도 완전히 원래대로 돌아왔습니다.

요컨대.

이리하여 우리를 말려들게 했던 불가사의한 사건은 무사히 막을 내렸던 것입니다.

사야 씨와 미나 씨에게는 일이 있고, 저는 여행자. 그리고 실라 씨와 프랑 선생님은 단순히 놀러 와 있을 뿐.

재회했다고 해도 그것은 한때에 불과한 것입니다.

오랫동안 함께 있게 되어버리면 분명 서로 이별이 힘들어질 테니까요.

찻집에서 이별을 앞둔 다섯 명이 앉은 테이블에는, 그러나 이별을 아쉬워하는 분위기가 흐르고 있는 듯도 느껴졌습니다.

그랬으면 좋겠다고, 제가 그리 믿고 싶은 것뿐일지도 모르지만 말이지요.

그때부터 프랑 선생님과 실라 씨는 여러 가지 이야기를 들려주었습니다.

사야 씨의 여동생이 그녀와 마찬가지로 마법 총괄 협회에서 일하고 있다는 것. 사야 씨의 스승님이 실라 씨라는 것. 실라 씨와 프랑 선생님이 과거에 같은 스승님 아래 있었다는 것──요컨대 두 사람은 동문 관계라는 것.

이 나라에서 과거에 골동당과 대치했던 적이 있다는 것. 골동당과의 사건 이후 두 사람은 서로 협력하는 관계가 되었다는 것. 1년에 한 번, 기념 삼아 둘이서 여행을 하고 있다는 것──.

다양한 이야기를 들었고, 우리도 지금까지의 여러 일들을 이야기했습니다. 그야말로 책을 한 권 쓸 수 있을 만큼.

"──맞아. 그러니까, 실라는 옛날부터 이랬어요. 금연이라는 걸 전혀 안 하고, 물론 주변에 끼치는 폐도 전혀 생각하지 않죠. 어때요? 멍청이죠?"

우후후 하고 사야 씨에게 미소 지어 보이는 프랑 선생님.

깨닫고 보니 우리 사이에는 방향성이고 뭐고 없는 잡담이 펼쳐지고 있었습니다.

"호오호오. ……금연해달라고 언제나 말하고 있는데 말이죠. 스승님은 내가 하는 말은 전혀 들어주지 않아요."

"그저 독을 빨아들이는 일이 멋지다고 믿고 있는 거예요."

어쩐지 보기 드문 것을 보고 있는 듯한 느낌입니다.

"…………"

한편 이쪽에서는 미나 씨가 저를 빤히 바라보고 있었습니다.

"……당신이 일레이나 씨, 로군요."

"그런데요?"

"언니한테 이런저런 이야기는 들었어요. 제가 언니를 두고 간 후에 마법을 가르쳐주었다든가, 어느 나라에서 재회했다든가."

"…………"

"그게 정말이지 기쁜 듯이 이야기해주었답니다……."

어째서 분해 보이는 겁니까? 어째서 이를 아득아득 악물고 있는 겁니까? 그만두세요. 무섭잖아요.

그보다.

"어째서 마법사의 나라에서 사야 씨를 두고 가버린 건가요? 그녀는 그 탓에 매우 풀 죽어 있었어요."

저는 사야 씨의 귀에 들리지 않도록 소곤소곤 말했습니다.

"아, 그건 말이지."

하지만 답한 것은 미나 씨가 아니라 실라 씨였습니다.

"바로 마녀가 되기 위한 수행을 시키고 싶었기 때문에 억지로 고향까지 돌아가게 했던 거야. 사야는 꽤 남에게 의존하는 경향이 있잖아? 여동생과 언제까지고 함께 있다간 서로에게 도움이 안 될 것 같았어."

과연, 그렇군요.

"……저는 완전히 정나미가 떨어져서 미나 씨가 사야 씨를 두고 돌아간 건가 했어요."

그 말에 실라 씨는 "흥" 하고 코웃음을 쳤습니다.

"아니 실제로 돌아온 후에 미나한테 엄청나게 욕먹었다니까. 어째서 언니와 떨어져 지내게 한 거냐는 둥, 절대로 용서하지 않겠다는 둥, 평생 저주하겠다는 둥."

"어머."

의외. 아니, 어제의 그걸 생각하면 의외인 것도 아니지만 말이죠.

"이래서는 의존한 게 어느 쪽인지 알 수 없다니까."

"이제 그쯤 해두세요……."

이를 아득아득 악물면서 미나 씨는 얼굴을 새빨갛게 붉혔습니다.

잡담은 그 후로도 계속되었습니다.

목적지를 알 수 없고, 요점이 없고, 그러면서도 어쩐지 재미있는 단순한 잡담. 그것은 어딘가 여행 같기도 했습니다.

○

그러나 평온한 시간도 잠시.

이별의 시간도 물론 찾아오는 법입니다.

"으아아아아아아아아아! 싫어요! 싫어! 돌아가고 싶지 않아요! 나는 일레이나 씨와 좀 더 같이 있고 싶어요!"

자유의 도시 크노츠의 출입국 문 앞에서 꺄꺄 소란을 피우는 성가신 소녀가 한 명 있었습니다. 저 부끄러운 아이는 누구람? 하고 생각했더니만, 사야 씨였습니다.

실라 씨에게 목덜미를 잡혀서 질질 끌려다니는 그녀는 마치 평범한 떼쟁이처럼도 보였고, 혹은 아기 고양이처럼도 보였습니다.

그런 그녀에게 어처구니없어하며 실라 씨는 크게 한숨을 내쉬었습니다.

"무슨 제멋대로인 소릴 하는 거야? 일이 있으니까 돌아간다."

"그럼 일 그만두겠습니다."

"뭐? 그럼 앞으로 어떻게 먹고살 건데?"

"일레이나 씨에게 시집가겠습니다."

"무리입니다."

거부했습니다.

"그렇다는데?"

실라 씨는 코웃음을 쳤습니다.

"언니. 포기해."

미나 씨는 코웃음을 치면서 저를 엄청나게 노려보고 있습니다.

아, 적대시하고 있어…….

엄청나게 적대시하고 있어…….

"싫어어어어어어어어어어어어어! 으아아아아아아아아아아아아아아!"

사야 씨의 단말마 같은 비명은, 그 후로 그녀가 이 나라를 떠날 때까지 끝없이 울려 퍼졌습니다.

마법 총괄 협회에 속해 있는 그녀들에게는 일이 있기 때문에 서둘러 이 나라를 떠나야만 했습니다.

그런고로 저와 프랑 선생님이 사야 씨 일행을 배웅하게 되었습니다.

"……일레이나, 사랑받고 있네요."

프랑 선생님의 메마른 웃음이 옆에서 들려왔습니다.

"……뭐, 그러……네요……."

실로 반응하기 곤란한 말이었던지라 말꼬리가 매우 흐려지고 말았습니다.

"…………."

"…………."

사야 씨 일행을 배웅하고, 우리에게도 이별의 기척이 다가왔습니다.

우리는 그저 아무 말 없이 있을 뿐이건만—그저 사야 씨의 외침이 들리지 않게 되었을 뿐이건만—— 어째서인지 침묵은 매우 무거웠고, 너무나도 견디기 힘들었습니다.

"——내 스승님 이야기는, 이미 했죠? 일레이나."

침묵을 견디기 힘들었던 것은 아무래도 저만이 아니었나 봅니다.

"매우 강하고, 총명하고, 그러나 돈에 인색하고, 자유분방한 여행자라고 이야기했었죠?"

"이야기해주셔서 들었어요."

"그 스승님 말인데요. 누구랑 닮은 것 같지 않은가요?"

제 옆에서 까딱 고개를 기울이는 프랑 선생님.

평소와 같은 표정이 그곳에 있었습니다.

"……글쎄요? 그런 사람, 얼마든지 있지 않나요?"

"당신이랑 닮았어요."

프랑 선생님은 지체하지 않고 바로 그렇게 말했습니다.

"매우 강하고, 총명하고, 그러나 돈에 인색하고. 당신이랑 똑같지 않나요?"

"……혹시 바보 취급 하시는 건가요?"

"여기까지 말했는데도 눈치채지 못했다고 한다면 그럴지도요."

"…………."

저와 닮은 자유분방한 여행자.

아뇨, 저와 닮았다기보다는, **제가** 닮았다고 하는 편이 정확할지도 모릅니다.

어쩌면 그 사람은 잿빛 머리카락과 유리색 눈동자를 가졌고, 검은색 로브와 삼각 모자 차림을 하고 있을지도 모릅니다.

분명 자신감 가득한 사람이었을 테죠.

어쩌면 여행을 하면서 책을 쓰던 사람이었을지도 모릅니다. 저와 닮았다, 라고 한다면.

"당신, 이미 눈치채고 있죠?"

제 마음을 꿰뚫어 보듯이, 프랑 선생님은 담담하게 말했습니다.

"저에게 마법을 가르쳐준 것이 누구인지. 당신이 동경한 마녀가 누구인지. 이미── 훨씬 전부터, 사실은 알아채고 있었던 게 아닌가요?"

"…………."

대체 무슨 말인지 도무지 알 수가 없네요.

"누구인가요?"

"어머, 시치미를 떼는 건가요?"

키득 웃는 프랑 선생님.

"중요한 부분에서 솔직해지지 못하는 건 아직 고쳐지지 않은 모양이네요."

"고쳐지지 않아도 딱히 곤란하지 않으니까요."

"고쳐져도 곤란할 건 없다고 보는데요."

"…………."

"저와 당신이 알고 지낸 지, 이제 얼마나 됐을까요?"

"아직 몇 년 정도예요. 그다지 길지는 않다고 생각해요."

따로따로 떨어져 있는 시간 쪽이 길지 않을까요?

"그러네요── 하지만, 당신에 관한 건 나름대로 알고 있다고 여기고 있어요. 그러니까 당신은 알아요. 우리 스승님에 관한 것도, 동경하던 책의 저자가 누구인지도, 어렴풋이 눈치채고 있다는 것 정도는."

"…………."

"알면서, 보고도 못 본 척하고 있다는 것도 말이죠."

비난할 셈은 아닌 모양입니다. 평소처럼, 눈꼬리가 살짝 늘어진 눈을 가늘게 뜨고서 다정하게 미소를 지어 보이는 프랑 선생님이, 거기에 있었습니다.

어쩐지 너무나도 그리워서 직시할 수 없습니다.

저는, 그래서 시선을 돌리면서 중얼중얼 이야기했습니다.

"그 책의 저자는——."

『니케의 모험담』

그것이 내가 동경한 책의 제목입니다만.

"……저자는 책 다섯 권분의 여행을 하고, 그 이후에는 소식이 없습니다. 어딘가로 사라져버린 것처럼. 책만을 남기고 홀연히 사라져버렸어요. 그 이후의 출판도 없고, 결국 저자가 어디 사는 누구인지도, 알려지지 않았죠."

"그렇죠……."

"언젠가 제가, 그걸 알게 된다면, 분명 저의 자유로운 여행은 끝나버릴 것만 같은 기분이 들어요."

제가 여행을 시작한 계기는 『니케의 모험담』 저자와 상당히 관계가 있었고, 그 저자가 간 길을 쫓거나, 혹은 저자의 모습을 느끼면서 여행을 자아왔습니다.

만약 제가 저자가 누구인지를 안다면 어떨까요?

여행을 계속할 이유를 잃어버리는 것은 아닐까, 저는 그렇게 생각했는지도 모릅니다.

그렇다면 보고도 못 본 척을 하는 편이 편할지도 모릅니다——그런 식으로, 어쩌면 그렇게 생각하고 있었는지도 모릅니다.

"저는 아직 여행을 계속하고 싶고, 아직 나라들을 돌고 싶어요.

느긋하게, 좋아하는 걸 하고 싶어요."

다섯 권으로 끝나지 않을 그런 이야기로 만들고 싶다고 생각하고 있었습니다.

그러니 아직 끝낼 수는 없고, 알아챌 수도 없습니다. 저는 그저 재의 마녀로 있고 싶습니다. 평범한 여행자로 있고 싶습니다.

단순 명료하게 말씀드리자면, 그저 그뿐입니다.

"…………."

프랑 선생님은 저의 애매한 태도를 탓하지는 않았습니다. 낙담하는 것도 아니고, 그저 저를 바라보며 그녀는 "……딱히 당신에게 영향을 준 인간이 그 누구라 해도, 당신이 그걸 깨달았다고 해도, 달라질 건 아무것도 없다고 생각하지만요."

"……그럴까요?"

"그럴 거예요. 아나요? 내 스승님, 계산적으로 행동하고 있는 것처럼 보이지만, 꽤 엉성한 성격이었답니다."

"…………."

진짭니까?

"그리고 당신도 꽤 엉성해요."

"…………."

진짭니까?

"그러니 딱히, 그런 사소한 걸 신경 쓸 필요는 없다고 생각해요."

프랑 선생님은 웃었습니다.

"하지만, 언젠가 한 번쯤은 고향에 돌아가 주세요. **당신의 어머니**는, 당신을 언제나 걱정하고 있으니까요."

"……그러네요."

조만간.

그게 언제가 될지는 모르지만 말이죠——.

"당신은 평범한 여행자이고, 지금까지도 앞으로도 분명 변하는 일은 없을 거예요."

프랑 선생님은 말했습니다.

"하지만 부디 잊지 말아줘요. 우리가 언제나 당신을 생각하고 있다는 걸—— 당신을 줄곧 사랑하고 있다는 걸."

정말로, 이 사람은 어째서 이렇게나 부끄러운 대사를 술술 흘러가듯이 말해버리는 걸까요?

약았어요.

"…………."

저는 그저, 딴 곳을 바라본 채, 깊은 생각에 빠진 듯한 척을 하면서 머리를 굴렸습니다. 어떤 말을 돌려주면 좋을까, 어떤 식으로 반응하면 좋을까 같은, 중요할 때면 소리를 낮추고 마는지라 저는 그저 멍하니 있었습니다.

저는 지금까지 그대로, 중요한 부분에서 솔직해지지 못하는 저인 채인 것일까요?

아뇨 아뇨.

저라도 솔직해지는 순간 정도는 있을 겁니다.

그래서 저는 있는 힘껏, 목소리를 짜내서 말했습니다.

"저도 정말 좋아해요. 프랑 선생님도—— 다른 여러분도."

조용히 저의 입에서 흘러나온 그 말은 프랑 선생님의 귀에 닿

앉을까요?

눈앞에 있을 터인데 직시할 수 없는 프랑 선생님의 얼굴에는, 평소와 같은 다정한 미소가 떠올라 있는 듯한 그런 느낌이 들었습니다.

"선생님, 안녕히."

"그래요── 또 봐요. 일레이나."

이렇게 저와 프랑 선생님의, 몇 번째인가의 이별은 조용하게 흘러갔습니다.

프랑 선생님과 실라 씨가 서로에게 솔직해졌던 나라에서, 저는 한 걸음 내디뎠습니다.

그리고, 새로운 여정이 막을 올렸습니다.

©Azure

안녕하세요. 오랜만입니다.

최근 FGO를 시작했습니다. 레벨 70 정도가 되었습니다. 친구 0명입니다. 소셜 게임에서 키리토 군 같은 솔로 플레이에 열중하고 있는 시라이시 죠우기입니다. 부디 잘 부탁드립니다.

이러저러하여 『마녀의 여행』 시리즈도 벌써 5권까지 와버리고 말았습니다. 글을 쓰기 시작했던 당시에는 설마 이렇게까지 이어질 거라고는 생각하지 못했습니다. 하지만 5권까지는 쓰고 싶다고도 생각하고 있었던지라, 여기까지 올 수 있어서 정말로 다행이라고 생각합니다.

이번에도 후기 페이지를 다섯 페이지 정도 받았으니, 지루한 이야기는 뒤로 미루고 우선 일단은 각 이야기 코멘트부터 시작하겠습니다.

●제1장 『어떤 마녀의 과거 이야기』

이야기의 프롤로그입니다. 그것 이외에는 할 말이 없을 정도로 프롤로그입니다.

그러고 보니 이번 권에서는 표지 일러스트에 맞춘 이야기를 쓰지 않았네요. 이런!

●제2장 『성 아랫마을 프리지어: 쿠치나시의 전서구』

전서구가 나오는 이야기를 쓰고 싶어.

그런 욕심에서 쓴 이야기입니다. 일만 하다 보면 세상을 보는 눈이 점점 좁아지게 되니 적당한 휴식은 역시 중요하다고 생각했습니다.

●제3장『성 아랫마을 프리지어: 새장 속의 플루메리아』

옛날, 텔레비전 광고 같은 데서 "아름답기에 먼 것인지, 멀기에 아름다운 것인지" 같은 문구를 모 뮤지션 겸 배우 겸 후키이시 카즈에 씨의 남편이 말했었고, 그게 줄곧 머릿속에 남아 있었습니다.

결국에는 멀리 떨어진 탑 위에서는 나라의 아름다움을 내려다볼 수는 있어도, 멀리 떨어진 탑 위를 국민들이 아무리 바라보아도, 서로의 이해는 조금도 나아가지 못하는 것은 아닐까요? 그건 그렇고, 후쿠야마 씨 같은 꽃미남 보이스를 손에 넣으려면 어떻게 해야 하나요?

●제4장『두 사람의 스승님』

지금까지 전혀 이야기하지 않았던 프랑 선생님의 과거 이야기입니다. 마녀명으로 어렴풋이 눈치채신 분도 계실 거라 생각합니다만, 프랑과 실라는 동문입니다. 처음 예정으로는 2권에서 실라를 등장시키고, 3권에서 과거를 밝혀서…… 같은 흐름으로 할 셈이었습니다만…… 엄청나게 늦어지고 말았어…….

●제5장『귀여움은 정의』

2권 출간 때 점포 특전으로서 썼던 SS를 살짝 수정한 이야기입니다. 지금까지 썼던 특전 SS는 이걸로 전부 수록되었을 겁니다.

●제6장『신혼여행과 행복의 백합꽃』

4권이 출판된 직후에 편집자님께 보고를 받았습니다. 암네시아와 아빌리아의 여행 이야기를 보고 싶다는 메일이 왔다고. 제 Twitter에도 같은 감상이 종종 옵니다. 그리고 질문함 쪽에도. 원래 쓸 예정이었지만, 감상을 받은 덕분에 한층 더 의욕적으로 썼습니다. 그리고 은근슬쩍 예의 부부가 재등장했습니다.

●제7장『행복의 노란 꽃』

2권인가 3권 무렵에 썼다가 뺐던 이야기를 수정한 것입니다. 애초에 2권과 3권 때는 어두운 이야기만 썼습니다만…… 전체적인 균형을 생각하면 아무래도 넣을 여유가 없었다고 할까……. 뭔가 이런 것들뿐이네…….

●제8장『어떤 소녀의 미래 이야기』

늑대 소녀를 비틀고 꼬아서 미래를 보는 능력을 부여한 결과 이런 이야기가 완성되었습니다. 미래가 보인다고 하는 능력은 배틀물에서는 치트로 매우 큰 도움이 됩니다만, 일상생활 속에서는 오히려 결함일 뿐이라고 생각합니다. 모든 걸 미리 알아버리면 재미없을 거예요. 어찌 되든 상관없지만, 아네모네라고 들으면 모 발레 메카닉이 머릿속에 아른거려서 곤란하다.

●제9장『두 사람의 제자』

사야 씨 재등장& 여동생 등장 편입니다. 일레이나가 영향을 받은 책이 5권으로 끝나는 것으로 되어 있는지라, 그런 부분의 사정에 관한 소재는 5권에서 전부 소화하고 싶었기 때문에 이런 느낌이 되었습니다. 머리의 나사가 풀린 사야 씨의 여동생도 역시 어쩌니저쩌니해도 머리의 나사가 풀려 있는 느낌입니다.

진지한 이야기로 해볼까 생각했었는데, 이 이야기에 살벌한 분위기는 안 어울리는 게 아닐까 하고 단념하여 이렇게 되었습니다.

　이번 권에서는 캐릭터와 나라명에 꽃 이름을 썼습니다. 딱히 꽃에 관한 이야기를 가끔 썼기 때문이라든가 하는 이유가 아니라, 그저 왠지 모르게 멋진 것 같은 느낌이라 그렇게 했습니다. 캐릭터 설정을 꽃말에 맞춰볼까 하는 생각도 했습니다만, 그렇게 되면 상사병을 앓는 녀석들만 나오게 되므로 그만두었습니다. 사랑에 얽힌 꽃말이 어찌나 많은지. 그리고 여러 가지 설이 너무 많아서 해석에 곤란한지라, 차라리 꽃말은 무시하기로 했습니다.
　하지만 등장인물의 머리카락 색은 꽃과 같은 것으로 했습니다.
　보라색 아이리스도 있고 분홍색 플루메리아도, 파란 아네모네도 전부 실재하는 것들이라고 합니다. 그나저나, "뭐? 녹색 쿠치나시 같은 게 있을 리 없잖아? 바보야?"라고 생각하셨겠지만, 쿠치나시는 잎 색입니다. 잎 색인 것으로 해주십시오. 줄기도 가능.
　……머리카락을 꽃 색으로 통일하려고 했더니 예상 이상으로 색 선택지가 좁아서 큰일이었습니다.
　또, 이 후기를 쓰면서 에고 서핑을 하다가 "암네시아라는 장미가 있고, 꽃말은 기억 상실"이라는 충격적인 사실이 판명되기도 했습니다. 이 무슨 우연인가!
　아무튼, 그런 느낌의 제5권이었습니다.
　2권을 쓰던 무렵의 마음속 어둠이 정화되었는지, 매우 평화로운 내용이 되었다고 생각합니다. 과거 편과 과거 캐릭터가 등장했기 때문인지도 모르겠습니다만.

『니케의 모험담』이 전5권이라고 해도『마녀의 여행』은 앞으로도 더 이어가고 싶습니다. 훨씬 전부터 이야기해오고 있는 것 같습니다만, 저는 계속 이 이야기를 쓰고 싶습니다.

그런고로 앞으로도 끈질기게 계속해나가려고 하니 잘 부탁드립니다!

그럼 감사를.

아즈루 님.

언제나 귀여운 일러스트 감사합니다. 일하다 쉬던 중에 편집자님께 표지 러프를 전달받고, 너무 귀여워서 이상한 소리를 내고 말았습니다. 이번에 사야 씨가 드디어 권두 일러스트에 등장했는데, 역시 너무 귀여워서 이상한 소리가 나오고 말았습니다. 그리고 한정판 표지, 언제나 고맙습니다! 이번에는 한정판 복각으로 새로운 1권과 5권 표지를 볼 수 있었습니다만, 역시 너무 귀여워서 이상한 목소리가 나오고 말았습니다. 아즈루 씨의 일러스트를 받았을 때는 대체로 이상한 목소리를 내고 있습니다.

담당인 M님.

이번에도 수정과 지적 등등 감사드립니다. 그리고 언제나 정서가 불안정해서 정말 죄송합니다. 앞으로도 오랫동안 함께해주신다면 기쁘겠습니다. 계속해서 잘 부탁드립니다. 여담입니다만, 언제나 저는 Twitter 갱신을 꽤 자주하고 있습니다만…… 그…… Twitter를 하고 있을 때는 대체로, 일을 하다 쉬는 시간이라든가…… 그…… 집필과는 관계없는 시간인지라…… 집에 돌아가면 제대로 컴퓨터 앞에서 머리를 싸맵니다…… 정말입니다.

그 외 관계자 여러분. 정말로 감사합니다. 앞으로도 잘 부탁드립니다.

여기까지 읽어주신 여러분, 다음 권이 있다면 그때 다시 만나뵙겠습니다!

그럼 이만!

MAJO NO TABITABI 5

Copyright ⓒ 2017 by Jougi Shiraishi

Illustrations Copyright ⓒ 2017 by Azure

All rights reserved
Original Japanese edition published in 2017 by SB Creative Corp.
Korean translation rights arranged with SB Creative Corp., Tokyo
through Eric Yang Agency Co., Seoul.
Korean translation rights ⓒ 2019 by Somy Media, Inc.

[마녀의 여행 5]

2023년 9월 15일 1판 6쇄 발행

저   자 시라이시 죠우기
일 러 스 트 아즈루
옮 긴 이 이신
발 행 인 유재옥
본 부 장 조병권
담당편집자 정영길
편 집 1팀 김준규 김혜연
편 집 2팀 정영길 조찬희 박치우 정지원
편 집 3팀 오준영 이해빈 이소의
미   술 김보라 박민솔
라이츠담당 김정미 맹미영 이윤서
디 지 털 박상섭 김지연 윤희진
발 행 처 ㈜소미미디어
인쇄제작처 코리아피앤피
등   록 제2015-000008호
주   소 서울시 마포구 토정로222, 403호 (신수동, 한국출판콘텐츠센터)
판   매 ㈜소미미디어
마 케 팅 최원석 최정연 박종욱 박수진
물   류 허석용
전   화 편집부 (070)4164-3962, 3963 기획실 (02)567-3388
             판매 및 마케팅 (070)4165-6688, Fax (02)322-7665

ISBN 979-11-6507-097-7
ISBN 979-11-5710-752-0 (세트)